辽宁省作家协会特聘评论家 2022 年度作品集

滕贞甫 主编

北方联合出版传媒（集团）股份有限公司

春风文艺出版社

·沈 阳·

图书在版编目（CIP）数据

辽宁省作家协会特聘评论家2022年度作品集/滕贞甫主编. —沈阳：春风文艺出版社，2022.10
ISBN 978-7-5313-6337-8

Ⅰ.①辽… Ⅱ.①滕… Ⅲ.①中国文学—当代文学—文学评论—文集 Ⅳ.①I206.7-53

中国版本图书馆CIP数据核字（2022）第168931号

北方联合出版传媒（集团）股份有限公司
春风文艺出版社出版发行
沈阳市和平区十一纬路25号　邮编：110003
辽宁新华印务有限公司印刷

责任编辑：孟芳芳		责任校对：赵丹彤	
装帧设计：徐嫒婕		幅面尺寸：142mm × 210mm	
字　　数：217千字		印　　张：9.5	
版　　次：2022年10月第1版		印　　次：2022年10月第1次	
书　　号：ISBN 978-7-5313-6337-8			
定　　价：68.00元			

目 录

contents ----------------------------

附1：辽宁文学研究中心评论家作品

附2：辽宁作协网络文学研究中心评论家作品

（按作者姓氏拼音排序）

贴地飞翔，抑或日常生活的诗性

——关于宁明的组诗《留住最后的温暖》

陈迪强

最早见到诗人宁明，是在他主持的"大连作家森林"——大连一个口碑甚隆的文学沙龙。在每两周一次的经典鉴读中，作为主事者的宁明都要即兴做简短开场。我第一次参加的是点评法国飞行员作家圣·埃克苏佩里的《小王子》。宁明身着蓝色飞行服，英姿勃勃地走上台，以穿越七十年的两位飞行员作家的文学对话开场，给在场的观众留下难忘的印象。这位已出版多部诗集的国家特级飞行员大校，在迄今为止的诗歌写作中，有一个关键词：飞翔。飞行不一定必然会与诗歌发生联系，但宁明的飞行经验已经成为其宝贵的精神财富，诗歌的写作强化了这种身份认同与体悟。因此无论是外界评论还是其本人的写作，都或多或少与飞行相关，比如他曾出版诗集《看不见的航线》及散文集《飞行者》。如果寻找飞行体验与诗歌最大的内在关联，恐怕在于二者都能通过对装置（词语）的精准操控带来自由翱翔的神与物游，空间飞翔转换成时间性的，在词语丛林中的精神飞翔。

在近几年的诗作中，我看到一个贴地飞行的诗人。他不再仅仅在天空中俯瞰大地，不再在高空中享受鸟的轨迹，而是以独特的平民视角、低空视角，切入生活的肌理，对平凡生活、对四时风物、对人事等进行审美的、哲理的沉思。他用诗歌与日常世界对话，触景皆诗，贴地飞翔，更加注重细节与日常物用，从中提炼出哲学的意蕴与生活的智慧。

这些大量触及日常生活的诗作，有写物品的，如《雨刷器》《一杯咖啡》《石头》《绿皮火车》；有写喝醉酒的，如《一杯酒》；有写普通人的，如《筑路工》《电焊工》；还有节日、节气，如《中秋》《白露》《大雪》等；还有小事件，如《鱼缸里的鱼》《搓澡记》，其他如公交地铁、樱花落、秋风起、大雪纷扬或春雨潇潇等皆可入诗。

这些诗似乎让我看见汉语文学伟大而悠久的咏物诗传统，或一物一咏，或一事、一景一咏。广义的咏物诗，首先要贴近事物的特征，"铺采摛文"，要状物体物，体现铺采、赋形、起兴的能力，如同汉字回归六书的意义构型本身，借物起兴，言在意外。

这组《留住最后的温暖》正体现了这些诗艺魅力，只不过有的隐晦，有的明显。我们先看《筑路人》《广场上的旗帜》《搓澡记》三首。

在《筑路人》中，诗人将筑路人的工作特质用朴素的语言叙述出来，"为每一块铺路石找准位置，让它们平稳地度过一生"，这是筑路的目标；"筑路人用木槌轻轻劝告石头"是筑路的具体方式；"默默无闻地筑了一辈子的路"是他的品格和心态；"蹲下的人生一步步后退"是他工作时的身体姿势及运动轨迹。这些词句体现了诗人对生活细心的观察与描摹。然而,其会意及隐喻功能却同时在步步展开。筑路人"劝告"石头的"不驯":"不要讨厌那些踩在自己头顶上的人/石头只有在成全别人的过程中/才能把自己的心态放平"。筑路人的平凡和无私奉献,以蹲着的姿态,不断后退和甘于平凡,以自己的"坎坎坷坷""让别人"的路越走越宽。显然,在咏物式的细节铺陈中,隐喻了人生真谛和为人的高尚精神。

还有第三个层次:底层叙事中的人性美。这是有温度的咏物(事)诗,以朴实无华的语言审视筑路人的"劳动美"与"心灵美","留住最后的温暖"之题旨在这首诗中即得到呈现。或者,这里的"筑路人"可以推衍到一切相似的哲学情境,指向一切安于本分、忠实于内心、甘于成人之美而不求闻达的人,筑路人就是一个意象群,不是具体的人。"其称名也小,取类也大",诗的境界与意蕴顿时开阔。具有类似效果的还有《牛》:"牛喜欢和不牛的人在一起",牛"不羡慕那些穿裘皮大衣的人/一生虽只穿过一件皮衣/却挨过了那么多寒冬酷暑",让人会心一笑——"牛""牛人"在词语的腾挪之间,构成新的意蕴,这也是一个温暖的意象。

同样,再看《广场上的旗帜》,这首诗无疑是这组诗里最为显眼的"旗帜",集中体现了宁明诗歌隐喻及与话语转义的特征。事物特征有二:一是旗杆直而高,二是旗帜飘扬。"一个看似腰杆挺得很直的人/却常会产生一些飘忽不定的思想",诗的开头就把一个熟悉的场景赋予了不寻常的意义。对物进行幽默的人格化拟写，是宁明诗歌的基本手法，旗帜如人，勤勉、亲和、稳定、无名。而在诗的最后，意场突然翻转，高高飘扬的旗帜变成被监视的考生，以广场做卷：

> 它天天看着这座广场
> 就像面对着一张展开的巨大试卷
> 以身影做笔，埋头作答
> 偶尔也会停下来，苦思冥想地涂改
> 而在广场上散步的人们，都像是监考官
> 背着手转了一圈又一圈
> 却不肯为它，打出一个满意的分数

"以身影做笔，埋头作答"，广场的主体是建广场的人还是在广场上散步的人？谁是考官谁是考生？这的确是奇妙新颖的想象。广场历来是纠结之地，从朦胧诗到第三代诗人，不乏以"广场"作为意象的诗作，比如北岛《履历》中焦灼迷惘的诗句，"我曾正步走过广场/剃光脑袋/为了更好地寻找太阳"，抑或如欧阳江河《傍晚穿过广场》中的寻找与反思，"我不知道一个过去年代的广场/从何而始，从何而终/有的人用一小时穿过广场/有的人用一生——"这些广场意象充满了焦灼与苦闷。而宁明以朴实的语词，以拟人化的方式重塑这一物象，回归"人民"的"广场"，"风风雨雨的日子都扛过来了/还保持着一副亲切、随和的形象"，朴素、明亮，却让人浮想联翩。

还有《搓澡记》一诗，虽是日常琐事，却也趣味横生。短暂的"赤诚相见""人人平等"之后，披上衣服在阳光下却感到"身影里一直缺少/一道明朗的阳光"。整首诗托"物"起兴，意义与洗澡活动的"物性"形成有趣的呼应。宁明擅长在诗的结尾，用精炼的短句升华诗的哲思，进行禅悟式破题。类似冰心的哲理小诗《繁星》《春水》，冰心师法印度大师泰戈尔，开拓出"五四"新诗中清新而哲理化的路向。宁明的诗歌遍布这种机智的意义小单元，以各种方式嵌套其中，如同石子入水的波纹，在语词之湖泛起涟漪，往往产生意外的动人力量，这显然得益于他早期微型诗创作的训练。中国新诗虽历经语体变化，节奏与音韵与古诗迥然不同，但咏物诗的传承有自，如艾青名作《手推车》这样写道，手推车"以单独的轮子/刻画在灰黄土层上的深深的辙迹"，却"交织着北国人民的悲哀"，以器物写人，托物抒情，写出北国人民在灾难前的坚忍与孤独。

诗歌说到底，是词语的装置艺术。宁明的咏物诗，非常注重物本身的内部特征，往往靠拆解对象，使词与物之间形成意义的对位与错位，再以陌生化手法或人格化方法，获取诗的隐喻，在词语拆解、变形与组合中展现出智慧与象征。有一首《白露》如此写道，"在白露这一天/我想把这个词拆开来念/白，是清白的白/露，是原形毕露的露""白露，不是一个节气/它更像一个隐晦的缩写词/当我意味深长地朗读它的时候/阴谋，已铸起了阴谋者的墓志铭"。清白与原形毕露结合成了一个阴谋，正好与白露天气转凉、秋意阑珊的肃杀之气相契合。诗人有时回归词的本义，故意忽视其引申义，造成陌生的效果。再如：

牛喜欢与不牛的人在一起。（《牛》）

今夜，你若还是不肯泯恩仇/一笑恐就来不及了。
（《独语》）

一个善于听风的人/出门时，总不忘为自己添加一件
衣裳/但也有听风者/只要风一吹，就爱说雨来了。（《听风
者》）

而大多数的人/会把一场火作为终点/不论他在生前，
火与不火。（《终点》）

读宁明的这些"智慧诗"，总让我想到欧阳江河的诗，这个
"狂想和辞藻的主人"用词语对历史空间进行狂轰滥炸，注重语
词的拆解与狂欢化，除了前述同样写广场的诗句外，最为著名的
拆解词语的诗作是《手枪》，宁明的诗歌有异曲同工之妙。当
然，他们的精神气质是不同的。张清华评欧阳江河说，"他使用
最具概念性的语言，生发出最生动的诗意"[1]。而同样呈现词语的
装置艺术，宁明则相反，他用最朴素的词，用最自然的意象，以
经验主义方式进行变形与组合，却表达了最具概念与哲学的意
境。"听风"系列与"大雪"系列最具典型。

《等风来》《听风者》《风还在刮》三首很显然有内在的相关
性。风、听风、风来了似乎指向某个特定的事件或事物，是一
个进程中的不同阶段，也可以理解为不同人的态度，甚至多种视
角，都将表象意义的"自然风"与隐喻意义的"风声"结合起

---

① 张清华：《欧阳江河：谁是那个语词与狂藻的主人》，《人物》杂
志，2008年5月。

来。广场上的象征之火被人为浇灭，雾霾遮天，风就要来了，大树小树如何自处。有人听风就是雨，有人见风使舵，有人顺风而为，有人逆风相向。这不是普通的玩弄辞藻，这是生活的体验与情感的锤炼，也有让人会心一笑的幽默。

宁明最近两年的诗，写自然之景增多，尤其是关于节气，如《白露》《中秋》《霜降》《秋分》《大雪》等。二十四节气是中国人与自然相处的原始时间感受，正如有学者说，"节气是中国文化眼里的时间简史，节气不仅跟农业、养生有关，也跟我们对生命、自然、人生宇宙的感受、认知有关"①。在现代时间里，这种记忆的失落与宁明诗歌所要表现的哲思有着内在的契合。《大雪》这样写道，"在祖传的大雪节气里/盼一场雪，已是一个奢侈的愿望"，这本是很自然的现象，钟嵘论诗说："春风春鸟，秋月秋蝉，夏云暑雨，冬月祁寒，斯四候之感诸诗者也。"②这些自然风物一直是诗人兴感之源，在今天却成了稀有事物，"春天发芽，夏天开花，秋天结果/都被当成了一桩桩头条新闻"（《一场雪，让我记住这个冬天》）。古代的农民借助于节气，将耕种、灌溉、收割、秋收冬藏等纳入生命感受的循环体系，人道与天道相合。然而，"大雪"之日不雪，"这个冬天，亏欠大地一场雪/就是欠下一笔没打欠条的糊涂账"，自然时序混乱的背后实则是人文秩序的混乱。这是典型的现代性反思："我只是担心，如果二十

---

① 余世存：《时间之书：二十四节气》序言，北京：中国友谊出版公司，2007年版。

② ［南朝·梁］钟嵘：《诗品·序》，上海古籍出版社，1994年版，第14页。

四个节气/都如此随意地信口雌黄/我们的日子，将会过成个什么样子。"

贴地飞翔，姿态是低的，做大地的倾听者，听风声、雨声、雪声、花谢花开；触角张开，感受落樱，守望落叶，仰望星空；同时，也是人间的观察者与沉思者。宁明有一首诗《小鸟》让人难忘，诗写到在雾霾的天空中，由于擦亮了窗户，一只小鸟差点将明亮的窗户当成突围的出口，诗人想"提醒这只理想主义的小鸟/不要在透明的经验主义面前/被撞得头破血流"。幽默、温暖而智性的场景，背后是人性的温度、人间的温暖，朴素中透着通达与智慧。这只"理想主义的小鸟"，虽然在变幻莫测的苍天里，绝望地"冻死在了雪地的草窠里"，诗人仍然期望当拉开黑色的窗帘之后，能看见它跳跃如一团火，"为这个冬天，留住最后的温暖"（《留住最后的温暖》）。在这首圆熟温润之作中，现实与理想、希冀与失落并存，诗人是大地坚实的感受者与动情的歌者。只有"一只理想主义的小鸟"才会在世俗生活中保持一种诗性和诗心，虽至死而无悔。

中国的新诗百年以来一直探索解决三个方面内容：词语、生活和诗意，换言之是语言、世界与感性（智性）。词语的层面解决音韵、节奏等修辞功能，古诗以"字"，新诗以"词"，无论是胡适强调的"自然节奏"，还是戴望舒后期所主张的"去除音乐的成分"，都是对现代汉诗节奏及语感的探索。世俗生活是外部世界，而诗意是超越世俗生活。诗歌的智性在卞之琳、穆旦那里曾有深刻的呈现，宁明的诗歌也有意传承这一传统。他写自然，却关乎社会、时代及世道人心，朴实中充满趣味，语言看似散淡，其实"工于心计"，时常透出语词的"阴谋"。

　　贴地飞翔，比高空翱翔更需要耐心与智慧。只有心与物游，保持节制与谨慎，将言与物、情与理融合无间，才能达到这一境界，否则就会滑入口水诗、媚俗诗。诗评家罗振亚在最近的评论中痛陈今天诗歌的各种病灶，说诗人们喜欢走"纯粹的语言技术的形式路线，大搞能指滑动、零度写作、文本平面化的激进实验，把诗坛变成了各式各样的竞技实验场，使许多诗歌迷踪为一种丧失中心、不关乎生命的文本游戏与后现代拼贴，绝少和现实人生发生联系"[1]。虽然宁明诗歌也有避免进入"平缓的循环期"，寻找新的"动力与意义"的问题[2]，但总体而言，他的诗歌以朴实、智性及在场性规避了这些弊病。诗人近来有意重回长篇叙事诗、大型组诗，努力切入时代重大命题及事件，也表征了一种精神的自我突围。

　　词语如何穿透世界与世俗生活，表达人的感性与诗意？宁明的这组诗歌提供了一个简洁的阐释文本。

-----

　　① 罗振亚：《非诗伪诗垃圾诗，别再折腾了》，《光明日报》2017年2月13日第12版。
　　② 宁明近几年一直有反思和困惑，认为要避免"机械性地复制"，寻找新的诗歌"动力和意义"。见记者周代红与宁明的对话：《宁明：诗歌是我与世界对话的方式》，《大连日报》2014年6月17日。

老藤小说论

韩传喜

随着文学创作观念的逐渐开放，文学题材领域的不断拓展，文学表现手法的日益更新，中国当下的小说呈现出前所未有的丰富多彩的风貌。就文学题材来看，几乎涵盖了现实生活中的所有领域。整体观之，中国当下的小说，乡土题材和知识分子题材的作品为数众多，但官场题材的作品屈指可数。官场或政治，其实是现时代几乎与所有人都有着千丝万缕联系的重要生活内容，其中蕴含着丰富的文学意义符码。然而，这种题材的重要却没有带来书写的丰富，不仅不丰富，反而严重匮乏，个中原因，实为复杂，其一便是官场书写的结构性困境。之所以称之为"结构性"，是因为它既是整体性的，又是稳固性的，几乎所有作家在面对这一题材时都或多或少会陷入书写的困境。这种困境表现为如何处理与表达其中所包含的多重矛盾纠缠关系——日常经验与文学书写、现实精神与理想情怀、政治空间与乡土世界……既要传达出此种困境，又要超越此种困境，对作家来说，是一个双重的艺术考验。从此意义上而观之，老藤的小说显示出了独特的文学价值。

作家在创作时，往往会选择自己熟悉的生活内容作为题材，因为只有对自己熟悉的生活内容，才有更为深刻的生命体验和心灵感受，也才能更容易进行艺术把握和处理。而现实生活丰富多彩、内容庞杂，这些内容之间又是彼此纠缠、错综复杂，因此，作家熟悉的生活内容，并非全都可以成为创作题材并进入其作品。作家需要对现实生活内容进行过滤、整合，使得那些能够蕴含丰富意义符码的生活内容，呈现为文学形态。进一步来看，因为时代环境等种种复杂因素所限，那些能够成为文学题材的，也不一定容易写，更不一定适合写。因此，日常经验和文学书写之间的关系，异常复杂。具体到"官场经验"如何进入文学视界，因其显在的难度，而成为官场小说作家遇到的第一重困境。

作家老藤多年以来一直在政府机关工作，对官场非常熟悉。无论是官场中形形色色的大小人物，还是林林总总的大小事件，无论是一见明了的官场做派，还是深不可测的人性底里，老藤对此都有着足够的透视和省察。因为身处其中，被官场事务重重包裹，官场所见所感已成为他日常生活经验中最为显在和重要的内容，成为他最为稳定的日常经验。作为一个作家，自然会对这些日常经验保持高度的敏感，如此长时期的官场生活，也自然会让他的文学灵感不断迸发。因此，在创作时，他更愿意也更容易去选择这些生活内容作为题材，用文学形式加以表现。然而，如何去书写是摆在作家面前的一个重大难题。

老藤的官场小说内容中，有组织考察、干部任免，有微服私访、救济赈灾，有权力运作、钩心斗角，有升职的荣耀，有免职的悲伤，有韬光养晦、蓄势待发，有一蹶不振、彻底沉沦……凡此种种，构成了一幅官场生态的全景图。值得注意的是，老藤在写官场时，一是将笔墨主要放在写人上，上至省级领导，下到基层单位的普通科员，以及与他们发生千丝万缕联系的各界人等，无不在他的小说中得到生动与鲜活的表现。文学是人学，只要把人写好了，整个官场就写得逼真了。老藤总是能深入人物的内心世界，揭示其人性底里。如在《腊头驿》这部长篇小说中，老藤围绕着主人公"我"，先后塑造了"慈眉善目、官气不锐、正派谦恭"而又幽默可亲的省委组织部副部长老项，公正无私的省委考核组组长"乔老爷"，主宰蓝城换届的省领导戴老，市委书记老黄，新任副市长何阳，市政府秘书长李正，以及围绕在"我"身边的机关各色工作人员等，他们职务不同，作者将其各自特有的性情进行了生动的表现，构成了一幅独特的"官场生态图"。二是老藤的这些官场小说如《熬鹰》《辽西往事》《无雨辽西》《腊头驿》《名字之错》等，具有一种互文关系，它们互相印证，互相支撑，又彼此不重复。这体现出作家在整体构思这些小说时的一种开阔的视野，在综览的同时，能够合理布局，这是一种突出的文学书写能力。

小说中的"官场体验"，只是老藤日常经验中的一部分，甚至也只是他日常经验中"官场体验"的一部分。之所以选择这些题材内容进入作品，在艺术表现时又做如是处理，肯定有其独特的艺术考量。这既是老藤的审美趣味所在，也是他试图走出"结构性困境"的一种艺术选择。

老藤的官场小说，都是典型的现实主义文学作品，皆凸显出浓郁的现实精神。这种现实精神，首先表现为对现实的多维度观照。长篇小说《腊头驿》便是一部具有震撼力的现实题材小说。腊头即河豚，原本是一道名菜，但它本身又是一把双刃剑，因而"腊头"作为小说的主要线索与物象，可视为一种隐喻。一方面，它是美味的，其鲜美程度非一般菜肴所能比，是很多人无比向往的。但另一方面，它又有剧毒，吃得不好会严重中毒，甚而丢了性命。正是因为腊头本身的这种特性，令人既心向往之又望而却步。在小说中，腊头隐喻着官位和权力，很多人对权力趋之若鹜，权力若能用好，则既有利于自己，也会惠及人民和社会，若用不好，则会伤害自己并贻害他人。同时腊头也是拥有权力者的一种内心体验，一方面可享受权力所带来的快感，另一方面又提心吊胆，如处在万丈深渊的边缘，时时都有坠下去的恐惧。而这种享受与恐惧相交织的复杂体验，正是吃腊头的饮食心理的真实映现。此外，腊头的美味，不是一般人能够识别和品尝出来的，只有那些注重品质的人才能够品出真正的口味。在小说中，我们可以看到，凡是能够真正品味出河豚美味的，都是现实中有所坚持的人，其中有继承祖业将厨师做到最好的尹五羊，有"我"这个尽职尽责、满心正义的市长，有身居高位、正直廉洁、有才有识的省级领导……他们是现实世界的主流与推进力量。

而作为小说标题的"腊头驿"是另一层更深广的隐喻。我们都知道，在文学作品中，茶馆、酒楼、会馆、大杂院都是别有意味的地方，因为在这些地方，聚集着三教九流，对于作家来说，既是一个故事展开的场景，又是一个独特的观察与表现视角。读者熟悉的高尔基的《底层》，鲁迅的《在酒楼上》，曹禺的《日出》，老舍的《茶馆》，夏衍的《上海屋檐下》，何冀平的《天下第一楼》等经典作品，便是此类作品的代表。"腊头驿"是一个饭店，自然具备了一般意义上的此类文学意象的功能，透过这个如窗口般的饭店，我们可以看见各色人等粉墨登场，尽情表演。但"腊头驿"同时还具有另外一层独特意蕴，因为这个酒店的主打特色菜——河豚鱼的特殊性，将上述我们分析的河豚的多层隐喻功能和酒店的功能有机地结合在一起，从而使它成为具有丰富意味的场景，并负载起更多的艺术表达功能。这也是作家构思的巧妙之处。

现实精神不仅体现在对现实的再现上，还体现在对现实的批判上。《腊头驿》对现实政治生活中的官场生态进行着深度剖析，作者的文笔如解剖刀般，层层剥开政治的外衣下所包裹的各种所谓平衡的"艺术"。市委书记老黄的老谋深算，市长的洞明世事，其他人物包括市政府秘书长李正、新任市长何阳、女律师海虹，其言行都是在各种平衡和算计中，不断进行着权衡取舍和高下考量，从而使人的很多精力耗费在毫无意义的各种较量上。老藤通过对这种工作"艺术"的细致展现，刻画出一幅幅"巧妙"的官僚主义者的活画像。不仅《腊头驿》中以大量篇幅对此进行了表现，其他小说，比如《焦煳的味道》《无雨辽西》等，也从不同题材出发，以不同视角，对此类现象进行了再现与暴露式的批判。

虽然对现实有批判，且入骨三分，但整体看来，老藤的小说并非悲观，对现实也好，对未来也罢，都充满了一种理想情怀。我们熟悉的王蒙的小说《组织部来了个年轻人》，被称赞为一部深刻揭示现实政治生活的作品，小说强烈的"干预生活"的色彩，使得这部作品直到现在仍然有着独特的政治小说的样板意义。小说以一个新到组织部的青年人林震的视角，看取了组织部里各种干部的现实处境和精神困境，以一种洞幽烛微的细致和锐利，将现实政治生活中的种种问题呈现出来。这些问题是隐藏在所谓的"工作艺术"外衣之下的，即使是有思想的干部如刘世吾，在种种现实面前，也变得世故和圆滑。这种处世艺术，像一种传染性极强的气息，不断在组织部蔓延，极易以一种无声无息的方式将整个官场覆盖。组织部是官场的中心，以这样一个视角，更为有效地整合了官场生态的各个部分。可以说，作品的现实批判色彩是极其明显的，但作品中的两个年轻干部——壮志满怀又深感困惑的林震和"友善亲切""能干而漂亮"的赵慧文，其实也从另一个方面呈现了，这种现实没有完全淹没在一种颓废和世故的阴霾中，而是仍然有着新的生机，呈现着一种理想情怀。老藤的官场小说和王蒙的《组织部来了个年轻人》有着异曲同工之妙，常常表现为理想情怀与现实批判的相互协调。《腊头驿》虽然淋漓尽致地呈现了官场的各种平衡艺术，道出了官场的各种玄机，呈示给读者的似乎是一种不可透视的政治魅影，但细究起来，作品中绝大部分人物都或多或少地保持了纯真的初心，至少不是通常意义上的"坏人"。即便如《辽西往事》中的退休干部修永富，虽然巧立字据占据了刘在田的玉烟嘴，县政府干部们在羊汤馆白吃白喝打白条，《名字之错》中的刘局长和沙局长迷信、自私，《无雨辽西》中省救灾办贾副主任自以为是，《腊头驿》中的市政府秘书长李正前恭后倨……他们也只是道德品质或工作作风有缺陷，在老藤的各部作品中，完全的大奸大恶、十恶不赦的坏人均很少见。尹五羊的一切努力，其实是想帮助自己的少年伙伴郑远桥，帮助他从副处长到处长、副市长、市长，再到市委书记，因为他与远桥是世交，远桥的父亲曾帮助过尹家。客居日本的初恋朱成碧，仍然在默默记挂着"我"。"我"成长道路上的每一个领导，包括老项、乔老爷、戴老等，虽深谙官场之道，为官处事圆熟自如，但总体而言，都是知人善任、可敬可亲的形象……在日常生活中，这些人也都是热爱生活的，包括对美食的热爱。《无雨辽西》虽然将干旱地区的救灾表现得具有很强的戏剧性，但作品中的两个年轻干部是真诚率真的，省级领导是清明的，让读者在阅读之中还是能看到未来的曙光和希望。《辽西往事》中的警察老王、挂职干部"我"，《焦煳的味道》中的新任县委何书记，都被做了正面的表现，作者为读者传达的，更多是正向积极的现实观与生活体验。因而老藤的作品可谓充满着浓重的理想情怀。而现实精神和理想情怀之间形成了一种独特的艺术张力，使得老藤的小说别具意味。虽然理想主义这根拐杖并不能独立支撑现实的大厦，但它毕竟让作品以一种独特的情感与价值倾向，为读者打造了一个具有特别感染力的艺术世界，促动读者深入体悟并深刻反思。这也是老藤面对"结构性困境"所寻找到的另一条艺术表达途径。

老藤的官场小说结构了一个错综复杂、千姿百态的政治/官场空间。但这个政治/官场空间又不是孤立的存在，也不是单纯意义上的上层建筑，而是社会"文化形态"的一类典型意象，它所传达的意蕴像一种无形的气息，难以捕捉却无处不在，蔓延进我们现实生活的各个层面。而在老藤的小说中，政治/官场空间和乡土/民间世界，常表现为相互依存、彼此映衬的关系，既各自独立，又交叉重叠。高官显贵活动的上层社会存在官场，平民百姓生活的底层民间也存在官场，他们之间一定程度上有着一种重构的关系。写出了这种重构关系，也就写出了官场的丰富性和复杂性。

在老藤的官场小说中，有一个典型的乡土世界——"辽西"。我们知道，鲁迅笔下有"鲁镇"，沈从文笔下有"湘西"，莫言笔下有"高密东北乡"，苏童笔下有"枫杨树故乡"和"香椿树街"，这些乡土世界作为文化意象，已经成为中国现当代文学中的独特存在，显示出非凡的意义。老藤笔下的"辽西"，其文化意义实际上更为丰富。一方面，这也是一个政治空间，一个官场社会。"辽西"虽地处偏远，又多贫困，加之时有灾荒，但这里市、县、镇各级政府依然完备，大小官员一应俱全，有完整的政治空间和渗透其间的官场文化。"辽西"像一面镜子，照见了政治空间的众生百态，又像一幅缩略图，映现了更高层级的官场生态。比如在《无雨辽西》中，赈灾是一种政治行为，在这一行为中，上到省直机关，下到县乡领导，态度不同，表现各异，活现出一幅"官场现形记"。另一方面，"辽西"也是一个乡土世界和民间社会，在这里生活着无数普通民众，有着稳固的民间文化和粗陋的乡村图景。这里有工厂倒闭后的下岗职工，有坐在马二烧烤店里吃烧烤喝啤酒的小人物（《焦煳的味道》）；有榆州身处基层的乡镇干部，有住在危房中等待救济的贫苦乡民（《无雨辽西》）；有乡间市场卖烟叶的老人，有乡村土塘里的牯牛宰牛人，有县城街道派出所的警察（《辽西往事》）……"辽西"这样一个民间/乡土世界，寄予了作家浓重的乡土情结和乌托邦理想。政治/官场空间和乡土/民间世界之间始终存在一种艰难的博弈，在这种博弈中如何才能最终找到平衡，也是作家始终无法解脱的一种"结构性困境"。

在老藤的官场小说中，主要故事的发生地大都是"辽西"，作家毫不掩饰地表达了他对"辽西"的深厚情感和赤诚之心，不仅作品中会直接用"辽西"这一地名，有的作品甚至干脆以"辽西"作为篇名，如《辽西往事》和《无雨辽西》。在《无雨辽西》中我们看到，辽西的榆州是个贫困县，这个地方并不富裕，又雪上加霜发生了严重的旱灾，作为一个辽西人，省救灾办的科员小丁想尽办法帮助家乡。赈灾的过程虽一波三折，令人唏嘘，但一回到家乡，走在乡间的路上，小丁的心情便异常激动。"几周后，小丁借了一辆车回喇嘛井，张燕非要请假陪他一起回。他很感动。从张燕顶撞贾副主任那天起，他对这个玉润珠圆的女同事多了一分敬意。他要接朱颜去省城安装义肢。车驶入榆州大地时，小丁摇下车窗的玻璃，望着路两边田野中的景象，他对坐在副驾驶上的张燕说：'你知道吗张姐？我过去一直痴迷绿色，把它视为生命的象征，可是现在，我对绿色感到厌恶。'两个人一齐把目光投向窗外：田野中，那一片片将没有收成的苞米还在茁壮疯长。"小说的这个结尾，可谓寓意深远，这是小丁在作品中的第二次返乡，这次不仅他自己返乡，还有张燕陪同，而更为重要的是，还要给朱颜接假肢。这种"返乡"—"离乡"—"再返乡"的叙事结构，可视为官场中人在政治与乡土之间的艰难徘徊。《辽西往事》中的"杏仁粥""国家羊汤""牛血塘""烟痴"，各自成篇，但复合在一起，又多维度多层面地展现了官场文化在乡土世界中的根深蒂固与蔓延铺展。作家在平淡叙写中，对这种深植于民间的官场文化持批判态度，但又无可奈何。老藤的小说中，常有一个常见而"特殊"的人物——挂职干部。《辽西往事》中"我"是一个挂职干部，从省城来到当地；《腊头驿》中的主人公"我"，也是一名想要仕途发展更好的下派干部；《焦煳的味道》中的新任县委书记同样是一个下派干部……此类人物，通常是从更高层级的官场，带着特定的目的与使命，来到"乡土"和民间。来时或多或少对民间抱有某种期待和向往，但到了之后，却常发现和省城官场材质类同的生态环境。这些主人公以其特定的身份，连接并见证了官场与民间、政治与乡土的重构关系。最后的结果是，他们往往只能在两者之间找到某种平衡，正如《焦煳的味道》中的新任县委书记，本来想让县城弥漫一种书香的味道，但县城焦煳的味道如此强势，最后只能划道而治，政治与乡土、官场与民间握手言和共生共存。

　　"官场书写"的内容特质，源于老藤丰富的经验积累，而此种题材所带来的"结构性困境"，既是对老藤艺术创作的极大挑战，也是造就其小说艺术特色的独特利器。它打造了老藤小说将社会诸多层面的表现融为一体、将现实透视与理想情怀嵌于同篇的艺术特色，从而为此类小说的创作开拓了新的境界。

　　近几年，老藤迎来了创作的井喷期，不断推出精品力作，

《刀兵过》《战国红》《上官之眼》《苍穹之眼》《黑画眉》《遣蛇》《北障》，这些作品无论是长篇小说还是短篇小说，都可以看出作家在表达上的创新和题材上的拓展，小说的叙事空间已不再局限于官场，而是延展到更为广阔的艺术世界。因此，老藤的小说在其不断创新和发展中，以其丰富性和复杂性营造了更大的阐释空间，从单一的官场书写视角已难以对其进行整体透视和系统观照。

事实上，当我们综观老藤的小说时，会发现其中始终隐藏着一种地缘美学密码。"地缘美学密码是指缘于特定地理环境而生长的隐秘的美学符号系统，常常以日常言行、乡间谚语、民间传说、民俗风尚等方式存在，对当代人生活方式有着深层支配作用。"①在中外文学史中，许多优秀的作家因为重视地缘美学密码而成就了伟大的作品，比如加西亚·马尔克斯的《百年孤独》、赛珍珠的《大地》、鲁迅的《阿Q正传》、老舍的《茶馆》、沈从文的《边城》、莫言的《生死疲劳》、陈忠实的《白鹿原》……当然，每个作家笔下的地缘美学密码都各不相同，正是这些丰富多样的密码，像一座座深山、一片片瀚海，吸引着作家们前赴后继地进山寻宝、入海探骊。老藤便是这些探秘者中极为执着的一位，他对地缘美学密码的建构始终乐此不疲，从早期《无雨辽西》等作品中的辽西，到《刀兵过》中的辽河湿地，直至最近出版的《北障》中的北障，作为独特的地缘美学风景，这些地域因为其中蕴含的丰富密码而显得格外迷人。

---

① 王一川：《〈山海情〉：地缘美学密码的魅力》，《中国艺术报》2021年1月28日。

老藤小说的地缘美学密码具有几个明显的美学特征。首先，地缘美学密码具有隐秘性。这种隐秘性也可以理解为地方性和异质性。因为认知条件的限制，特定地域之外的人们自然对这些密码知之甚少，即便有所了解，也可能只是浮于表面，对其产生的历史语境和意义流变很难有切身感受和深刻把握。而地域中的原住民，则因为过于熟悉，常对这些密码视而不见，或对其异质性缺乏应有的敏感。对于老藤来说，在辽西的挂职经历给他提供了走进辽西、发现这些地缘美学密码的绝佳契机。辽西的四季轮回、时序更替，春耕夏作、秋收冬藏，城市历史、乡间民俗，官场生态、市井人情，牯牛宰牛人、玉器收藏家，早晨的小吃铺、夜晚的烧烤店……凭借着作家的敏锐和他者的视角，凡此种种辽西的地缘美学密码，无论是外显的还是内隐的，老藤都能以显微镜般的精细和解剖刀般的精准对其进行观察和表现。在老藤的笔下，这些密码就像《战国红》中的玛瑙玉石"战国红"一样，经过作家的细心擦拭，除去了累累的历史浮尘，而变成一个个明亮的美学意象，熠熠闪光，夺人眼目。且这些密码经过巧缀妙联，从而婉转多样，共同构成了一个地缘美学的符号系统，呈现出辽西"隐秘的风景"。有别于《无雨辽西》《战国红》等作品聚焦于当下的社会生活内容，在《刀兵过》中，老藤将辽河湿地地缘美学密码放在一个长时段的历史叙事中加以呈现，从晚清到改革开放前期，在百年历史的大时代浪潮中，生动展现了弹丸之地九里乡民几代人的命运沉浮与精神品格。小说中的酪奴堂和三圣祠，作为解密地缘美学密码的两把钥匙，在老藤小说美学符号系统中无疑有着特别的意义，它们承载着丰富的传统文化、民间传说、精神信仰、价值立场和处世哲学。可以说，酪奴堂和三圣祠是一根引线，牵出了辽西湿地九里的千头万绪；也是一面镜子，映现出中国传统文化的博大深邃；更是一条通道，通向了作家的艺术之心和灵魂之门。

在《北障》中，老藤将视线从辽河湿地转移到了北障山地。在小说的开篇，老藤用地方志来引出地缘的密码："黑龙江省山为北障，山之大者曰内、外兴安岭。内岭环卫诸城，外岭限俄罗斯，冈峦起伏，联络群山，诸水多出其下。——清嘉庆《黑龙江·外记》。"[①]这段来自地方志的文字记载，给小说的地缘想象提供了合理性依据。地缘历史具有累积性特征，在层层叠加的历史叙述中，地缘的意义和特征逐渐确立并愈加丰富和复杂。在这些叙述之中，有些是正史的记载，有些则是民间的传说，在正史的记载和民间的传说之间，会存在一些难以对称的缝隙，这些缝隙中往往就藏着无穷的密码，对这些密码的发掘和解密其实就是新的历史叙述的起点。关于北障，地方志里只有寥寥数语，而正是这种语焉不详的源文本，给作家提供了想象性阐释的巨大空间。小说用较大篇幅集中描绘了北障的四季，以及生活生长其间的各类珍奇动物和东北名木。小说不厌其烦的大量铺陈，甚至作家炫技般的知识科普，使得无论是作为地理的物质性的"北障"，还是作为文化的精神性的"北障"，均以其自身携带的丰富的地缘美学密码而有别于我们所熟悉的经典文学作品中任何一个典型地域，从而成为独特的"这一个"，充满了巨大的魅惑力，令人无

---

① 老藤：《北障》，《中国作家》2021年第1期。

限神往。

　　其次，地缘美学密码具有互文性。东北三省往往作为一个整体被认知，且因地处祖国版图一隅，东北在历史书写和文学想象中往往是以"边地"的形象而存在。老藤小说中的辽西和北障，相隔千里，却同属于东北，它们的地缘美学密码虽有不同的表现形态，彼此之间却能互相呼应、互为补充，从而建构了一个整体性的东北镜像。如果说地缘美学密码的差异性给老藤小说带来了缤纷的色彩，那么互文性正是小说真正的魅力所在。这种互文性，不仅体现为相同的故事、人物、风景、语言、器物等在不同的小说中反复出现，而且更多地体现为贯穿在老藤小说中的价值判断和理想的一致性，这同时也体现了作家坚定的文学信念、宽阔的文学视野和高度的美学自觉。老藤的小说始终充满着正向的价值理想、雅正之气和力量感，是一种向善的美学表达。在不同的地缘想象中，作家的价值判断标准始终没变，在选择和提炼地缘美学密码时寄予的价值理想始终没变。因此，我们可以看到，老藤更偏向于书写地缘传统，以及在这一传统形成和发展过程中积淀下来的博大、宽容、智慧、坚忍、勇敢、变通等精神品质，这是他的作品的精神底蕴。正是依靠这些精神品质，《刀兵过》中的弹丸之地——辽河湿地九里在漫长的刀兵之劫中不仅没有绝灭，反而生生不息；《战国红》中的辽西贫困山村柳城能够脱胎换骨，最终走出一条脱贫之路；《北障》中的猎手们依靠自己的生存智慧，使得北障"一年四季都有好处"。

　　老藤对中国传统文化深有研究，心得颇多，还出版过文化随笔集《儒学笔记》。无论是《刀兵过》《战国红》，还是《北障》，儒释道互渗互补、融为一体的中国传统文化始终在浸润着他笔下的故事和人物，左右着故事的走向和人物的命运。在《刀兵过》中，不仅三圣祠是儒释道文化的象征，王克笙、王鸣鹤身上同样凝聚了儒释道的力量。"事实上，作者就是想以历史之劫、命运之灾、生存之苦，来彰显中国传统文化的内在生命力。儒家的仁与义，道家的静与达，佛家的慈与忍，它们相互融汇在一起，形成了中华民族特有的精神人格，迸发出巨大的精神能量，一次又一次拯救九里乡民于各种灾难之中。"[1]在中篇小说《上官之眼》中，老藤借上官春之口表达了自己的一个重要观点——凡事"适可而止"，而在《北障》中，"适可而止"这个词又反复出现多次。因为"适可而止"，金虎的父亲金喜仁放走了四匹狼，在面对北障森林大量被采伐时表现出了巨大的忧虑，后来忧虑变成了现实，证明他的"适可而止"恰是一种远见卓识。金虎谨遵父训，以"适可而止"为座右铭，这是他作为猎人的底线和为人处世的准则。猎手们在打猎时精进而为又适可而止，从不赶尽杀绝，给动物留下活路，动物才能够繁衍后代，猎手们也才能有动物可猎，这也是给自己留下后路。不仅打猎如此，对待生活中的万事万物，"适可而止"也是解决问题的一剂良方。这种生存智慧的精神资源自然也是来自博大精深的中国传统文化，懂得节制，善用节制，做人有做人的底线，猎手有猎手的规矩，唯其如此，人与人、人与自然才能和谐相处。可以说，老藤的小说无论地缘如何变换，中国传统文化的精魂始终是其故事的精神底蕴和

---

① 王振锋、洪治纲：《刀光剑影下的民族文化精魂——论老藤长篇小说〈刀兵过〉》，《小说评论》2018年第2期。

人物的行动指南。这种互文性使得老藤的小说获得了更为开阔的格局、雅正的气度和醇厚的韵味。

再次，地缘美学密码具有交融性。老藤既注重写地缘传统，同时还注重写地缘新根。地缘传统具有历史的稳固性，这是一个地域的生命脉络和精神传承，坚韧而绵长。写地缘更主要的还是写人，这种地缘传统最终还是依靠人来传承和接续，因此，老藤的小说重视表现人物的子承父业，后辈们继承的不仅是职业，更是精神。《刀兵过》中王克笙和王鸣鹤父子，一个是大先生，一个是小先生，他们都身兼医生、塾师和乡绅三重身份，治病救人、教化乡民和团结民众，是他们的职责和使命。《北障》中金家三代都是猎人，祖父金克野因在黄金之路上擅打野狼闻名，才有了"狼见愁"的绰号，父亲金喜仁的"金快手"绰号亦非浪得虚名，因为青出于蓝而胜于蓝，金虎的北障猎神"一枪飙"的鼎鼎大名更是响震北障。金虎从祖辈继承下来的不仅是猎手身份和狩猎技术，更是猎手的尊严、名誉和底线。地缘传统不仅体现为人物的代际传承，更体现为日常言行、民俗风尚和文化伦理等的世代延续。老藤书写地缘传统，显然不是为了揭示民族秘史或为地缘立传，而是要写出地缘传统的现代性转换，写出地缘新根。从历史走向现代，任何地缘都不能一成不变，传统与现代交融，封闭的此地与更为广阔的世界交融，这是地缘发展的必然趋势，因为变则通、通则久。《战国红》中扶贫攻坚的现代性使命最终在辽西贫困乡镇柳城获得了集体认同，深深地扎下了地缘新根。《北障》中以金虎为代表的三林区五大猎手在禁猎政策颁布后上交了猎枪，与猎手时代彻底告别，北障终将汇入滚滚向前的时代浪潮中，生出自己的地缘新根。

对地缘美学密码的呈现，往往有三种方式，或者说三种视角：一是叙述者的全知视角，二是原住民的内部视角，三是外来者的外部视角。叙述者的全知视角我们姑且不论，先说原住民的内部视角。金虎等猎手们既是北障秘密的制造者，也是见证者，同时还是揭秘者，从他们的视角来呈现北障的地缘美学密码更为自然妥帖、真实可信，比如在金虎看来，"如果真用天上地下来比喻，那么北障才是天上"。对于金虎来说，"北障是他的天堂，是幸福的源泉，在北障行走，就是与快感同行"①。猎手们对祖辈传奇狩猎故事的讲述，算卦看风水的姜大先生对无所不能的莫叉玛及萨满的介绍，显然更具有还原历史、揭示真相的可信度。我们再来看外部视角。老藤的小说，经常会设置一个外来者，比如《辽西往事》中的"我"、《腊头驿》中的"我"、《焦煳的味道》中的新任县委书记、《战国红》中的海奇、《刀兵过》中的王克笙、《北障》中的胡所长等，此类人物，通常是从异地或更高层级的政府部门，带着特定的目的与使命，来到小说故事的发生地。这些人物以其特定的身份，连接与见证了此地与异地、传统与现代、政治与乡土、传承与转换等多重纠缠关系。作为一种外部力量，他们的介入使得地缘关系被打破重组。但这种重组不是对地缘传统的彻底颠覆，而是在传承中做了现代转换，使得原本封闭隐秘的地缘变得更加开放，焕发出新的生机和活力。《战国红》中的两组扶贫干部的到来，使柳城彻底脱贫致富；《刀兵

---

① 老藤：《北障》，《中国作家》2021年第1期。

过》中王克笙的到来，使九里度过了无数刀兵之灾；而《北障》中派出所胡所长的到来，使北障被纳入现代林区治理体系。因此，从外来者的视角看取深不可测的北障，结果可能是一见到底。《北障》中，胡所长"目发皆黄，疑神疑鬼，悬针破印，六亲不认"[1]，有着这样独特的眼睛，外来者的视角才格外敏锐，更容易见出真相，更何况胡所长转业之前在部队还是侦察连长。在三重视角观照下，北障的所有秘密一览无遗。

地缘密码的承载者与传达者最主要的还是"居住者"——原住民和外来者。二者之间的矛盾冲突中，常包蕴着地域内与外、人物内与外乃至文化内与外之间的碰撞与交融。《北障》中的猎手金虎和派出所胡所长之间的矛盾冲突，显然不是敌我的对立，而是一种在"事儿上见"的理性较量，他们相互同情，彼此理解，两个人在冲突中甚至生出了英雄惺惺相惜的感情。胡所长所代表的是一种现代理念，对环境的治理，对动物的保护，对法律的维护，都有其合法性；而金虎所代表的则是一种传统理念，对传统的接续，对尊严的维护，对名誉的看重，同样值得肯定。社会的发展变迁、时代的风云际会，在两个人的对撞中得到了生动形象的展现。这两种同样值得肯定的正向力量之间的博弈，其结果必然是真理越辩越明，二者殊途同归，最终达成一致并握手言和。金虎和猞猁之间的冲突是小说的另一条主要线索，小说虽然做足了铺垫，营造了异常紧张的氛围，但直至结尾，这场读者期盼已久的终极对决终归还是没有上演。金虎本打算套住猞猁之后

---

① 老藤：《北障》，《中国作家》2021年第1期。

就将其放生，"反正我套住你，就等于打败了你"，但猞猁这个四方台的神兽没再给他机会，这场矛盾冲突就这样黯然收场，此时的金虎必须正视现实，"一枪飙"的辉煌已经彻底终结。随着猎手时代远去的，还有以算卦看风水的姜大先生和神神道道的莫叉玛为代表的地缘传统中的糟粕，以及被唐胖子所背叛的猎手间的传统友谊。北障迎来了新的地缘时代。

老藤曾在一次访谈中讲道："一个作家，能将本民族精神文化诸元素进行提纯，然后作为血液倾注到文学作品当中，这部作品就有了通达的经络，就是活的作品，我在努力追求这种境界，不为别的，只为传承。"①在传统向现代的转型中，每个地域都不可能孤立存在，都会与时代和外部世界产生千丝万缕的联系，只有正视地缘历史，从地缘传统中取其精华，去其糟粕，同时以开放的姿态解除封闭，走向当代，才能生发出地缘新根，地缘美学密码也会因此焕发出新的活力，增添新的魅力。

除《北障》外，《北地》也是老藤最近出版的一部值得关注的现实题材长篇小说。作品在个人与时代、父辈与子辈、历史与现实等多重关系交织中，讲述一代建设者的奋斗故事，建构出一个丰富的文学世界。

《北地》的主人公常克勋在北地小城白河工作了整整四十年，他工作的变动、生活的起伏和情感的波动有如不同颜色的画笔，描绘出一个北地建设者的生动形象。同时，他的个人经历又如一面镜子，映照出城市发展变迁的轮廓。以常克勋为代表的一

---

① 林喦、老藤：《小说创作：不是一个人的狂欢》，《渤海大学学报》（哲学社会科学版）2017年第3期。

代北地建设者们凭借坚定的理想信念和不懈的努力奋斗，终于让北地由荒原大甸、野狼成群、交通不便的北大荒变成了田畴整齐、炊烟袅袅、交通发达、人们生活富足和美的北大仓。作为建设者，常克勋见证了这块土地的沧桑巨变。小说让个人和时代在北地交汇，谱写了一部动人的时代华章。作为一名共产党员，常克勋无论更换多少个工作岗位，无论身处顺境还是逆境，始终以党员标准要求自己。虽然屡建功勋，但常克勋也有情感上的痛苦和忧伤，会在困难前一筹莫展。正是因为这种真实、立体的书写，一个血肉丰满、真实可感的北地建设者形象呼之欲出。

作品采用倒叙方式，一开篇就描写了常克勋卧病床榻的情景。晚年的常克勋患上了阿尔茨海默病，其子常寒松为了完成父亲书写自传的心愿，重返父亲奋战四十多年的北地小城，挖掘出一桩桩令父亲牵肠挂肚的往事。常寒松沿着父亲足迹一路走来，在父亲的过往人生中钩沉抉隐，不仅发现了父亲所做的实绩，也走进了父亲丰富的精神世界。

回望历史，是对北地建设史的寻踪觅迹，对建设者心灵史的深情回望。晚年的常克勋感到自己还有很多工作没有做好，还有很多遗憾。这种自省难能可贵，使回望历史有了更强的现实意义，让历史和现实进行对话，让历史经验为实践所用，从而在前行的路上走得更远、更稳。常寒松还采访了父亲的故交及其子女，后辈身上仍能够清晰看见父辈的影子。这是作家的艺术匠心所在：拂去历史尘埃，在时空隧道里，常克勋们迎面走来，常寒松们接过父辈的接力棒，去创造更加美好的生活。

《北地》的题材内容具有很强的时代性，但必须经过合理的审美转换，才能成就艺术精品。小说凭借独特的立意和精巧的结构，在现实关怀和艺术表达之间做到较好的平衡。三十个地名独立成章，既是三十幅北地风俗画，也是北地发展变迁的三十个里程碑，承载着北地建设者一生的奉献，寄托着他们宏阔高远的理想。常寒松每到一地，都要拍摄照片，这些照片既是北大荒到北大仓的形象记录，也是对父辈及其身处时代的生动解码。作品最后，常寒松返回家，向父亲讲述了探访北地的经过，此时的常克勋已恢复清醒。他对儿子的探访备感欣慰，对儿子拍摄的北地照片也颇感兴趣，尤其对最后一张突出田野、村庄的《北地炊烟》格外赞赏——小说最后定格的画面恰是常克勋最想看到的生态宜居的美好生活图景，这也是一代建设者一生最大的心愿。

老藤的小说以其独特魅力建构了较大的话语空间，除了前文论及的结构性困境、地缘美学密码等角度之外，从小说如何干预生活、小说的平衡艺术等丰富多样的角度对其进行解读，亦会有新的发现。

悖论中的悖论

——读王充闾先生散文集
《龙墩上的悖论——中国皇帝命运大思考》

韩春燕

　　历史无疑是人的历史，然而，历史又往往用一串串数字、一个个事件，将活生生的人变成干瘪的符号。历史是客观的，它就上演于我们时间大河的上游，而历史也是主观的，在每个观众那里，它的剧情都要经过接受主体的二度创作和加工，在这个意义上，可以说，一切历史都是个人史。

　　面对历史，我们可以选择不同的路径，当然，也可以看到不一样的风景。

　　王充闾先生面对历史的苍茫，选择与那些历史深处远去的生命对话，用自己的心灵去丈量，去体察，去叩问，去照亮幽暗的历史和诡谲的命运。无论是江南首富沈万三，还是唐代诗人李太白、清代学者陈梦雷，抑或一代明臣李鸿章和曾国藩，王充闾先生都为他们绘制了一幅幅详尽的人格图谱。从自我生命体出发，去抵达另一个生命，以自己对生命和世界的感知，去探究历史人物的文化背景、性格、遭际、命运，以及他们命运遭际的偶然与必然，进而揭示宇宙人生的奥秘。这是王充闾先生走进历史的方式，也是他呈现给我们的别样风景。

皇帝，作为历史活动中的特殊人群，"由于他们至高无上的社会地位，予取予夺的政治威权，特别是血火交迸、激烈争夺的严酷环境——那个'犹如火宅，众苦充满，甚为怖畏'的龙墩宝座，往往造成灵魂扭曲、性格变态、心理畸形，时刻面临着祸福无常、命运多舛的悲惨结局。这就更会引起人们的加倍关注"①。王充闾先生这本《龙墩上的悖论——中国皇帝命运大思考》，将目光投向那些湮没在历史尘埃中的封建帝王，以自己心灵的力量让他们恢复血肉之躯，重新演绎他们悲喜交加的人生。

王充闾先生的散文是感性的、审美的，更是理性的、哲学的，"悖论"二字是该书对中国皇帝命运，也是对历史和现实的终极阐释。

而这所有的一切，都是被创作主体的心灵之光所照亮的。

一部作品的文采和见识源于创作主体的心灵，而一个人心灵之光的强弱则取决于他的生命状态如何。土沃而苗发，文章是从生命深处、心灵深处生长出来的，它的每一个文字都携带着主体自身的秘密。王充闾先生是个学问大家，其丰富的知识储备，深厚的理论素养，敏锐的感知，斐然的才情，以及其粲然的生命形

---

① 王充闾：《龙墩上的悖论——中国皇帝命运大思考》，北京：中信出版社2007年版。

态，滋养着他的文字，让它们散发着生命的灵光。

王充闾先生从自己的内心出发，以文字抵达那些曾经显赫一时的生命，如今，我们可以沿着这些文字逆向而行，去探究文字中写作主体这一生命个体的存在状态。

一、道德和生命：儒家与道家的纠缠

儒释道作为中国传统文化的构成主体，塑造了一代又一代中国知识分子的文化人格，而儒与道的纠缠更是构成了中国传统知识分子绚烂丰富的生命世界和艺术世界。出世和入世，有为和无为，修齐治平与任其性命之情的逍遥游，往往成为他们"达"与"穷"时的不同选择。无论是诗仙李白"仰天大笑出门去，我辈岂是蓬蒿人"的政治抱负，还是政治家王安石"春风又绿江南岸，明月何时照我还"的绵绵乡愁，抑或是苏东坡时而敬佩"雄姿英发，羽扇纶巾，谈笑间，樯橹灰飞烟灭"的周郎，想象自己"会挽雕弓如满月，西北望，射天狼"去建功立业，时而"把酒问青天"，渴望出离万丈红尘，"欲乘风归去"，"挟飞仙以遨游，抱明月而长终"，都体现了儒与道在一个人生命里的胶着状态。儒家文化为个体生命灌注了实现价值的豪情，而道家文化则总是在恰当的时候完成对其生命的救赎。

王充闾先生无疑是现代知识分子，但他深厚的传统文化素养，则为他增添了许多传统知识分子的气质，也就是说，儒家文化和道家文化与其他文化一起滋养了王充闾这一个体生命，培植了他的文化人格，而我们在王充闾先生的创作中，则可以反观这一文化人格的多元构成。

《龙墩上的悖论——中国皇帝命运大思考》是作者以文学的方式进行的一次学术研究。悖论，无疑是一道哲学命题，作者在这部书中揭示了一系列的悖论："愿望"与"结果"的悖论，"有限"与"无限"的悖论，"功业"与"人性"的悖论，"才情"与"职位"的悖论，"路径"与"目标"的悖论……我们可以在作者关于这些悖论的阐述中发现作者感性和理性、价值判断和生命理想的复杂状态。

王充闾先生秉持的是儒家的道德理想。在《祖龙空作万年图》一文中，作者总结了千古一帝秦皇嬴政的悲剧人生，从诸多方面对他的悲剧进行了条分缕析的深入探究。这个秦朝的始皇帝作万世之想，结果二世而亡；追求长生不老，结果壮年辞世；北修长城防强胡，结果中原耕夫造反；焚书坑儒，防备读书人，结果秦被不读书的刘、项所亡。在作者那里，这种种仿佛"历史老人同雄心勃勃的始皇帝开了一个大玩笑"的乖谬之事，却是因为这个始皇帝拥有了太多的欲望，是过强的欲望使之进入了命运的怪圈，造成了他的悲剧人生。

作者并没有一概地否定欲望，他承认欲望具有积极意义，但他对于无度的欲望无疑是给予否定和批判的，因为，在作者看来，这无度的欲望所导致的是残暴与贪婪，是冷酷和无情，是仁与爱的道德缺失。文中，作者对秦始皇的讥讽和嘲弄，主要针对的是秦始皇悖谬了儒家的道德理想，而儒家的道德理想则决定着作者对一个人最基本的感受和评判。在这篇文章中，作者将秦始皇与汉文帝相比，始皇帝不恤民力贪婪残暴，死后被无情鞭挞和嘲笑，而汉文帝"清静无为，简朴自律，与民休息，深得民心"①。

"仁爱"是儒家思想的核心，而体恤百姓、爱民如子则是儒家对一个好皇帝的判断标准。显然，对照这个标准，纵使秦始皇有怎么样的雄才大略，创下了多么了不起的千秋功业，他也不是一个好皇帝。

而在《汉高祖还乡》一文中，作者更是直接揭示了道德与功业的悖反。刘邦虽然战胜项羽成为"汉高祖"，但作者在道德层面揭示出他的本来面目，礼义廉耻他一个不占，忠孝节悌与他无关，这是一个无人格、无信义、无德行的流氓无赖。而刘邦的对手项羽却是"英雄、好汉、大丈夫"。作者在文中这样写道："……出身于贵族世家，耳濡目染孔孟之道，从而常常束缚于各种道德规范的项羽所不具备的。汉将高起和王陵，曾对刘邦说：'陛下慢而侮人，项羽仁而爱人。'听了，刘邦并未予以驳斥，可见，他是认同这一结论的。所以，我们有理由说，项羽的悲剧，从一定意义上讲，是道德的悲剧。当时以至后世，之所以对这位失败的英雄追思、赞叹，人格的魅力与道德的张力起了很大作用。而刘邦的胜利，则颇得益于他的政治流氓的欺骗伎俩和善用权术、不守信义的卑劣人格与无赖习气。"可见，作者对刘邦和项羽的情感态度和道德评价无不源于其所接受的儒家文化熏陶。

不仅仅在这两篇文章中体现出了作者用儒家思想对对象德行的评判，在《陈朝的两口井》一文中，作者歌颂了陈武帝霸先公

---

① 王充闾：《龙墩上的悖论——中国皇帝命运大思考》，北京：中信出版社2007年版，第16页。

035

忠体国、襟怀豁达，以及恭以待人、俭以待物的美德，与此同时，以陈后主的骄纵奢侈、荒淫误国作为对比；在《血腥家族》一文中，对西晋司马氏家族的穷奢极欲、荒淫无度、凶残暴戾的否定性评判；《赵匡胤下棋》和《从无字碑说起》两文中，对赵匡胤陈桥兵变欺负孤儿寡妇的讥讽，对赵光义篡位、谋弑、凶残狠毒、人性沦丧的反感和唾弃。与之相似，对明太祖朱元璋、明成祖朱棣、雍正帝爱新觉罗·胤禛、成吉思汗孛儿只斤·铁木真的评价也莫不如此。作者并没有否认他们的才能和功绩，但无法认可他们的人格和道德品行。诚如作者在文中所写："事实上，在皇权专制的国家里，在世风日下、道德沦丧的混乱社会中，一个主要当权者，如果不具备为达到目的而不择手段的气魄与雄心，没有为世人所不齿的疯狂的权势欲、攫取欲、占有欲，也就不可能在'权力竞技场'上生存，更何谈目标的实现，功业的达成。正是这种种欲望，在裸露出人的劣根性的同时，也爆发了强势的生命力、创造力。"[1]情感上的厌弃，理性上的认可，这也体现了深受儒家思想浸淫，同时具有现代知识分子历史观和价值观的主体自身的悖论。

王充间先生不仅仅接受了儒家文化的熏陶，中国传统文化的另一重要构成道家文化对他的文化人格的形成也起着重要的作用。这些，在王充间先生的诗文，尤其是那些抒发个人情怀的山水游记中体现得更为充分。

儒家强调的是道德人生，道家追求的是艺术人生，当然，道

---

① 王充间：《龙墩上的悖论——中国皇帝命运大思考》，北京：中信出版社2007年版，第112页。

家也强调道德，但道家的道德则是先道而后德，合乎天道才有德，道德便是自由，便是"独与天地精神往来"。在《龙墩上的悖论——中国皇帝命运大思考》一书中，我们不难看出这种儒家文化与道家文化的矛盾纠缠。

深受儒家"修齐治平"思想影响的作者对秦嬴政、刘邦、赵匡胤、朱元璋、康熙等封建帝王的千秋功业固然有所肯定，但对那些以生命的自由和绝世的才情被后代铭记景仰的才子们更是非常推崇，因为他认为群雄逐鹿，无论输赢，最后都将湮没于历史的尘埃中，唯有文学艺术的精金美玉会永恒地璀璨在时间的长河中。在《血腥家族》一文中，他对西晋政治进行痛斥的同时，盛赞体现生命自由和人文觉醒的魏晋风度："魏晋文化，上接两汉，直逼老庄，在相似的精神向度中，隔着岁月的长河遥相顾望，从而接通了中国文化审美精神的血脉。同时又使生命本体在审美过程中活跃起来，自觉地把追寻心性自由作为精神的最高定位，以一种特殊的方式实现生命的飞扬。体现着人的觉醒的'魏晋风度'，在中国文化思想史上，有许多戛戛独造之处。当我们穿透历史的帷幕，直接与那些自由的灵魂对话时，会在一种难以排拒的诱惑下，感受审美人生的愉悦，自由心灵的驰骋。"①

正因为作者对艺术人生的推崇，所以他才会在《赵家天子可怜虫》一文中对才非所用的宋徽宗赵佶和南唐后主李煜给予了无限同情。这两个被推到皇帝宝座的旷世才子，是因为才能和角色的错位，才导致了人生的悲剧。不仅是赵佶和李煜，"隋炀不幸

————————
① 王充闾：《龙墩上的悖论——中国皇帝命运大思考》，北京：中信出版社2007年版，第49—50页。

为天子，安石可怜作相公。若使二人穷到老，一为名士一文雄"。作者在文中引用该诗，目的在于他赞同该诗的价值观，认为帝王宰相都没有作为一个艺术家更具有价值和意义："如果这两个人终生不得志，一贫到死，那么，王安石将成为雄视古今的文豪，要比他现在的声誉高得多、重得多；而隋炀帝，若是作为一个名士、一个才子，也就不致留下千古骂名了。"甚至，作者还设想唐朝的几个皇帝都去从事自己所热爱并擅长的工作，让唐玄宗去搞音乐和戏剧，唐肃宗去下棋，唐僖宗去打马球，并由衷地感慨："如果都能让他们从其所愿，能够在艺术、体育方面做出应有的贡献，那该多么理想啊？"①

让心灵自由，让生命飞翔，让人格彻底艺术化，让作为最高艺术精神的道成为最终的追求，这是作者认可的生命状态，也是他所向往的理想的生命状态。

而在渴望生命在艺术世界自由驰骋的同时，我们看到王充闾先生作为创作主体也看重并大加颂扬着德才兼备、建功立业、为他人为国家为民族做出实实在在贡献的现实人生。可见，在王充闾先生那里有两个"我"：一个是儒家看重道德人生的"我"，一个是道家向往艺术人生的"我"，而这儒与道的两个"我"并不是界限清晰、黑白分明的，它们往往纠缠一起。关于这一点，作者文中的引语便是最形象的诠释。为了更好地传达自己的意见，作者常常将儒家经典与道家经典穿插引用，孔孟老庄杂树生花，儒中有道，道中有儒，或者亦儒亦道。儒与道的纠缠体现了创作

---

① 王充闾：《龙墩上的悖论——中国皇帝命运大思考》，北京：中信出版社2007年版，第145页。

主体思想观念上的悖论，也使他的作品因文本的多义性具有了丰厚的意蕴和强大的张力。

二、理性与诗性：哲学与美学的博弈

《龙墩上的悖论——中国皇帝命运大思考》一书延续了王充闾先生以往历史文化散文的特质：深邃的历史理性与审美的诗性表达的完美结合。

王充闾先生是个知识广博的学者，也是个才华横溢的诗人，同时，他更是个睿智的思想者，他的每篇散文都在极力探究宇宙人生的奥秘，但这种探究是以审美的方式，让读者在诗性的文字中抵达哲学。

"笔者一贯把融合诗、思、史奉为文学至境"，王充闾先生在实际的创作中也确实呈现了他的这种努力。

文学首先是审美的，面对历史，它要用"诗"的方式，也即美学的方式，传达个人的生命之悟、哲学之思。

在《龙墩上的悖论——中国皇帝命运大思考》这本书的自序中，作者更详尽地阐述了他诗、思、史融合为一的散文理想："我想用一种新的方式解读历史，透过大量的细节，透过无奇不有的色相，透过它的非理性、不确定因素，复活历史中最耐人寻味的东西，唤醒人类的记忆。发掘那些带有荒谬性、悲剧性、不确定性的异常历史现象；关注个体心灵世界；重视瞬间、感性、边缘及其意义的开掘。既穿行于枝叶扶疏的史实丛林，又能随时随地抽身而出，借助生命体验与人性反思，去沟通幽渺的时空，而不是靠着一环扣着一环的史料联结;通过生命的体悟,去默默地同一个个飞逝的灵魂做跨越时空的对话,进行人的命运的思考,人性与生命价值的考量。有感而悟、由情而理地深入历史精神的深处,沉到思想的湖底,透视历史更深刻的真实。"

历史文化散文无疑要有细致周密的逻辑演绎,在这一点上,它酷似思想随笔、史论和学术论文,是一种具有学术气质的文学样式,而富于理性思辨则是它与一般抒情言志散文的最大区别。

"'立嫡以长不以贤',公开放弃德才考究,致使高度集中的皇权与实际的治国理政能力相互脱节,也与专制政体所要求的全智全能型的'伟人政治'南辕北辙。而君主拥有绝对的权威、无限的权力,世间的一切荣华富贵集于一身,并且能够传宗接代,因此,一切觊觎王位的人,都不惜断头流血,拼命争夺。其结果,必然是兵连祸结,骨肉相残,直至政权丧失,国破家亡。这是一个无法跳出的怪圈,一个不能破解的悖论……"①谁也不能否认这是一段富有说服力的逻辑演绎。作者站在哲学的高度发现了历史的秘密,那就是导致封建王朝不断动荡更迭且无法消弭破解的内在悖论。作者提取这类文字置于每篇文章正文之前,相当于学术论文中的内容摘要,如此,全书的理性色彩可以想见。

王充闾先生以散文的形式来表达自己深刻的思想、独到的见解,而任何思想和见解的获得都离不开理性思维和自觉贯彻理性精神,只有经过细致周密的逻辑演绎和真正独立的价值判断,才可能得出鞭辟入里的深刻洞见。

---

① 王充闾:《龙墩上的悖论——中国皇帝命运大思考》,北京:中信出版社2007年版,第72页。

如果说对历史和生命的洞见是王充闾先生历史文化散文的思想内核，那么用美学的方式对这种思想内核进行传达和呈现的过程，则构成一篇散文丰腴美丽的风景。

散文的文字是从主体生命中流淌出来的，主体的生命情思必然要呈现于文本之中，而每一个经过情与思打磨浸润的文字，都必然洋溢着主体独特的生命气息。

"秦始皇的一生，是飞扬跋扈的一生，自我膨胀的一生，也是奔波、困苦、忧思、烦恼的一生；是充满希望的一生，壮丽饱满的一生，也是遍布着人生的缺憾，步步逼近声望以致绝望的一生。他的'人生角斗场'犹如一片光怪陆离的海洋，金光四溅，浪花朵朵，到处都是奇观，都是诱惑，却又暗礁密布，怒涛翻滚；看似不断网取'胜利'，实际上，正在一步步地向着船毁人亡、葬身海底的末路逼近。'活无常'在身后不时地吐着舌头，准备伺机把他领走。"[1]

在这段文字中，有睿智的哲思，有喷薄的激情，有飞扬的想象，有隽永的意象，它的语言色彩繁复、诗性盎然，同时有明亮的思想熠熠闪光。我们可以说它是思辨的、哲学的，更可以说它是生命的、文学的，是情与思水乳交融的。

文字是作者心灵的镜子，我们透过文字看到的是作者绚烂的生命风景。

下面这段《东上朝阳西下月》的开篇语更像纯粹的写景抒情的散文。

① 王充闾：《龙墩上的悖论——中国皇帝命运大思考》，北京：中信出版社2007年版，第13页。

"这天清晨，我在抚顺市区浑河岸边闲步。河水清且涟漪，照鉴着我颀长的身影，吹面不寒的清风，温煦而湿润，轻轻地梳理着鬓发，令人感到神凝气爽。净洁的青空，像刚刚拭过的，又高又远，不现一丝云迹。

　　"我忽然发现，初起的朝阳和渐落的晓月，同时出现在左右的天边；而笔直的河流竟像是一条长长的扁担，挑着这一为鲜红、一为玉白的两个滚圆的球体，悠然向西而去。霎时，我被这奇异的景观惊呆了。"①

　　作者以这样优美的文字起兴，是为了引出清朝一始一终两个时代和两个皇帝龙头鼠尾朝阳晓月的命运："联想到几天来踏查清太祖努尔哈赤开基创业、战胜攻取的龙兴故地，和寻访监押过清朝末代皇帝、后又成为日本侵略者傀儡的溥仪的抚顺战犯管理所的情景，顿时若有所悟，不禁百感中来，兴怀无限……"

　　接着作者以五首七绝的形式，描述了历史，抒发了感慨，表达了意见。而之后所有的文字都是作者对这五首七绝的具体阐述。

　　在王充闾先生的散文中，大量的诗歌被用来佐证观点，发表意见，抒发情感，而这些诗歌，有的是引用别人的作品，有的是作者自己的创作。

　　不仅仅是诗歌，在王充闾先生的这部散文集中，我们常常可以看到被植入的各种文学性文本：《汉高祖还乡》中的元曲《哨遍·高祖还乡》，《赵匡胤下棋》中的民间故事《赵匡胤输华山》，《从无字碑说起》中的京戏《贺后骂殿》，《天骄无奈死神

---

① 王充闾：《龙墩上的悖论——中国皇帝命运大思考》，北京：中信出版社2007年版，第227页。

何》中的武侠小说《射雕英雄传》，《圣朝设考选奴才》中的经典名著《儒林外史》和《聊斋志异》……

可以说，王充闾先生笔下的中国皇帝不仅仅是属于历史的，更是属于中国文学艺术的。他们活在中国文学艺术之中，对他们的千秋评价是文学的、艺术的，是审美的；而这种审美的评价将比历史本身的评价更真实、更恒久、更深入人心。

对历史的解读，必有主体的积极参与；而主体飞扬的生命神采，灵妙的体悟思量，一定会发现历史深处的秘密。

王充闾先生把《龙墩上的悖论——中国皇帝命运大思考》一书所涉的历代帝王首先还原为个体的人。在他的主体观照下，千古一帝秦始皇也不过是一个令人同情的悲剧人物，而汉高祖刘邦更是一个令人不齿的流氓无赖，相反，倒是"做了情感俘虏"的失败英雄项羽具有强大的人格魅力。文学是主情的，只有有情的人和事才能激起人们的情感共鸣；同时，文学也是可以不受现实和时空限制的，它可以"精骛八极，心游万仞"。当王充闾先生发现种种历史的乖谬之后，竟会去想象宋徽宗赵佶去当宣和书画院院长，南唐后主李煜去出任金陵诗词学会会长，甚至让他们分别担任北宋和南唐的文联主席或者文化部长。而在文字表现上，他更是随处引用不同朝代的诗词谣曲，以历代诗文对历史人物的臧否来诠释自己的史识，即用文学来印证历史。

可以说，王充闾先生笔下的历史是他所理解的历史，即他个人的历史，这个历史，也是将理性精神与诗性品格融为一体的历史。

用文学来表达作者对历史的思考和洞见，将科学研究的

"理"与文学创作的"情"结合起来，在美学风格上呈现理性凝重与诗意激情的浑然一体，这是王充闾历史文化散文的特性。

尽管如此，在一个作家的笔下，在同一个文本内部，哲学理性和审美诗性之间存在着必然的冲突和悖反。历史散文的文学性，需要作者将诗意的想象和小说化的笔法融入历史事件，用自己的生命体验和个人情感进行历史解读，而历史散文的历史性则要求散文的逻辑思辨和学术理性，资料和议论过多，会损害文本的诗性和美感，而想象和抒情过多，则会影响文本的严肃和庄重。情与理的较量很容易造成情胜于理或理胜于情的情况出现，在王充闾先生那里，理性精神和审美情感的博弈，也是他学者身份与诗人身份的角逐，更是对他作为智者的考验。

情与理之间的博弈是动态的，如何把握情与理恰到好处的"度"？如何在对历史进行诗意的观照的同时，不以理绝情，也不以情蔽理，通情同时达理，维持情理之间的平衡，使作者的思想感情通过审美机制得以完整和谐地呈现，让诗情画意中隐含思想的重力和引力？王充闾先生也许为我们提供了一种范本。

通过以上分析，我们可以看到，王充闾先生在《龙墩上的悖论——中国皇帝命运大思考》一书中，以自己的心灵之光照亮了历史，让我们在一片光亮之中看到了历史深处那些幽暗的秘密，同时，也因这片光亮的照耀，我们发现了写作主体自身的秘密——多元共生的文化人格，蓬勃繁盛的悖论风景。

无疑，《龙墩上的悖论——中国皇帝命运大思考》一书贡献给我们的远不只这些。

工业写作：坚守、找寻与突破

——论李铁《锦绣》的工业叙事

胡玉伟

　　自20世纪80年代始，李铁便笔耕于工业文学世界。《锦绣》是李铁"工业叙事"的新近长篇力作。他以"锦绣金属冶炼厂"（以下简称"锦绣厂"）这一具象化的空间坐标来连接历史、记忆与现实，作为映现工业变迁的核心场域。作为中国国有企业的缩影，"锦绣厂"铭刻着东北老工业基地在中国现代化进程中的地位与责任、忧患和沧桑。在以工厂或厂区为叙述空间，以工人形象塑造、工业演进故事为思维主导的叙述逻辑里，李铁以朴素和清亮的话语系统、情感向度，让读者一次次见证工人群体于历史流转中的巨大迁徙和生存样态，真切地体认不同代际的工人所经历的集体记忆及其在社会转折、产业浪潮中的命运浮沉以及人性光辉。同时，又总感觉李铁将精神个体重新还原到历史之中，在对曾在的工厂历史现场的回眸和守望中找寻着什么。有别于当下用炫目的商业符号和幻象构砌起来的故事世界，李铁的故事是早就存留心灵深处的历史印记，是先在的，是"近身"的，类似文化研究学者鲍德里亚所论及的"地图在先"。由此也赋予了李铁的工业叙事始终具有的"生命在场"这一显豁风格。

在当代中国文坛，工业文学创作始终不尽如人意。通常而言，与具有丰厚写作资源的农村乡土题材抑或军旅题材比较，工业题材小说创作难度较大，而且容易固化或主题先行。针对现代化工业经验和相应审美创造缺失的困境，如何实现突破，如何写好工业故事，这是中国现当代文学的历史之问、时代之问，亦即本土之思。《锦绣》作为长篇小说，更为详尽地体现了作者从历史整体性的视野去理解和把握工业更迭，更为全面立体地彰显了作者对纷杂繁复的工业生活景观进行择取、创造和言说的艺术驾驭功力。作品更为侧重过程性刻画和"工厂与人"关系的书写，写出了工业发展流变与个体日常生活、与个体心智认同之间的互动融合的过程，有融合的光芒，有灯火，也有灼伤和撕裂……《锦绣》在历史观念、形象谱系、文体建构等维度，推进了工业话语、审美取向与主流历史意识形态的交融，丰富了文学史书写的工业题材资源，且具有突破意义。

一、"生命在场"的工业写作

《锦绣》很耐读，但读起来整体感觉又颇为凝重。《锦绣》依旧体现着作者长年积淀的工厂生活经历的"落地"，不乏诸多现代工业符号和极富年代特色的历史对应物，以及金属冶炼、锰铁锰渣等叙述语汇和工业生产的专属专业场面。故事以新中国成立初期、20世纪90年代以及新世纪这三个交相辉映的历史时空为叙事单元，包括家园、山河、前程三部分，秩序井然地绘制出裹挟于历史旋流中的作为企业典范的"锦绣厂"之发展变迁和现实重构。

李铁在一次创作谈中谈道："我曾在一家大型国企工作过近二十年，这二十年的生活经历对我的小说写作起到了不可估量的作用。人情、厂情甚至噪声和气味几乎以自然而然的形式渗进了我的小说里。"①经验虽不构成写作成功的必然要素，却是重要前提。二十余年的国企经历，火热的工厂生活体验和观察，以及感觉、印象，与工厂的声音、气味、味道发生接触的暮暮朝朝，不仅赋予了李铁对于工厂空间及其内部关系的熟稔，而且使其具备了透视具体工业现象的历史直觉的潜能。有别于一些工业题材的"外围写作"，李铁对工业故事讲述和再现，已然不是思维或语言的游戏狂欢，而是在其所创造的世界中直视自我和他人生命，是通过写作实践，躬身践行的生命活动本身。他不仅亲身接触过个体工人的生命历程和痛苦遭际、工人群体的精神轨迹，而且亲历工厂命运的辉煌及至一次次转换变迁。所以他的故事，及至一方场景、一处细节、一套动作、一组对话，都给读者以自然流淌之感。

"锦绣厂"不只是物质性的空间，还拥有着丰富的意义功能，是工业演进与发展振兴的符号化象征。1949年新中国成立后，中国工业现代化进程先后历经了五六十年代的起步、八九十

---

① 李铁：《一位工人作家眼中的工人与工业题材小说创作》，《文艺报》2021年5月1日。

年代的改革发展和新世纪的持续前行。与之相应，不同历史语境中的工人群体的地位身份、生存景况乃至心路心迹也在发生着同频共振。但长期以来，工厂叙事多聚焦工业生产活动，多将"工业生产事件""技术攻关钻研"置于故事讲述中心。这也是工业叙事一个避不开的困境。李铁在找寻新的意义建构模式。他在工厂空间和工人之互动关系中，打造"完整"的工人。他笔下的工人，不只是在车间、工厂、流水线等工业生产场域的"工"人。李铁更为关注的是工业社会语境中的生命的困境与人性闪光；其形象是鲜活的个体，是具有多重性格和人性魅力的，可以说是一种更接近人类学意义上的"人"。他不仅讲述现代工业文明的成就，立体动态地呈现"工厂风景"，而且反复思考工业发展带来的与人的需要息息相关的命题，努力理解工业历史对于人性和人类来说究竟意味着什么。

《锦绣》主要人物形象张大河，在日本人统治时代偷学了冶炼技术。在新中国工业生产中，他满怀革命胜利的豪情和建设新家园的热情，忠诚奉献、勇于担当。尽管这一形象不乏浪漫化、英雄化，但作者并未简单化处理，而是恰切还原其日常本色和爱恨哀乐，深入个体生命与现实困境、个人命运与时代悲欢之间胶着的深处，把被压抑的或不可见的记忆掀开。张大河的日记，无疑是对其个人隐匿思绪的舒张，最为真实地勾勒并记录主人公潜在的个人意志。与古小闲分手，给张大河造成巨大的精神创伤，这位铁骨铮铮、满怀理想与激情的工人劳模在日记中复刻着他的复杂心境：

我是咬着牙和古小闲分手的，外表冷，心里疼。但为了理想，我只能这么干了。为了自己，我对不起古小闲，可为了对得起她，让她更好地改造自己，我又只能狠心这么做。心中的苦痛只有自己知道。

　　…………

　　为了理想，我们只能对自己狠点儿了。[1]

　　"人的问题"，也就是如何成为一个不仅有"肉身性"，而且还有"伦理感"的问题。日常生活与工人行为之间的穿插和衔接构成了《锦绣》的重要叙事形态。作为个人隐私的日记见证着张大河做出内心抉择之时所经历的心灵困顿。古小闲的成分不好。张大河不能与其结成夫妻，为工作理想痛别了挚爱古小闲。张大河虽以宏大叙事的工匠情怀消解着失恋的忧伤，却始终不能对古小闲忘情，并以润物细无声的关怀照拂古小闲的生活与事业。这份真诚又真实的情感记忆，为还原历史旋流中的生命个体，留存了一份重要的文本资源。《锦绣》用一种生命体悟的方式，切入了社会机体和人性的隐秘纹理，指向生活深处所包蕴的人性力量，使得小说的故事性更加具有深刻意义，进而工人的主体意识、精神情怀被放大和强化。

　　以张大河为首的工人群体为工厂的"锦绣"所付出的奉献和努力，是新中国成立初期东北底层工人的经历与信念、信仰的昭彰。张大河的心路历程，呈现了社会主义计划经济时期青年一代

---

[1] 李铁：《锦绣》，沈阳：春风文艺出版社，2021年版，第3页。

的内心抉择与矛盾纠结。他的身心选择，恰恰验证着时代感召之下的工人自我的牺牲意识，"集体大于个人的意念"深入人心。可以说，李铁所塑造的张大河等工人形象，摒弃了以往对工人形象的脸谱化特质。他植根生活本体，为其笔下工人形象的构建注入了"人情味儿"，并触及了隐含其中的人性之美与人性之善。另一方面，作为作者着力渲染的主人公也并非完美无瑕。张大河在日记中"暴露"着自己的小心思，与自己对话，与自己和解：

> 参加投票的是二十个核心组的成员，无记名投票，姜连子得九票，我得十一票。写票时挨着姜连子坐的同志后来告诉我，姜连子写的名字是我，而我写的名字是自己。跟姜连子比，我的境界差了一截，有些惭愧。
>
> 评上厂劳模，才有了后来评上省劳模的机会。我不能不感谢姜连子，也同时告诫自己，思想境界需要进一步提高，不然愧对劳模这两个字。①

出于私心，张大河将投票的机会留给自己，而姜连子却公而忘私，进而使张大河顺利成为厂劳模，拥有更加广阔的个人施展空间。而在后续的张大河与姜连子义务劳动的过程中，张大河不慎捣坏变压器，却因内心的种种纠结与忐忑，责任由姜连子一肩扛下。

---

① 李铁：《锦绣》，沈阳：春风文艺出版社，2021年版，第3页。

我没有扛这事不是我怕摊事，我个人摊事没啥，可要是抹黑劳模，坏了锦绣厂的名声，我可真是扛不起了。

　　…………

　　我知道我的结果的确会比姜连子惨得多，还会给牛洪波、敖洪伟这些领导抹黑。我不是个怕事的人，但这件事让我越想越怕。①

　　作者真切描绘了张大河面对"捣坏变压器"风波的复杂心理情绪，呈现了人性的真实。在时代精神的洗礼下，主人公虽将个人奉献给了"火热、奔腾、到处流淌钢水的时代"，却始终保有人之为人的本心。记得李铁曾谈及，他不想对一些现象做过多的质疑，而是很想给作品里面的人物一个质疑自己的机会，能够自己怀疑自己，不仅仅是良心发现，也可能是灵魂的一次飞跃。

　　"写作与生活写作的资源来自生活，这是很多人承认的，我也一样。但这些生活不是单纯的记忆，而是感受，作家的感受才是对写作起作用的生活，超出生活经验的写作才是真正的文学创作。"②李铁对锦绣厂及工人形象的塑造，显然有其个人的生活经验带入。如果说其个人生活经验是故事的底本，是素材的集合，那么其文本实践则是对底本的选择、编排、重构，注入想象与情感，超越了经验现实的桎梏，进入每一个人物形象生活和生命的

---

　　① 李铁：《锦绣》，沈阳：春风文艺出版社，2021年版，第45页。
　　② 林喦、李铁：《小说是茶 品过后给人回味绵长的才是上品：与作家李铁的对话》，《渤海大学学报》2012年第1期。

内部。多年来，李铁具有一种倾心于工业文学创作的痴迷精神，不断在书写过程中淬炼自我主体性，体现了一种主体化写作的可贵自觉。他将工业这样一个紧密联系着国家民族命运、历史进程的场域，充分地融合进个体的生命体验与情感结构之中。因此其工厂故事的系列讲述，不仅关涉社会存在中物质世界的林林总总，不只是工业本身，更是工业与人的关系。感觉他建构的每一个小说世界和审美序列，不仅是对工业语境中的内在关系、矛盾、人物、地域等的精细摹写，对"厂史"和人物史的深情告白，某种程度上作者也是在实现自我精神唤醒和跨越。这种主体意识的"自觉"，不仅是映现工人在社会变迁和改革大潮中的遭遇，而且超越了工人形象塑造之俗常的保守与先进等浅表现象，走向对工业写作内在规律的关注。

二、工业史的建构及突围

《锦绣》的写作体现出作者在新时代重构工业史以及突破工业写作困境的冲动。

马克思在《1844年经济学哲学手稿》中指出："工业的历史和工业的已经产生的对象性的存在，是一本打开了的关于人的本质力量的书，是感性地摆在我们面前的人的心理学。"[①]工业写作及其展呈的文学地貌正是对人类历史行程中"工业"这一广袤又独特的生产生活领域的审美观照和艺术呈现。于中华民族而言，

---

① 马克思，恩格斯：《马克思恩格斯全集》（第42卷），北京：人民出版社，1979年版，第127页。

"工业"以其内涵与外延，成为近现代以来的历史想象主导。脱离"乡土"，进入"钢筋水泥世界"，成为近代以来中国历史发展重要的内在动力逻辑。从农业国家跃迁为工业国家，是中国现代化之路重要的目标之一。由此对工业经验、工业题材的书写缔造，事实上构成了与中国现当代历史的内在呼应。回溯世纪流转中的中国文学发展历程，不难发现，工业叙事始终与文学的建构繁兴紧密关联。工业叙事在近一个世纪的漫长岁月里，在浮沉负重中承载着历史交付的言说使命。

《锦绣》追随"工业"所携带的巨大历史动能，携带着丰富的工业历史遗产和文化记忆，其实是作者关于国企改革问题的切身感受和长期思考的结晶，且这种思考在富有暗示性的物品、意象、场景、景观以及各种情节的扭结和转向中被接近完美地演绎出来。这也使其有别于作者此前更多倾注于往昔工业生产、生活方式和文化怀念的相关创作。经由失落或迷茫、阵痛与和解，作者渐趋冷静、理性，展现出开阔的历史叙述视野，形成了关于工业生产发展建设的整体性理解和认知。这种大历史视域中的工业诗学，寄寓了国家的诸多历史内蕴，具有纵深的历史感，无疑为文学史所需。

20世纪90年代，随着国家政策的调整和市场经济的实行，东北老工业基地陷入发展瓶颈，老牌企业破产成为常态。东北老工业基地的衰落，导致工人群体生存状态骤变，集体精神荒原生成。李铁将这段掺杂着他的复杂情感的身心记忆从脑海中移植出来，诉诸系列文本。"文化是依赖象征体系和个人的记忆而维持的社会共同经验。这样说来，每个人的'当前'，不但包括他个人'过去'的投影，而且是整个民族'过去'的投影。"①我们看到，《锦绣》不仅多方位多层面反映国企的兴衰沉浮，民营企业、合资企业、外企及其微观层面的生产组织方式也被纳入创作语境中，启悟读者更完整地审视工业叙事的现代化进程。尤其是透过聚焦工业化进程的困境，描绘变革中工业领域的内在矛盾，引领读者感悟工业历史航程的整体性前行步伐。其关于工业历史与集体记忆、个体情怀的话语互鉴，在丰富复杂的现象追问与文学史之间，建立起了一种内在联系，无疑为文学史工业题材写作格局突破提供了一种可能路向。

《锦绣》塑造出了具有工业情怀和时代特色的"工二代"或"创二代"形象，丰富了文学史的工人形象谱系。

在历史规约与自主选择，在浪漫与激情、踌躇与昂扬、悲怆与彷徨等多维度视域交织言说中，李铁叙写出了具有文化感怀的工人家族故事，谱写出以张大河、张怀勇父子两辈人为主线的奋斗不息和精神跋涉。较之作者以往的中短篇作品，长篇写作使作者拥有了更为自由充分的时空，经由对工业生产生活细节的准确把握与提炼，将具有不同主导逻辑的本土工业发展历史时期在文本中有效连接，其中内蕴中国工业精神的崛起以及工业精神如何激发并塑造了生产者形象。这是宏大历史建构持续与个体人生对话的过程。

相较于多被论及的"官二代""星二代"等，"工二代"在叙述语境中是较少被关注和描写的。他们却是当今中国工业转型发

---

① 费孝通：《乡土中国》，北京：北京大学出版社，2012年版，第17页。

展的生力军和重要社会群体之一。他们的实践不仅探索着工人的生存之路，不仅安身立命，也在扮演着探索中国出路的角色。"工二代"们传承父辈的责任感，具有踏实肯干、勇于实践等精神品质，对工厂同样怀有深厚的感情。我们看到，随着张大河等老一代工人的渐趋老去，张怀勇、张怀双等"工二代"子承父业，遗传或者继承了父辈的思想观念、行为方式等"基因"，已经在时代大变迁中成长起来。譬如，在张大河父子的内心，始终流淌着坚守理想、振兴锦绣的澎湃激流。张大河为了与之血脉相连的"锦绣厂"复兴与古小闲分手。无独有偶，在锦绣厂最为艰难的转型期，张怀勇更是心系工厂，只为重铸锦绣辉煌，再创企业佳绩。他在日记中声情并茂地回溯这段心路的曲折：

> 我和锦绣厂是父一辈子一辈的关系，锦绣厂的一草一木，锦绣厂父老乡亲的喜怒哀乐，锦绣厂的兴衰荣辱，已融入我的血液之中。……原谅我用非常手段解决了上访问题，原谅我跟兄弟姐妹们许诺了我也不知道能不能实现的诺言。没有别的办法，在锦绣厂面临生死抉择的关头，我只能选择迎难而上，摸索着朝前走。
>
> 忍受疼痛，涅槃重生……①

作为新生的历史力量，张怀勇等人成长于从计划经济向市场经济过渡乃至全面建设市场经济的时期，见证了中国经济社会的

---

① 李铁：《锦绣》，沈阳：春风文艺出版社，2021年版，第175页。

发展与变迁。他们的理想和抱负，目标与追求，紧紧地和企业发展联系在一起；他们更加重视个人发展、事业追求和社会价值的结合，创业志向强，参与中国经济的改造和腾飞，亦可称为"创二代"。

"锦绣厂"效益欠佳，入不敷出，人心惶惶。张怀勇又以日记的形式真实而深刻地诠释了当时国企的艰难境遇：

> 锦绣金属有限公司目前的生产经营环境很不好，在债务负担、人员负担、社会负担这三大包袱的重压下，企业随时有可能被迫全线停产……现在面前的路有两条：一条是在生产经营上修修补补，搞搞粉饰；另一条是破产，置之死地而后生。
>
> …………
>
> 从酝酿到申报再到正式破产，将是一个漫长的过程。我是这个过程中的参与者、见证人，几经波折，历尽艰辛。当年同样辉煌过的古河纤维厂曾因破产引发员工群体事件，主要领导被查处。受这件事的负面影响，锦绣厂管理层的人都心存疑虑，忧心忡忡。[①]

面对棘手的现实，一向稳重的张怀勇亦陷入焦虑的情绪区间。然而，他并未深陷于这样负面心绪的困守，而是在喜忧参半中，重建独立坚忍的自我人格。他在日记中呈现着心境的复杂：

---

① 李铁：《锦绣》，沈阳：春风文艺出版社，2021年版，第129页。

亦喜亦忧，这也是个挑战。迈过这道坎，也许会看到更好的风景。我是谁呀？我是张怀勇，我怕过啥呀？啥都不怕，可怕的是自己被预设的困难吓倒。①

作为普通平凡的工人个体，张怀勇无疑是顽强坚忍的代言，他的身上凝聚着当代中国工人恒定追求理想的自强意志。在他心情的跌宕起伏中，同时内蕴着工业历史发展的时代错置。李铁正是经由对张怀勇的波涛汹涌的内心世界的精彩展演，写出了"工二代"的成长及其成长的必要环节与过程。

可以说，较之同类题材作品，《锦绣》在相对宏阔的时空结构中，在与工业行业创业的时代理念同声相应中，更带有对工业问题的反思性质。李铁多聚焦工业创新发展中的困境，写困境中的突围，写困境突围中的人格力量、人生调适与伦理选择，在个体的创业历程中融入国家发展理念和民族价值追求。作品以"工二代"或"创二代"的不同命运轨迹，及其在各个历史时期的抉择与进取，再现了工业改革的历史必然。例如作品还塑造了一个走出"锦绣厂"的形象——张怀勇的哥哥张怀智。他通过"出走"的方式进入了大型私企"永光厂"，并获得了新的社会身份。另一方面，作者又超越现实的历史，对创业历程中的文化困惑、人性挣扎给予理解性的同情和人文关怀。

此外，《锦绣》也体现出李铁在长篇小说文体形式上的实验

---

① 李铁：《锦绣》，沈阳：春风文艺出版社，2021年版，第133页。

与革新。文本的叙述建立在作者生命体验以及大量实际材料的基础上，但又超越现实、穿透经验。故事的内在结构以及讲述方式，带给读者一种特殊的阅读感受：既有虚构世界、诗性美感，又有真实语境的不断再生产。这有赖于作者巧妙地在文本中将虚构与真实融为一体，故事和史料浑然一体。基于历史的逻辑和生活的逻辑、情感的逻辑，对于历史、现实生活以及个体命运的记录和反思，李铁有意味地突出在场和实证。作者在故事与现实之间展开了新的可能性思考，重新确立了故事与现实彼此打开、双向互动的有效性。借用大量的真实史料，包括有明确时间记载的日记、厂志等，增加了文本的客观性，给读者一种身临历史现场的代入感和沉浸感。在行文中，李铁以摘抄的"锦绣厂"部分厂志为归依，指向对历史语境与空间的精心构筑。

三线建设是新中国历史上一次大规模的工业迁移，是20世纪60年代中期加强战备、改变我国生产力布局的一次由东向西转移的战略大调整。1964年到1980年，贯穿三个五年计划的16年中，国家在属于三线地区的13个省和自治区的中西部投入了占同期全国建设总投资40%左右的2052.68亿元，400万工人、干部、知识分子、解放军官兵和成千上万的农民工，从祖国的东部来到大西南和大西北，建设起1100多个大中型工矿企业、科研单位和大专院校。[1]

---

[1] 李铁：《锦绣》，沈阳：春风文艺出版社，2021年版，第125页。

厂志的摘录，兼具回眸历史与重温现实的双重内涵，为读者提供了丰富且真实的历史记忆：一方面，作为史料的现实一种，厂志等内容信息的附加，更为细腻地展现出历史细节的幽微；另一方面，作为小说历史发生现场的回归，史料增具着文本的写实性，并创造了真切的现实体验感。若实若虚的形式，给作者的历史想象、自由表达、思想情感的释放提供了便捷路径。这种开放式写作，作为一种有意味的形式，为当代小说文体的创新发展提供了有益尝试。

无须赘言，李铁的生命体验与写作历程有着挥之不去的"工厂情结"。在其工厂叙事中，工厂是故事的发生地和情节间的链接场景，是故事中人物生活与生存的背景或根基，也是具有象征意蕴的核心意象。一座座工厂，定义了里面的人群所共享的身份、关系与历史，诸多人物的命运被联结为一体。在"工厂"与人的历史、现实及至未来的关系中映现着人世间的沧海桑田以及自我指涉和集体记忆。"锦绣厂"带给人的自豪感、幸福感、力量与激情已被深深镌刻进历史，也被历史见证着。在时空变幻、人事更迭中，它依然矗立在那里，不断有新产品被研发与生产，不断有新生力量走进来奋发。虽历尽沧桑，却终归岿然。

"北方化为乌有"之后

——论双雪涛、班宇的东北叙事①

梁 海

一、前言

近年来，双雪涛、班宇、郑执等三位东北作家的文学创作，格外引人注目。尽管他们开始文学创作的时间不同，路径不同，但他们是以群体形象受到关注的。的确，三位作家有着诸多的相近之处。一方面，他们年龄相仿，都出生于20世纪80年代中期，都是沈阳人，铁西区的"锈化地带"深深烙印在他们的童年记忆里，也成为他们"抢眼"的文学起跑线。双雪涛《平原上的摩西》、班宇《冬泳》、郑执《生吞》等这些奠定他们在文学界地位的作品，都是以铁西区为背景的东北叙事。另一方面，他们的

---

① 本文系国家社科基金"文化记忆视域下新世纪文学的东北叙事研究"（21BZW154）阶段性研究成果。

创作手法不约而同地呈现出一定的相似度，比如悬疑叙事，比如"子一代"的叙述视角，比如现实主义底色与先锋叙事的杂糅，等等。他们被冠以"新东北作家群"①"铁西三剑客"②等不同称谓，他们的作品在《收获》发表，斩获诸多文学奖项。《当代作家评论》《创作与评论》等学术期刊还组织评论，专门探讨双雪涛的文学创作。同时，他们的影响并非小众，有着较为广大的读者群，《刺杀小说家》（双雪涛）、《我在时间尽头等你》（郑执）、《逍遥游》（班宇）都被改编成电影，部分还在贺岁档上映。可以说，他们在短时间内集中爆发的令人炫目的东北叙事，构成了一个文学事件。

在文学"式微"的今天，这个文学事件的出现是值得我们深度思考的。王德威、孟繁华、张学昕、刘大先等著名学者，以及黄平、丛治辰、刘岩等80后青年批评家都关注到了这一文学现象，并从不同角度做了评述。孟繁华是较早关注双雪涛文学创作的批评家之一。2014年他在《西湖》杂志发表《从容冷峻的叙事，超验无常的人生——评双雪涛的短篇小说〈大师〉和〈长眠〉》，从当下80后作家群的创作趋势谈起，指出双雪涛的小说具

---

① 黄平在《"新东北作家群"论纲》（《吉林大学社会科学学报》2020年1月第1期，第174—182页）一文中提出"新东北作家群"这一概念。"新东北作家群"概指双雪涛、班宇、郑执等一批近年来出现的东北青年作家，称之为"群"，在于他们分享着近似的主题与风格。

② 2019年10月24日《人民日报》发表题为《曾经的东北作家群，如今的"铁西三剑客"——他们，在同一文学时空相逢》的文章，指出"近几年，双雪涛、班宇、郑执三位80后作家不约而同地出现，把'铁西'变成了一种独特的文学题材。'铁西三剑客'的出现代表着新东北作家群的再次崛起"。

有"感伤主义情调"和"对超验无常事物的想象能力"①。王德威从东北地域视角切入，对双雪涛的短篇小说集《平原上的摩西》做了深入探讨，指出"《平原上的摩西》关乎的不只是东北工人生存境遇的问题，而更是东北人信仰和危机的问题"②。这种立足于东北叙事的地域研究视角，在80后学者黄平、刘岩等人那里得到了充分展开。刘岩从具体问题出发，以双雪涛《平原上的摩西》为例，探讨了悬疑叙事为何成为近年讲述当代中国老工业区的主要叙事形式问题③。黄平更是以"激进"的姿态，发表了《"新东北作家群"论纲》，率先提出了"新东北作家群"的概念，指出"如果说20世纪30年代'东北作家群'响应的主题是'抗战'，那么当下'新东北作家群'响应的主题是'下岗'。'新东北作家群'所体现的东北文艺不是地方文艺，而是隐藏在地方性怀旧中的普遍的工人阶级的乡愁"④。当然，这一概念的提出也遭遇了一些质疑的声音。比如丛治辰就明确表达对"新东北作家群"这一概念的不同看法⑤。同时，他在《父亲：作为一种文学装置——理解双雪涛、班宇、郑执的一种角度》一文中，提出了

① 孟繁华：《从容冷峻的叙事，超验无常的人生——评双雪涛的短篇小说〈大师〉和〈长眠〉》，《西湖》2014年8月第8期，第106页。

② 王德威：《艳粉街启示录——双雪涛〈平原上的摩西〉》，《文艺争鸣》2019年7月第7期，第36页。

③ 刘岩：《双雪涛的小说与当代中国老工业区的悬疑叙事——以〈平原上的摩西〉为中心》，《文艺研究》2018年12月第12期，第15—24页。

④ 黄平：《"新东北作家群"论纲》，《吉林大学社会科学学报》2020年1月第1期，第176页。

⑤ 丛治辰：《何谓"东北"？何种"文艺"？何以"复兴"？——双雪涛、班宇、郑执与当前审美趣味的复杂结构》，《中国现代文学研究丛刊》2020年4月第4期，第3—33页。

从"东北"之外，研究三位作家的思路[1]。丛治辰的观点得到了张学昕的呼应。张学昕在论及班宇短篇小说时指出，"铁西三剑客"的命名"无疑是继续沿袭20世纪下半叶'潮流化'地命名作家现象的惯性、套路，是对作家写作个性化的抹杀"。同时，他认为地域不是研究班宇的唯一视角。"班宇的文本，是'东北叙事'，又不唯'东北叙事'。不妨说，它们所提供给我们是时代整体性的心理、精神和灵魂的苦涩档案。"[2]

在我看来，这些不同的视角，不同的论点，恰恰显示了学界对这几位作家的关注。诚然，每一个个体作家的确都有其鲜明的个性，但是，对于一个文学事件的探究，东北叙事或许更易于挖掘这一文学事件背后的深层内涵。所以，本文的研究依然延续对东北叙事的探究，但落脚点在"北方化为乌有"[3]之后，即审视作为"父一辈"的工人阶级在下岗之后为寻求社会身份认同所经历的困惑、痛苦、彷徨、沦落，乃至不甘、抗争与追求，从而进一步揭示共和国长子在时代重大变革中留存的创伤记忆。我认为，身份认同或者身份重构是这些年轻的东北作家创作中极具现实意义的思考。1992年之后，日常生活和文化的所有结构和内容都被"南方谈话"唤起的商业化大潮席卷而去，而市场扩张的重要内

---

① 丛治辰：《父亲：作为一种文学装置——理解双雪涛、班宇、郑执的一种角度》，《扬子江文学评论》2020年7月第4期，第67—75页。

② 张学昕：《盘锦豹子、冬泳、逍遥游——班宇的短篇小说，兼及"东北文学"》，《长城》2021年5月第3期，第159—167页。

③《北方化为乌有》系双雪涛所著短篇小说，刊于《作家》2017年3月第2期，第115—121页。在小说中，作者以"北方"喻指行将消散的工人阶级有机社群。

容表现为非国有化，那些曾经以国家主人翁自居的国有企业工人，忽然沦为了失业的边缘人，于是，他们对身份这一抽象概念的精神焦虑，必然会引发我们对"承认的政治"的反思。正如学者赵静蓉所指出的："到今天为止，身份认同已不单单是个理论概念了，它还象征了一系列重大的社会事实，以及人类对于未来社会生活的某种愿景。"[①]本文将以此作为重点探讨的问题。由于郑执东北叙事中涉及这方面的内容相对较少，本文将以双雪涛和班宇的小说作为主要研究文本，暂不涉及郑执的创作。

二、身份认同：对无名者的关注

出生于20世纪80年代初中期的双雪涛和班宇，初谙世事便遭遇了东北老工业基地的下岗大潮，巨大的社会变动必然会成为他们童年记忆中最刻骨铭心的部分。况且，作为年轻的写作者，个体经验无疑是最好的写作素材，正如双雪涛所说："我只能写我自己熟悉的生活。"[②]他在回忆那段东北往事时说："东北人下岗时，东北三省上百万人下岗，而且都是青壮劳力，是很可怕的……但这段历史被遮蔽掉了，很多人不写。我想，那就我来吧！"[③]班宇也说："我对工人这一群体非常熟悉，这些形象出自我

① 赵静蓉：《文化记忆与身份认同》，北京：生活·读书·新知三联书店2015年版，第17页。
② 赵艺：《"80后"文学的变局——双雪涛小说论》，上海：华东师范大学出版社2019年版，第25页。
③ 许智博：《双雪涛：作家的"一"就是一把枯燥的椅子，还是硬的》，《南都周刊》2017年6月3日，第21—23页。

的父辈，或者他们的朋友。他们的部分青春与改革开放关系密切，所以其命运或许可以成为时代的一种注脚。"①由此可以看出，他们东北叙事最重要的一部分讲述的就是国企改制那个创伤时刻对下岗工人命运的改写。

实际上，以沈阳铁西区为背景的东北叙事并非始自双雪涛和班宇。近些年来，以东北下岗群体为表达对象的影视作品频频出现，张猛《钢的琴》、刁亦南《白日焰火》、张大磊《八月》等，都讲述了发生在"锈化地带"的故事，并赢得了海内外各类电影奖项。早在2003年，王兵执导的纪录片《铁西区》，便在长达九个小时的时间里，向我们全方位展示了沈阳市铁西区。这个曾经中国历史上规模最大的重工业区在影片中是没有美感的：破败的工厂、凌乱的车间、生锈的机器，肮脏杂乱的居民区里，人们谈论着下岗、买断工龄，以及未来渺茫的出路。东北作为共和国的长子，在新中国成立之后的相当长一段时间里，以工人阶级老大哥的身份，彰显着工业化想象所带来的期待国富民强的美好愿景。"铁人王进喜""工业学大庆"这些响亮的口号，喊出的是"石油工人一声吼，地球也要抖三抖"的革命浪漫主义激情和壮志。然而，在改革开放大潮的洗礼下，东北老工业基地明显没有跟上时代的步伐，曾经的工人老大哥也由时代英雄沦为社会底层的边缘人。20世纪90年代，上千万工人的下岗大潮给东北这片土地染上了一层颓靡的铁锈色，那种以追求平等为醒目标志的工人阶级文化在市场经济面前，全面退败。从工厂走出的工人们不

---

① 朱蓉婷：《班宇：我更愿意对小说本质进行一些探寻》，《南方都市报》2019年5月26日，A16版次。

再是熟练的车工、电工，而是变成了业余乐队的歌手、蹬倒骑驴的车夫、杀猪的屠夫、学校的更夫、小店老板、混迹于歌厅和麻将馆的闲散人员，沦为社会转型期被抛弃的碎片化、原子化的存在。在这个价值观发生巨大变化的新时代，令他们痛苦和困惑的，不仅仅是贫困，而是身份认同的缺失。在电影《钢的琴》中，制造钢琴成为这群碎片化个体重温旧梦的一种方式，正如导演张猛所说："陈贵林发起的失落阶级的最后一次工作，他们在工作的过程中找到了工作的快乐。"显然，这种快乐不是来自工作本身，而是因为他们又变成了曾经的工友，获得自我身份的一次认同。英国学者霍布斯鲍姆说过："在一个其他所有东西都在运动和变化，其他所有东西都不确定的世界里，男人和女人们都在寻找他们可以有把握地归属于其中的团体。"①人作为社会动物，其存在的根本价值便在于确立自我的社会身份，而一旦这种个人所属的群体阶层失落，必然摧毁个体的稳定感、安全感和归属感。由此可以看出，上述影片之所以引发了被称为"东北文艺复兴"浪潮的社会关注，主要的原因就在于，真实再现了下岗工人的生存境遇和精神样态。这一点，无疑影响了双雪涛、班宇的东北叙事。双雪涛曾谈到过他的创作受到《白日焰火》的影响②。班宇也明确表示自己受到过《铁西区》的影响。他们的东北叙事以文字的形式呼应了《铁西区》《钢的琴》中的影像，他

---

① [英] 齐格蒙特·鲍曼：《共同体》，欧阳景根译，南京：江苏人民出版社2003年版，第13页。
② 双雪涛，三色堇：《写小说是为了证明自己不庸俗》，《北京青年报》B05版次，2016年9月22日。

们同样是想用自己的文字再现这一段历史。

在另一层面，双雪涛和班宇的创作，又与影像中的东北叙事有着很大的不同。王兵《铁西区》的创作初衷，是要以罗兰·巴特所说的"零度写作"方式为我们客观再现事实，即"写作，就是使我们的身体在其中销声匿迹的中性体"①。在此，只有镜头下的真实，除了真实，就是冷峻，没有任何评判，就是要单纯地呈现东北老工业基地在20世纪90年代那苍凉的剪影。然而，这种高度真实却在另一层面，"以孤立封闭的工业生产及其简单再生产的空间"，塑造了"东北＝老工业区"的认知谬误②。这种认知谬误极易陷入消费社会景观化的泥沼，似乎锈迹斑斑的厂区、凌乱肮脏的艳粉街就是东北城市的全景画卷。从这一角度上来看，双雪涛和班宇的东北叙事便有了特别的意义。作为东北人讲述的东北故事，他们以共同体内部的视角，过滤掉了消费主义时代景观文化强加在东北工人头上的集体想象，以"子一代"的亲缘目光去审视他们的父辈在国企工人群体面临瓦解的危机时刻所遭遇的身份困惑和精神危机，写出了这个曾经的主流群体在被边缘化之后，对社会身份认同的强烈渴望。为此，他们奋起抗争，以各种方式来宣告人格不可侵犯的尊严。每一个个体对身份认同的努力与抗争，在文本中如同一个个发散性的原点，钩沉出社会转型

---

① [法] 罗兰·巴特：《作者的死亡》，怀宇译《罗兰·巴特随笔选》，天津：百花文艺出版社2005年版，第294页。

② 参见刘岩：《双雪涛的小说与当代中国老工业区的悬疑叙事——以〈平原上的摩西〉为中心》，《文艺研究》第12期，第15—24页；刘岩：《世纪之交的东北经验、反自动化书写与一座小说城的崛起——双雪涛、班宇、郑执沈阳叙事综论》，《文艺争鸣》2019年11月第11期，第23页。

期政治经济文化的样貌，提供给我们时代整体性的精神档案。

双雪涛的第一篇小说《翅鬼》虚构了一个长着翅膀的异类种族，他们不断地反抗压迫，希望有一天能够自由飞翔，最终用生命换来了自由和尊严。文本开篇的第一句便是："我的名字叫默，这个名字是从萧朗那买的。"①以色列学者阿维夏伊·玛格利特曾指出："记住她的芳名，不如说依赖于人害怕被遗忘而需要记住名字的事实。"②可以说，名字的意义便在于为了证明自身的存在，为了不被遗忘，为了在时间的长河里最大可能确认自我的意义。在《翅鬼》最初的创作构思中，"双雪涛在又大又薄的信纸上随意写着自己想到的词语，'井''峡谷''翅膀''宫殿'，但这些词语并没有产生有效的灵感启动，直到一个叫作'名字'的词语出现"③才打开了《翅鬼》的故事灵感。不仅如此，在《翅鬼》的文本中，双雪涛也是借小说人物之口，反复强调名字的重要性。

> 你有了名字，等你死的那天，坟上就能写上一个黑色的"默"字。走过路过的就会都知道，这地方埋着一堆骨头，曾经叫"默"，这骨头就有了生气，一般人不敢动它一动，你要是没有名字，过不了多久你的坟和你的骨头就能被踩成平地了，你想想吧，就因为没有名字，你的骨头就会被人踩碎粘在脚底，你不为现在的你着想，你也得为

① 双雪涛：《翅鬼》，桂林：广西师范大学出版社2019年版，第5页。
② ［以］阿维夏伊·玛格利特：《记忆的伦理》，贺海仁译，北京：清华大学出版社2015年版，第17页。
③ 赵艺：《"80后"文学的变局——双雪涛小说论》，上海：华东师范大学出版社2019年版，第12页。

你以后的骨头着想。①

　　那个我和萧朗挖的出口，现在长出了一棵梨树，好大的一棵。我看到那棵树便想起来萧朗跟我说的两句话，一句是："你有了名字，等你死的那天，坟上就能写上一个黑色的'默'字。"另一句话是他在修井的苦役最后一天跟我说的，他用狡猾的眼睛看着我，好像一切都已经盘算好了，他说："再见吧，默。"②

　　文本中的这些文字反复诉说着名字的重要性，名字是证明自身存在的依据，是维系死后尊严的"名片"。记住名字，不是对自身肉体或者灵魂不朽的企盼，而是对消失和被遗忘的恐惧。可以说，《翅鬼》中开篇以名字出场似乎具有了一定的预言性，预示了双雪涛的写作之路，那就是，为无名者发声，寻求身份认同，捍卫生命尊严。正如他在《翅鬼》的再版序言中所说："到现在为止，这句话还是我写过的最得意的开头，因为它不但使我很快写完了这部六万字的小说，也使我写出了后来的小说，它是我所有小说的开头。"③可以说，对"名字"的思考几乎成为双雪涛写作中一以贯之的叙事策略。其中，《跷跷板》是具有代表性的一篇，以悬疑叙事的方式探讨了记住名字的伦理。文本依然是第一人称叙述，"我"女朋友刘一朵的父亲刘庆革病重住院，在

---

① 双雪涛：《翅鬼》，桂林：广西师范大学出版社2019年版，第6页。
② 双雪涛：《翅鬼》，桂林：广西师范大学出版社2019年版，第164页。
③ 双雪涛：《翅鬼》，桂林：广西师范大学出版社2019年版，第2页。

弥留之际告诉"我"一个惊天秘密：他曾经杀死了工厂的看门人甘沛元，就埋在厂区楼前的跷跷板下。刘庆革与甘沛元是发小，作为厂长的刘庆革在工厂改制时，让甘沛元买断下岗，由于害怕甘沛元报复，所以杀死了他。这里有一处值得思考的细节描写，本来病中的刘庆革已经忘记了发小的名字，经过一番努力的回忆，才在"干瞪"这一带有侮辱性的绰号中想起了他的名字[①]。在此，我们或许无法断定刘庆革的遗忘到底是病理性的，还是心理性的，但是他最终回忆起甘沛元名字的情节，无疑带有一种隐喻色彩，暗示刘庆革和甘沛元依然存在于一个记忆共同体当中。正因为如此，当"我"发现甘沛元实际上并没有死，被谋杀的是一个无名工人之际，在情节的巨大反转中，双雪涛为我们提供了真相的一种可能：甘沛元这个可有可无的看门人，在机构重组中本该下岗出局，但因为他是刘庆革的发小，便不仅保住了饭碗，还时常受到刘庆革救济。而代替甘沛元被埋葬在跷跷板下的则是一个没有名字、身份不明的工人。在我看来，这个无名者的尸体或许正是那些被话语遮蔽的历史记忆的形象隐喻。

双雪涛这种对无名者的关注，对身份认同的渴求，在本质上是对下岗工人群体的一种缅怀和致敬，正如英国学者鲍曼所说："正是因为共同体瓦解了，身份认同才被创造出来。"[②]双雪涛将为那些不配拥有名字的人找寻名字和尊严，视为自己文学创作的使命。在双雪涛小说集《飞行家》的封面上赫然写着"为那些被侮

<hr>

① 双雪涛：《飞行家》，桂林：广西师范大学出版社2017年版，第10页。
② ［英］齐格蒙特·鲍曼：《共同体》，欧阳景根译，南京：江苏人民出版社2003年版，第13页。

辱被损害的人，为我们人性中珍贵的瞬间，留下一些虚构的记录"。其实，班宇也是如此。他们在自己的文学世界里，记录了那些渴望获得名字的人在"生死场"中的狼奔豕突。他们有的放弃反抗，臣服于自我认同的消解；有的以悲壮的抗争重构自我身份；有的则选择了逃离，甚至死亡，以一种决绝的姿态彰显人性的尊严。正是这样一个个个体建构起了东北老工业基地下岗工人的群体塑像。

三、悲悯：面对沉沦的一种目光

在我看来，双雪涛和班宇在讲述他们父辈们的故事时，内心一定是复杂的。我们很难一眼就看穿他们叙述的真相。他们竭力勾勒出现实的底板，却又不同于传统现实主义的笔法，他们的叙事总是会在情节的反转、人物的架构中隐藏着哲学的悖论，让我们在那些挣扎于生存线的下岗工人身上，感受到现实生活的沉重，以及人们面对这种沉重爆发出来的心理和精神的炸裂。《空中道路》（班宇）中的李承杰是变压器厂的工人，负责开吊车，他有思想有理想，读过《日瓦戈医生》，设想过"开发空中资源，打造三维世界"，建设空中道路，"让车上的人在空中滑行，半个城市尽收眼底"[1]。这种带有浓郁浪漫主义的设想，无疑彰显着工人阶级鼎盛时期改造世界的激情与力量，同时，也是李承杰个人对自我价值实现的欲望。"我会开吊车，那么我可以作为一

---

① 班宇：《冬泳》，北京：生活·读书·新知三联书店2018年版，第128—129页。

个中转站的司机，你要去太原街，好，上车吧，给你吊起来，半空画个弧形，相当平稳，先抢到铁西广场，然后我接过来，抓起来这一车的人，打个圈，抢到太原街，十分钟，空中道路，你看着空无一物，没有黄白线和信号灯，实际上非常精密、高效，畅通无阻，也不烧油，顶多费点儿电，符合国际发展方向。"[1]李承杰坚信他的设想早晚有一天会在城市上空铺开。然而，迎接他的并不是"空中道路"，而是他从来未曾料想到的工厂改制。"工厂先是卖给一群人，许多人被裁掉，剩下的需要竞聘，重新签订用工合同；工厂后来又转让给一个人，更多的人失去工作，变得无所事事。"[2]李承杰也被通知下岗，为了生存，只能去为私人老板安装铝合金窗户，在一次意外之后悄然离世，而他曾经的豪情和理想也永远被埋葬。在此，班宇让我们看到，在惊心动魄的社会转型期，李承杰的悲剧是必然的命运。他那洋溢着浪漫主义情怀的工作理想，是那样虚无缥缈，是没有任何现实基础的凭空臆想，甚至可以说是脱离现实的荒诞规划，这也从一个侧面显现了李承杰无论是工作规划、思维方式还是知识结构，都无法适应改革开放和资本全球化逻辑。他注定要为一个时代写下微不足道的悲剧注脚。

显然，像李承杰那样在社会转型期被时代抛弃的国企工人，已经无法找到构建自我身份的基点，从而只能无奈地放弃生活信念，成为没有社会身份的边缘人。同时，工人阶级赖以生存的社

---

① 班宇：《冬泳》，北京：生活·读书·新知三联书店2018年版，第128页。

② 班宇：《冬泳》，北京：生活·读书·新知三联书店2018年版，第132页。

会结构体系的改制，必然导致支撑这一体系的价值观念失效，由此形成一个巨大的道德真空地带，泥沙俱下。班宇《工人村》系列便以碎片化的拼贴展现了这块道德真空地带上，生计的艰难与无奈，精神与信仰的危机，道德的塌陷，由此共同绘制出工人村社会关系和人文生态的晴雨表。《工人村》由"古董""鸳鸯""云泥""超度""破五"几个章节构成，故事各自独立，又由"工人村"这一空间将各章节中的人物网罗到一起，彼此之间有着千丝万缕的联系。在第一篇《古董》中，班宇以颇具黑色幽默的笔调，让我们看到"工人村"的今昔落差。"工人村位于城市的最西方，铁路和一道布满油污的水渠将其与外界隔开。顾名思义，工人聚居之地，村落一般的建筑物，20世纪20年代开始兴建，只几年间，马车道变成人行横道，菜窖变成苏式三层小楼，倒骑驴变成了有轨电车，一派欣欣向荣之景。"[1]在那个"咱们工人有力量"的时代，工人村讲述的是，实现国家工业化的强有力的民族国家叙事。然而，"进入80年代后，新式住宅鳞次栉比，工人村逐渐成为落后的典型，独门独户的住宅被认为更接近时代。一门几户的工人村旧居，刚入住时相敬如宾，时间长了，矛盾显现，油盐水电等不起眼的小事，相互之间也能打得不可开交。更有甚者，父母辈明争暗斗时，儿女被却暗结珠胎，仇恨的种子进一步散播，一笔算不清的糊涂账。"[2]班宇在今昔对比中，

---

① 班宇：《冬泳》，北京：生活·读书·新知三联书店2018年版，第174页。
② 班宇：《冬泳》，北京：生活·读书·新知三联书店2018年版，第174页。

将工人村如今一系列破败的意象连缀起来，将物理空间的压抑内化为心理空间的异化。随着消费主义时代的到来，强调集体主义的工人文化面临了尴尬的处境，光荣的历史与现实的落寞形成了巨大的反差，而物质的匮乏更进一步导致了道德的沦丧。在工人村里开古董店的老孙，下乡收货时，被刁蛮的村民软硬兼施，花五百元收购了落款为"东沟村第一副食"的陶罐。受骗的老孙并没有气馁，而是很快完成了角色转换，由"受害人"转变为"施害人"，同样昧着良心将陶罐推销给信任自己的老者。不难看出，这种人与人之间的相互欺诈不仅来自生存的压力，同时，也是市场经济等价交换原则所引发的拜金主义所致，集体主义时代工人群体内单纯的生产关系被金钱关系所取代，为了钱可以不择手段。正如老孙发出的感慨："我们也不怕，反正我们也是鬼，红了眼睛的穷鬼，谁能把谁怎么的吧。"[1]《鸳鸯》中刘建国和吕秀芬夫妇下岗后，先是推着铁皮车在街边卖水饺，后又加入直销团队兜售小商品，但两次创业均以失败告终。迫于生计，二人在姐夫赵大明的帮助下，开了一家可以提供特殊服务的足疗店。赵大明利用自己的警察身份，暗中帮助足疗店非法接客，事后却定期向吕秀芬夫妇索要高昂的保护费。在此，源于血缘与家族的亲情早已荡然无存，人与人之间的关系只剩下赤裸裸的等价交换，甚至是借助于权力资本的压榨。《超度》中，下岗后当了道士的董四凤、李德隆夫妇，为古董店老孙家导演了一出造梦的闹剧。人造的美梦与现实的噩梦相互交织，李德龙做法事所诵的经文表

---

① 班宇：《冬泳》，北京：生活·读书·新知三联书店2018年版，第182页。

面上看起来极其可笑，荒诞不经："过去的恩恩和怨怨，前尘往事如云烟；有些故事还没讲完，那就拉倒吧；哪些心情在岁月中，它难辨真和假。"[1]但细细品味，这难道不是李德龙在哀悼自己的命运吗？班宇以杂糅式的狂欢化语言，营造了与现实不和谐的错位感，由此所有的欺诈、狡黠，甚至卑鄙，都化作这个边缘化的下岗群体在失去身份之后，以一种沉沦的方式发出的道德杂音，在嘈杂而变异的世俗生活空间里发酵，生发出卑微无奈的人生。

这些卑微者很容易让我们联想到赵本山小品中所塑造的，被视作大众文化娱乐卖点的狡黠粗俗的东北人形象。但是，双雪涛、班宇并没有沿用这种景观文化的叙事模式。相反，他们以共同体内部成员的目光，打量着他们的父辈，饱含着悲悯和温情。他们不是纠缠于道德约束力的裂隙，而是更愿意以同病相怜的心态看待挣扎在生存困境中的"同类"，报以更多的宽容和理解。《肃杀》（班宇）开篇就写道："我爸下岗之后，拿着买断工龄的钱，买了台二手摩托车拉脚儿。"[2]这辆摩托车是"我爸"维持一家生计的唯一资本。肖树斌是"我爸"的老乘客，他总是搭乘"我爸"的"摩的"去看沈阳海狮足球队的主场比赛。两人一来二去处得像朋友一样。同为下岗工人的肖树斌，梦想着让儿子成为足球运动员，送儿子去了体校，可行业的潜规则榨干了他所有的积蓄，"不塞钱就不让上场"，生活的重担压得他喘不过气。一

---

① 班宇：《冬泳》，北京：生活·读书·新知三联书店2018年版，第217页。

② 班宇：《冬泳》，北京：生活·读书·新知三联书店2018年版，第49页。

次，肖树斌借探望生病的"我妈"的机会，"从裤兜里掏出皱皱巴巴的五十块钱"，在"我爸"感动之余，借走了摩托车，从此一去不复返。几个月后，"我"和"我爸"终于找到了肖树斌：

> 肖树斌在桥底的隧道里，靠在弧形的一侧，头顶着或明或暗的白光灯，隔着车窗，离我咫尺，他的面目复杂，衣着单薄，叼着烟的嘴不住地哆嗦着，而我爸的那辆摩托车停在一旁。……我相信我和我爸都看见了这一幕，但谁也没有说话，也没有回望。①

这无疑是一个令人温暖的结局，使人想到一颗心或许对生活没有幻想，却依然善良。那些为生计奔波的人，也许没有什么高尚的道德，甚至有些卑鄙。面对他们，不同于鲁迅的"哀其不幸，怒其不争"，班宇表现出了一种博大的悲悯。班宇说："悲悯反而是没有距离感的，怜悯这个词或许有，但悲悯没有。悲悯是同情，而非可怜，是我也身处其中，束手无策，而非作壁上观，绝尘而去。"②这种悲悯源自共同体内部成员之间对切肤之痛的感同身受，所以，当文本的最后，肖树斌站在桥底的隧道，"看见载满球迷的无轨电车驶过来时，忽然疯狂地挥舞起手中的旗帜，像是要发起一次冲锋"。对于肖树斌而言，他已经丧失了所有的

① 班宇：《冬泳》，北京：生活·读书·新知三联书店2018年版，第69页。

② 赵艺：《"80后"文学的变局——双雪涛小说论》，上海：华东师范大学2019年版，第12页。

社会身份，唯有足球这种能够引发荣誉感和归属感的大型体育活动，才能让他重新找到心灵的归属。实际上，何止肖树斌，那些与肖树斌一样的下岗工人都将足球场视为一种类似精神图腾的存在。车上的球迷看见肖树斌手中疯狂挥舞的旗帜，他们群情激愤，"有人开始轻声哼唱队歌，开始是一个声音，后来又有人怪叫着附和，最终变成一场小规模的合唱，如同一场虔诚的祷告：我们的海狮劈波斩浪，我们的海狮奔向前方，所有的沈阳人都是兄弟姐妹，肩并肩手把手站在你的身边"[1]。球场代替了工厂，再现了这个群体曾经拥有的热情、活力和对生活的希望，成为他们确立自我身份的场域，凸显出那些缺席的、消逝的、被排挤到边缘的东西，正是这些东西让他们再一次凝聚成一个群体。于是，在这个群体内，群体情义足以消弭一切道德污点，留下的只有令人温暖的悲悯。在此，班宇以"低机位视角"让那些为生存而挣扎的卑微者有了接受仰视的尊严，一如《大师》（双雪涛）中的父亲，一生都沉浸在棋盘的设计布局里，以此来作为印证自我价值的证明。但是，当十年前的对手找上门来比试棋艺的时候，父亲却放弃了本来能赢的棋局。令人体味到"同是天涯沦落人"的同情心和悲悯情怀[2]。小说结局的反转出人意料，却也意味深长。或许，双雪涛背离了基于现实的叙事逻辑，赋予人物理想的色彩，然而，这样的结局更让我们感受到俗世人生的温暖力量。

---

[1] 班宇：《冬泳》，北京：生活·读书·新知三联书店2018年版，第69—70页。

[2] 双雪涛：《平原上的摩西》，天津：百花文艺出版社2016年版，第69—72页。

四、抗争与逃逸：为了生命的尊严

双雪涛、班宇笔下的工人群体，也并非完全臣服于自我身份的消解，他们中有许多人在被想象中重构自己的身份。这些习惯于生活重压的人始终逆来顺受，然而，当外界的压力超越了他们的承受极限，他们也会爆发出惊人的抗争。《盘锦豹子》（班宇）中，孙旭庭是新华印刷厂的工人，技术过硬，爱厂如家，妻子临盆还在厂里加班工作，是厂先进工作者。凭着爱岗敬业的精神，他组织工友将厂里买来的伪造德国印刷机组装起来，忙得没日没夜，但功劳簿上写的却是厂长的名字。孙旭庭一无所获，却并无怨言。由于好说话，在厂里分房时，从四楼被挤兑到了顶楼，他再一次忍了。但命运并没有因为他的善良和忍耐而善待他。在一次作业中，他被自己组装起来的劣质印刷机卷进半条胳膊，因公致残，无法再做一线工人，只能转而去做销售。又由于业绩不佳，铤而走险贩卖盗版光盘，最终被工厂开除。为了生存，他用大半生的积蓄，兑了一个彩票站，沦为卖彩票的小店主。而此时早已离他而去的妻子，因为做生意亏空，跑回来偷偷将他的房子抵押出去。面对命运对他一次又一次的重拳出击，孙旭庭一次又一次地忍耐，就像是一粒无足轻重的石子，无论被踢到哪里，都能够温顺地从头再来。但就是这样一粒沉默的石子，在追债人上门收房的时候，终于将一生的积怨爆发出来：

（孙旭庭）咣当一把推开家门，挺着胸膛踏步奔出，整个楼板为之一震，他趿拉着拖鞋，表情凶狠，裸着上身，胳膊和后背上都是黑棕色的火罐印子，湿气与积寒从中彻底散去，那是小徐师傅的杰作，在逆光里，那些火罐印子恰如花豹的斑纹，生动、鲜亮并且精纯。孙旭东看见自己的父亲拎着一把生锈的菜刀，大喝一声，进来看啊，然后极为矫健地腾空跃起，……像真正的野兽一般，鼻息粗野，双目布满血迹。①

文本至此才真正地破题：盘锦豹子。这只"豹子"不仅是因为孙旭庭满身火罐印子的形似，更是发自这个向来逆来顺受的下岗工人的灵魂呐喊。身体上黑棕色的火罐印子，是小徐师傅的爱在他身体上的烙印，也是一种对未来美好生活的期许，正是这种力量给予了他反抗的动力，他要在失去所有的情况下赢得做人的尊严。读到这里，我们的灵魂也被"盘锦豹子"的吼声所警醒。孙旭庭一无所有，只剩下身体的躯壳，自然性成为他获取社会认同的唯一筹码。所以，最终挽回孙旭庭尊严的，不是人的理性，而是"兽性"。或许，只有在最绝望的时刻，人才会将生命中最原始的"兽性"喷薄而出，以"兽性"去维护人性吧，细细想来，这是何等的悲壮，何等的震撼！实际上，早在两千多年前，亚里士多德就将人定义为一种社会动物，人生活在政治秩序、共同体和集体中，所以，孙旭庭那样不顾一切的抗争，在本质上同样是一种争取社会归属性的行为。然而，这种抗争的结局注定是悲剧

---

① 班宇：《冬泳》，北京：三联书店2018年版，第44页。

性的，毕竟，一个势单力薄的个体怎么可能向整个社会宣战呢？

　　阅读《盘锦豹子》给予我的是心灵震撼。我深深感受到班宇对现实生活进行文学整合的能力。尽管故事的言说与个体的悲剧结局都是时代转型这个宏大叙事的话语，但班宇始终贴着人物写，以细部修辞的爆发力为我们诠释了人与时代、人与外部环境、人与人、人与自我之间的隐秘联系。这一点，我们在《平原上的摩西》（双雪涛）中得到了响应。双雪涛以一个悬疑故事的外壳承载了对共同体内一群人命运的思考。文本由庄德增、蒋不凡、李斐、傅东心、庄树、孙天博、赵小东等几个人物在不同章节中分别讲述，这种"罗生门"式的形式并非是为了侦破一桩离奇的案件，而是从不同人物的视角拼贴出社会转型时期东北老工业基地的样貌，成功凸显了下岗工人共同体中个人与个人、个人与群体的交互性，比如，庄树与李斐、李守廉与李斐、傅东心与李守廉、李斐与孙天博等，他们相互给予对方一种与命运抗争的精神动力。作为文本中的核心人物，李守廉并没有作为一个叙述者参与讲述，但基于他人的目光，我们看到了李守廉身上那种令人敬畏的不屈从于命运的硬汉气质。没有逃脱下岗命运的李守廉："始终在保卫那些沦落到社会底层的下岗工人，从接到下岗通知的当天起，就一而再地反抗欺辱。"①在他身上积聚着工人阶级努力工作、勤劳朴实、互助合作的文化精神，所以，明知女儿会陷入无法上学的困境，他也要借钱给孙育新；明知自己会受到牵连，也要伸出援手去解救傅东心的父亲。正是出于正义感，他

---

　　① 黄平：《"新的美学原则在崛起"——以双雪涛〈平原上的摩西〉为例》，《扬子江评论》2017年6月第3期，第15页。

屡屡将自己陷入暴力事件的中心。然而，他从未萌发犯罪的动机，命运却毫不留情地将他卷入杀人案。即便如此，他并未向命运低头，他以自己认定的正义和善良的方式，保护家人，守护生存的尊严。作为唯一一个不是文本叙述者的重要当事人，他的沉默或许正是对处于失声状态的工人阶级的隐喻。在此，我无法断定李守廉是否是摩西的化身，背负着带领族人走出苦难的使命。但是，在李守廉的身上，我们看到，为了生存，人们做出了怎样本不必要的、偶然的行为和选择，以此来捍卫个体的尊严，焕发出一种悲壮的力量。

我认为，《盘锦豹子》和《平原上的摩西》尽管讲述了两个完全不同的故事，但它们的异曲同工之处在于揭示了在旧有的生活秩序几近崩溃之际，在"新"与"旧"冲突的失序环境竟然意外地提供了展现人自然本性的场域。无论是孙旭庭的野性呐喊，还是李守廉主动将自己抛入暴力事件的中心，都是人类在绝境中不顾一切对抗理性最本能的反应，他们以悲壮的方式实践了个体本身的意义和价值。当然，面对绝境，并不是所有的人都会选择这样惨烈的方式。实际上，面对抗争导致的悲剧，更多的人选择了出走或者逃逸。我认为，出走或逃逸是双雪涛和班宇的小说中出现频次非常高的事件，尤其是下岗后的"父一辈"，逃逸似乎成为他们面对生活重压的生存方式。《大师》《盘锦豹子》《双河》《光明堂》《渠潮》等都写到母亲或父亲离家逃逸。对于这种违背了基本的家庭伦理、亲情伦理以及责任担当的行为，双雪涛和班宇并没有予以尖锐地谴责，而是以悲悯和宽容的情怀写出这些人以生存为第一要务的现实伦理。在此，我们再一次感受到

"子一代"温暖的目光。正是在这样的目光注视下，出走或者逃逸在他们的笔下竟也生出了希望。《飞行家》（双雪涛）中的李明奇20世纪80年代初期在军工厂工作，制造降落伞，他头脑灵活，有理想，敢想敢干。他大胆改进工艺，"我弄的降落伞虽说只是改了一个小部件，但是作用不算小，主要是开伞比过去更快，整体也降了分量，虽说比美国人的沉一点，不过已经接近。没人敢试，我就自己试了一次"①。由此，李明奇也成了厂先进。父亲临终的遗言"做人要做拿破仑，就算卖西瓜，也要做卖西瓜里的拿破仑"②成为他人生的座右铭。正因为如此，尽管时运不济，李明奇始终都没有放弃他的理想——制造飞行器。为此，他偷过工厂的零件，借过钱，"失败之后他又做过好多买卖。倒腾过煤，开过饭店，去云南贩过烟，还养过蚂蚁"③。这个在一般人眼中无法实现的梦想，成为李明奇一生执着的追求。最终他决定离开羁绊他的现实社会，乘着自己打造的热气球，"一直往高飞，开始是笔直的，后来开始向着斜上方飞去，终于消失在夜空里，什么也看不见了"④。尽管我们不知道李明奇将飞向哪里，但他以超越的姿态飞出了现实，去迎接他的理想。正像他的妻弟高旭光所说的，"就算李明奇最后失败了，也没什么大不了，人生

① 双雪涛：《飞行家》，桂林：广西师范大学出版社 2017 年版，第143页。
② 双雪涛：《飞行家》，桂林：广西师范大学出版社 2017 年版，第149页。
③ 双雪涛：《飞行家》，桂林：广西师范大学出版社 2017 年版，第172页。
④ 双雪涛：《飞行家》，桂林：广西师范大学出版社 2017 年版，第176页。

在世，折腾到死，也算知足"。显然，李明奇的出走是不满于现实的一种自我超越，也正是在这样的超越中实现了对自我身份价值的肯定。实际上，在双雪涛的很多文本中，我们都能找到李明奇的身影。像《跛人》中的刘一朵，《天吾手记》中的安歌，还有《翅鬼》中那些渴望飞翔和逃离的翅鬼。尽管他们的旅程一开始就是彷徨无措的，前途也充满了不确定性，但刘一朵描绘的去"世界上最大的广场上放风筝"①，或许正是在生活重压下的人们最浪漫的理想，也是他们心中的超越现实之地，寄托着他们对人生美好的期许。

如果说，双雪涛的东北叙事中的出走表达的是一种浪漫主义情怀，是人们对自我身份价值认同的积极探寻，那么，班宇笔下的出走则更多的是面对生存境遇无奈的逃逸，在绝望中透出沉重的虚无感。《逍遥游》讲述的是一个身患绝症的女孩与朋友一起出游的故事，尽管是一次极其短暂的旅行，但隐含着女孩逃离现实生活的渴望。主人公徐玲玲身患重病，每周要去医院透析两次，为此，母亲不仅卖了房子为她治病，而且因为过度忧患，竟先她而去。徐玲玲无奈之下只能投奔已经离婚的父亲，她明白自己是父亲的累赘，为了排遣心中的苦闷，实际上也是出于对现实的逃避，徐玲玲决定在有限的生命中，与谭娜、赵东阳两个好友相伴，一起去一趟秦皇岛看看大海。但是，这三个被时代抛弃的年轻人的旅行并不美好，自然美景让徐玲玲感受到的不是对美好生活的留恋，而是对重返现实的恐惧。谭娜和赵东阳夜晚的偷

---

① 双雪涛：《平原上的摩西》，天津：百花文艺出版社2016年版，第111页。

欢，更加剧了她视自己为他人负担的自卑心理。所以，在孟姜女庙门口贩卖手工剪纸的那位长相普通、穿着落伍的巧女，在她眼中竟是如此浪漫，似乎马上要飞起来。"她满身的红色纸屑，轻盈、细碎，纷纷扬扬地落了下来。我们继续往庙外走，她到门口就停下来，抬头看天，像是刚刚破茧而出，抖落躯壳，还不知要飞去什么地方。"①然而，在现实生活中，又有哪里可以逃逸呢？在文本的最后，徐玲玲的处境依然是令人绝望的，最终被吞没在悄无声息的黑暗中。或许，活着本身就是沉重，所谓"逍遥游"实在是对现实的一种反讽。

与《逍遥游》相比，《冬泳》中的逃逸似乎更加沉重。主人公"我"是新华电器厂的工人，为人仗义，却常依靠暴力解决问题，以暴力的释放挽回自我认同的挫败感。"我"身形矮小，"穿鞋勉强一米六五"②，受教育程度、工作条件、经济收入都逊于常人；"我"的女友隋菲离异且丧失了生育能力。显然，以世俗的标准，他们两人都不是理想的婚恋对象。两人之间也谈不上一见钟情，只是类似抱团取暖，搭伙做伴。但即使如此，他们竟在偶然事件的影响下遭遇了无法预料的悲剧。这一方面是因为"我"因情绪失控打死了来讨要生活费的隋菲前夫，而且，更为可怖的是，"我"发现"我"在一年前因为下棋引发争执，导致隋菲的父亲溺水身亡。两桩命案让"我"无法承受内心的压力，最终选择以自杀的方式逃避悲剧命运。表面上看，这场人生悲剧似乎是

① 班宇：《逍遥游》，沈阳：春风文艺出版社2022年版，第127页。
② 班宇：《冬泳》，北京：生活·读书·新知三联书店2018年版，第77页。

命运偶然的安排，但实际上其中潜藏着必然性，借用《间距》（双雪涛）中那个自由写作者疯马的话就是"表面是个错误，内在是一种必然"①。实际上，这也是班宇和双雪涛共同的写作策略，他们不是对现实生活进行临摹，而是将现实的复杂性糅合为一种非日常的、虚幻的情境，言说着某种象征的寓意。由此，通过生活的真实与神秘的力量共同传递出一种精神的隐痛，让我们感受到，工人群体在失去组织保障后，暴力成为自我保护的重要手段，但暴力反抗的最终结局往往是无可避免的悲剧。在文本中，"我"以死亡结束了暴力的循环，也让生命在死亡的对立面被赋予了应有的尊严。文本的最后，"我"的灵魂挣脱了肉体，死亡在那一刻获得了无限的诗意：

> 我赤裸着身体，浮出水面，望向来路，并没有看见隋菲和她的女儿，云层稀薄，天空贫乏而黯淡，我一路走回去，没有看见树、灰烬、火光和星系，岸上除我之外，再无他人，风将一切吹散，甚至在那些燃烧过的地面上，也找不到任何痕迹，不过这也不要紧，我想，像是一场午后的散步，我往前走一走，再走一走，只要我们都在岸边，总会再次相见。②

---

① 双雪涛：《飞行家》，桂林：广西师范大学出版社2017年版，第102页。
② 班宇：《冬泳》，北京：生活·读书·新知三联书店2018年版，第108页。

海德格尔曾说，"死人的不再在世却还是一种存在，其意义是照面的身体物还现成存在"[1]，可以说，死亡创造了生命的意义，肉体的逃逸换取了灵魂的尊严。在双雪涛和班宇的许多文本中，人物的死亡并不意味着故事的结局，故事恰恰是在一个个生命的轮回中讲述着生活无限的可能性。

五、结论

我们看到，双雪涛和班宇的东北叙事都将个体生命作为他们的书写对象。双雪涛曾在一篇题为《冬天的骨头》的演讲中提到，他只想写一个人和一个人的命运，而班宇则是渴望书写"人在历史中的巨大隐喻"[2]。当然，每一个个体都不是一个关于抽象的"人"的概念，他们都深陷于一个时代的社会生活中。有时候，个人就是一个时代的浓缩。双雪涛、班宇正是在一个个下岗工人身上，去审视在社会转型中，国企工人群体及其文化被时代遗弃后，每一个个体在重构他们身份认同中的遭际，还有他们寻找情感和归属的意愿，被尊重的渴望以及自我实现的需求。由此，让我们思考，当"北方化为乌有"之后，我们是否还有必要去挖掘埋藏在跷跷板下那些无名者的名字？如果有，我们又应当以怎样的方式去记忆去书写？我想，这是双雪涛和班宇的东北叙事最具现实意义的地方。

---

① ［德］马丁·海德格尔：《存在与时间》，陈嘉映等译，北京：生活·读书·新知三联书店2014年版，第274页。
② 曾璇：《班宇：小说要勇于尝试，抵达语言和事物的最深处》，《羊城晚报》2019年4月15日，A12版次。

传统叙事资源与东北地域文化的历史遇合

——论白天光小说叙事模式

林 喦

白天光小说扑面而来的古典小说气息已被诸多研究者所识别，然尚待穿过感性认识与泛泛而谈，展开扎实的文本细读与深入的理论研究。无论白天光是自觉地摹写中国古典小说，还是无意识地契合、关联了传统叙事资源，其小说创作与传统叙事资源的关系是白天光小说研究绕不过去的一个话题，也是传统叙事资源在当代东北地域文学中的一次颇有意味的呈现。中国传统叙事资源从新文学伊始即处在急于被撇清、被切断的时代语境下，它却以强韧的生命力参与新文学作家的创作，成为中国新文学抹不去的文学胎记。王瑶先生对这种创作现象做出过本质性论断："中国现代文学是在学习和借鉴外国进步文学中发展成熟起来的。但是它同民族文化传统之间有着深刻的联系。现代文学中的外来影响是自觉追求的，而民族传统则是自然形成的。它的发展方向是使外来因素取得民族化的特点，并使民族传统与现代化相适应。历史说明，凡是在创作上取得显著成就并受到人民广泛欢迎的作家，他们的作品都不同程度地浸润着民族文化传统的滋养。"①中国当代文学对中国传统叙事资源的扬弃史断续更迭，显隐曲折，内涵诸如现代—传统、本土—西方、精英—大众、政治—文学等复杂的面向。

王瑶先生所言的"民族文化传统"是一个意蕴更为深厚和博大的概念，本文主要关注其中的中国传统叙事资源部分，主要由古典小说、史传传统民间叙事资源等部分构成。中国传统叙事资源借由晚清小说的文体变化与新文学建立起联通的纽带，格非曾这样评价这一过程："一个不容忽视的现象是，近现代以来的小说对古典小说不同文类的重新书写和择取从未中断。"②作为一条若明若暗的线索，传统叙事资源的影响始终存在，传统叙事资源中的各种成分通过位移、重组、融合等路径进入中国当代小说。这使我们梳理白天光小说与传统叙事资源的关系成为可能。

一、纪传性：想象建构与叙事描摹真假难辨

"从小说长期演变和成熟上看，史书影响则更为深远。"③"小

---

① 王瑶：《中国现代文学与古典文学的历史联系》，《中国现代文学研究丛刊》1987年第2期。

② 格非：《中国小说的两个传统——格非自述》，《小说评论》2008第6期。

③ 杨义：《中国古典小说史论》，北京：中国社会科学出版社2004年版，第20页。

说家多从史籍中讨教叙事的章法，已经成为我国古代的重要传统。"①梁启超"记个人之言论行事及性格"进一步将史传传统与文学的关系拉近，而且极有见地地明确了《史记》开启的运用艺术手法描写历史人物，以人物为中心的史传传统。史传传统对于文学的影响主要表现在纪传性，即为人物立传。胡适直接提出"传记文学"的命名，更突出了史学框架内的叙事特征。白天光的小说并非上述文体意义的史传文学，而是受到中国传统叙事资源中悠久的史传传统潜移默化的影响，受到史传文体形式的启发，以纪传体的形式来构建他文学想象的世界。史传传统虽然由《春秋》《史记》开创，却并不是孤立和静止的，而是在中国古典小说中形成了一条史传传统影响下的小说脉络，《水浒传》已经是典型的史传叙事模式影响下的文学作品。明代以《水浒传》为代表的章回小说可能构成了影响白天光小说创作的直接渊源。《香木镇的梆子响了》《木香镇的匠人》受到《水浒传》多人物、多中心写法的影响，采用纪传体为木香镇的匠人作传。

　　《木香镇的匠人》为木香镇的匠人一一作传，追溯石匠陈拓、点心匠高瑞堂、花匠宋子暄等每个匠人的家族谱系、身世经历，侧重每个匠人独立的技能、个性、来历和遭遇，并由这些明线上的匠人和店铺，串联起唐家酱菜园、程家干果铺、陈州药铺、韩茂林的银匠铺、徐培良的茶庄等暗线上的商户，明暗交织勾勒出一幅繁盛的木香镇商业画卷，具有浓郁的民国关东世俗风情。以《史记》为代表的史传文学为宋元以降的讲史话本、侠义

---

① 杨义：《中国古典小说史论》，北京：中国社会科学出版社2004年版，第20页。

英雄章回小说等开辟了家族叙事的题材和写法，但传统家族叙事往往以一个英雄人物家族的发家史为主，以一人一家反映社会生活。白天光既传承了家族叙事的题材和写法，又对其加以改造和更新，去其冗长芜杂，存其线索笔法，让家族叙事为自己的创作灵活应用。对家族叙事的保留和创生是白天光小说总体上偏向于中国古典小说的一个重要原因。白天光很多小说都将人物的身世来历、家族传承或详或略地做以交代，而不像西方小说或"五四"小说那样以横截面结构小说，人物往往面貌不清、来历不清，而成为时代精神或观念的符号。《点心匠高辅仁》一回，开篇首先介绍高辅仁的家世——父亲高景远做过宫廷御厨，《花匠宋子暄》一回，宋子暄的爷爷在大清末年做过绥化的巡抚，隐居到木香镇后著书《子槐花露》，父亲原是三泉山泓远寺的和尚，因在寺院的后墙外种月季犯下戒律而还俗。这就为宋子暄育出奇花做出家族传承上的铺垫。用一两句话简要地交代人物的家世，是白天光小说最常采用的写法，这种写法既体现传统家族叙事中对家族观念的重视，又极大地使家族叙事简略化，以适应中短篇的文体要求，突出中心人物相关的叙事主线。家族叙事的运用和改造也有助于表达白天光的叙事主题，即命运的宿命性，人生的荒诞性。家族叙事也是小镇叙事的一个要素，小镇与乡土在地缘和文化上的密切联系，使小镇的人是有根性的，对血缘亲缘是非常重视的，而不像城市叙事那样，可以将人物从乡土连根拔起。

木香镇系列的建构有一个作家从自发到自觉的过程。在20世纪90年代的短篇小说中，木香镇作为一个地理名称出现，而故事往往并不发生在木香镇，而是在木香镇周围的某一处或某几处，木香镇只是作为一个跑龙套的地名被提及，尚未涉及对木香镇人物、风俗、物产、自然和社会面貌的展现，更遑论对木香镇人文内涵和精神意义的建构了。到了新世纪，木香镇作为作家长期思考酝酿和写作实践厚积薄发的产物，不仅完成了上述意义，更创造了一个满载关东历史乡愁与文化想象的精神故乡，一个中国传统人文理想的乌托邦。木香镇系列作品相互参照，交相辉映，具有众生相特点的诸多人物共同汇聚出一幅描摹民国关东小镇的空间传记。"小说从卷首语开始，就在乞求被阅读，就在告诉我们，它愿意怎样被阅读，在暗示我们可能会寻觅到什么。"①2011年发表的《雌月季》开篇第一句话"木香镇是辽河第一镇"②。作为木香镇系列正式形成的发轫之作的开篇，这一句话的重量非比寻常。作者为木香镇设计的地理位置如下：

> 一条官道就在镇的中间穿过，在街的北头又甩出一个三岔路口，继续往北是科尔沁左旗的通道，往南直通奉天，往西是进关的道，也叫京路。木香镇清初就是个小小的驿站，到了清末这里成了商业重镇，因这里交通方便，水陆皆通，关里关外的人都临近，到了民国初年，这里就成了地道的三省交界的大集市。③

---

① ［美］托马斯·福斯特：《如何阅读一本小说》，梁笑译，海口：南海出版公司2015年版，第2页。

② 白天光：《雌月季》，《时代文学》2001年第2期。

③ 白天光：《雌月季》，《时代文学》2001年第2期。

内蒙古—奉天—北京三路交会的特征使得驿站成了木香镇最核心的功能，由此衍生出商业重镇的地位也是必然。白天光如此设计木香镇的地理条件和地理功能，可以说为木香镇文化属性的构建做足了铺垫。满蒙文化与汉文化，东北文化与中原文化都在此交汇融合，由于它地处边境，在原本多元的文化中又融入俄国文化为主的外来文化，这种开放、融合的文化底色形成了木香镇文化滋生、发展、变化的基础与动因，使得木香镇作为东北地域文化的典型性、象征性的文学重镇成为可能。也许作家最初创作木香镇只是记忆的一个缘起、灵感的一次敲门，而在漫长的写作历程中，作家似乎离心中的声音越来越接近，对渐渐生长、蓬勃的木香镇越来越喜爱，投注了更多的目光，于是有了迟到的对小镇渊源的追述和概貌的描摹。

到了2016年发表的《宁静的木香镇》，辽西的小镇却位移到了哈尔滨西郊，但是木香镇的风俗民情和文化内涵一脉相承，只是更加扩展了其移民文化和熔炉文化的属性，木香镇越加具有海纳百川的包容性和阔大的文化格局：

> ……中国的哈尔滨西郊，也就是木香镇。……木香镇是个小地方，也容不下外来人，因为这里是商业集镇，寸土寸金。……木香镇为啥不存雨水，是因为木香镇的街道都是石板铺成的，家家户户的宅前院后也都铺上了石板。[1]

---

[1] 白天光：《宁静的木香镇》，《时代文学》2016年第3期。

2017年发表的《舒穆禄氏点心铺》从镇名的由来写起。

> 后来有个药材商发现这个镇子的东山，也叫三泉山，长了许多草药木香，按说，木香主产地应该是云贵，但三泉山也长出了木香。……所以这个镇子就改叫木香镇了。①

木香镇的命名与中药联系如此直接，便隐含了中国传统文化的底蕴，为木香镇系列小说中国传统文化精神内核准备了一个很有意味和后劲的前提。木香镇同时也是一个民族融合种族融合的熔炉文化场域，满族人、俄罗斯人都在这里居住往来，生活经商。木香镇的建筑都是别致的满族建筑和怪异的俄罗斯建筑的集合。小说用朴素淡雅的语言，对民国时期小镇满族人的生活进行了细致的描摹，小说内在的节奏自在、舒缓，如流水一般平静娴雅，是难得的描写民国时期满族风俗和生活场景的景致佳构。

2019年的《木香镇》：

> 木香镇东西长不足五里路，却正好是三千八百步，为木香镇最早的风水先生丈量出的。此地为啥叫木香镇？不是因为这里经营木香这味草药，而是因为当年的这位风水先生就叫陈木香，他也是木香镇第一个在这里埋房基的人。他还为木香镇刻了一块碑，上书：此地润泽，物阜民丰。三千八百步，聚人气，落金银。②

---

① 白天光：《舒穆禄氏点心铺》，《满族文学》2017年第6期。
② 白天光：《木香镇》，《长城》2019年第2期。

木香镇的地理坐标从辽西位移到哈尔滨西郊，镇名由来一会儿说因人而命名，一会儿说因物产而命名，这种安排体现了白天光文本中惯有的"不着调"①特色，从而使白天光的木香镇与莫言的高密、贾平凹的商州、苏童的枫杨树、张炜的胶莱河东部等当代文学著名的地理坐标出现了鲜明的断裂性和差异性。按照新世纪以来白天光持续的煞有介事的木香镇叙事的迅猛势头，极易引导人判断白天光想建构一个属于自己的文学地理，然而，正如"他在小说中画出无数个箭头，每个箭头都指向一种可能性，他的小说充满了可能性，也充满了歧路。他诱惑你沿着其中一个方向走下去，等行至中途，他又让你发现这条路其实是走不通的，当你因为山重水复而绝望之时，突然你又会发现他其实在路旁给你留下了一条隐秘的小道，这条小道通向另一个柳暗花明的去处"②的文本特征，白天光对木香镇的营造跟我们开了一个比文本中那些荒诞更大的玩笑。

　　我们能做的就是在相映成趣的木香镇系列小说的相互参照和补充中，一点一点捕捉、完善有关木香镇的信息，使它的文学形象渐渐清晰、丰满，但是不能太较真，一旦按图索骥，就临近白天光的诡计与圈套。也许更为体贴的方式是郭沫若在历史剧创作中提出的"失事求似"原则，把关注的重心放在白天光随性而至的想象力和木香镇的形而上的内涵上。木香镇系列延续了现代文学乡土小说乌托邦传统，所不同者，白天光的木香镇并不是常规

---

　　① 韩春燕：《其文怪诞，其人不着调》，《作品》2008年第9期。
　　② 孟繁华：《东北文化与东北文艺》，北京：科学出版社2019年版，第161页。

认知的乡土，而是以小镇的名义，浓缩了晚清民国时代城市的商业活动，五行八作、衣食住行的店铺琳琅满目，而且店铺的等级、品质很高，远非乡土小买卖可比，常常是哈尔滨的主顾才会有经济能力与眼光品位光顾木香镇的店铺。木香镇的形象很契合费孝通从传统认知的城乡社会结构中剥离出来的"小城镇"概念。他认为，小城镇是"一种比农村社区高一层次的社会实体的存在，这种社会实体是以一批并不从事农业生产劳动的人口为主体组成的社区。无论从地域、人口、经济、环境等因素看，它们都既具有与农村社区相异的特点，又都与周围的农村保持着不可缺少的联系"①。"小城镇是我国沿袭了两千多年的建制县域内的政治、经济、文化中心，在中国近现代社会结构中占有十分重要的地位。明清以降，中国小城镇蓬勃发展，长盛不衰，民国时期发展到高峰。"②白天光的每一部中短篇小说，都可以看作一部独立的城镇史片段，从族权、男权等不同角度解读中国北方小城镇。倘若将这些中短篇小说连缀、拼插在一起，将是一幅思想容量阔大、文化内涵丰厚的东北近代以来的城镇清明上河图。

二、传奇性：匪夷所思与情理之中曼妙交织

白天光虽然在纪传体和家族叙事方面受到中国传统叙事资源

① 费孝通：《小城镇大问题》，《费孝通文集》第9卷（1983—1984），北京：群言出版社1999年版，第199页。
② 李莉：《中国现代小城镇小说研究》，武汉：武汉大学出版社2017年版，第1页。

中史传传统的影响，但更多体现为对体例和写法的继承与借鉴，中国传统史学著作强调"正"，是记录朝代兴衰存亡大事的严肃文体，目的在于为后世统治者及其国家机关提供以史为鉴的依据。而这种史传的精神气质恰恰是被白天光小说所解构的，他主要以传奇性和世情性两个特征来替代史传传统的严肃性和宏大性。先说传奇性。"白天光的小说文体表达清新而利落，他总能给你讲一个奇特的故事，这多少也受到了中国传统小说的影响。"①李国文在这里敏锐地发现了白天光小说与中国传统小说的联系，遗憾的是却没有做出进一步的提示。结合其这一评价的语境，他所说的传统，更倾向于古典小说中文言小说一脉。这种说法采用陈文新的命名，他认为"传奇体和笔记体是中国文言小说的两种基本类型"②。白天光的小说中确实两种类型小说的影子都依稀可见。然而这种划分方式固然清晰，却面对划分标准不统一的首要难题。笔记体更多着眼于小说形式的命名，传奇体更倾向于内容。其次也遭遇面对两者重合交织承继关系上的复杂性时无能和失语的困境。本文主要采取鲁迅《中国小说史略》的说法，更关注两者之间内容上具有内在统一性的线索。而至六朝，鬼神志怪书大行其道，以干宝《搜神记》为最。"然亦非有意为小说"③，"至唐代而一变，……始有意为小说"④，形成繁盛的唐传奇创作面貌。至明代神魔小说发展至顶峰，以《西游记》为代表。白天光善于效法

① 李国文：《由白天光的小说想到的》，《鸭绿江》1998年第3期。
② 陈文新：《中国小说的谱系与文体形态》，北京：中国社会科学出版社2012年版，第3页。
③ 鲁迅：《中国小说史略》，北京：中华书局2010年版，第22页。
④ 鲁迅：《中国小说史略》，北京：中华书局2010年版，第39页。

古典小说中志怪与传奇的一脉。

　　白天光小说叙事对志怪传奇的接续这一文学选择也是源于地域文化的内在影响。一个地方的地域文化总是塑造着自己土地上的作家，乃至不同代际的作家有时会隔空相望，呈现出相似的创作风貌，这就是地域文学文脉的传承和底蕴的积淀。白天光对传奇性的痴迷与钟情与地域文化有着幽深的接合点。同样擅长传奇叙事和地域文化表达的东北作家端木蕻良用诗性的语言揭示了东北大地与环境天然的传奇性。这种带有原始朦胧的传奇性必将伴随着地域文化一起成为东北作家特有的文学基因与美学密码。传奇叙事的文体特征与白天光笔下地灵人杰的木香镇、四方杂陈的哈尔滨文学空间具有内在的同构性，对中国叙事传统的接受和对东北地域文化的亲近共同形塑了白天光小说充满传奇色彩和东方哲学智慧的文学世界。

　　白天光小说的传奇性首先表现为人事奇。白天光的小说善写并乐写"奇人"。这个奇有几重含义：一是本事奇——人物往往有祖传的或天赋的独门绝技，酿酒的里昂尼德，修表、识表的小里昂尼德，误得毒食真谛的青远，能修炕能主政的于罗锅……都有神秘的、难以复制的过人之处。二是经历奇——宁静美好、重义明理的香木镇云集了急流勇退、解甲归田的隐士，流亡异国的俄罗斯贵族，这些移民及移民的后人给香木镇带来了外界的混合气息，移民性的小镇更显开化的风气。香木镇或附近区域外来女性也往往有着曲折的身世，白天光还特别借助环境的渲染来增强女性人物的传奇色彩。《秽赋》由两篇彼此独立的微型小说组成，讲了两个看似无关的故事。《鱼惊》里的蒲叶子是渔人阿吼的妻子。蒲叶子不是渔家的女儿，是上游一个烧锅坊掌柜的女儿，发洪水抓着木盆漂下来的，刚好被渔网拦住，就做了阿吼的媳妇。蒲叶子上船并且和阿吼拽网是犯族人忌讳的。也就在这时，族人打不上鱼来，竟打上了绿毛龟。这个晦气就由不祥的外来女子承担了。《秽影》里的水莲是生了怪病的弃女，被吴天柱捡回治好怪病收房做了四姨太。水莲却成为吴天柱和仇家黄子黎斗法的媒介和牺牲品。当新宅竣工的夜晚，吴天柱在楼窗上识破了水莲和黄子黎的影子，小说中弥漫着阴郁和恐怖逼近的气息。人物经历的传奇性牵引着小说的情节，吉凶难料，悬疑重重，也营造了小说真假难辨、虚实相生的格调与氛围。三是思想奇——小说中的人物或者能棋高一着、攻其不备，或者能撒下弥天大谎，铺就天罗地网。《八褶包子铺》里的表姑，为十三嫂设下连环计，让十三嫂防不胜防，身陷骗局无力自拔，最终人老财空。《红箜篌》中的玄凤亦拉拢亦挑拨，虚虚实实，神秘莫测，最终让许小蓟家破人亡。

白天光的小说虽然致力于发现奇人奇事，追求情节的匪夷所思，但白天光塑造的奇人形象都是深藏于民间，隐居于市井的小人物，他着力发现小人物身上过人的智慧或技艺，通过这些奇人奇事，描写以木香镇为代表的小镇世界日常中的异常、普通人中的奇人异事。这种特征正是受到话本的影响，唐传奇是专供士大夫阅读的案头文学作品，使用的是典雅的文言，与之不同，话本主要反映市井小民的日常生活和社会活动，描写对象主要是中小商人、手工业者、工匠等，与市民阶层的喜怒爱憎息息相关，富有民间社会的生活气息。民间藏龙卧虎，市井水深草阔，白天光虽然追求传奇美学的生成，但他的传奇都不脱离地域性和民间性，表达了一种地域情怀和民间情怀。白天光的小说因而含有某种地方秘史的味道，这也在民间立场上拓展了他的小说意义。

白天光的小说传奇性的第二个构成要素是风俗奇。在情节上跌宕生姿，一波三折的审美特征，与叙事方法有关，也与题材选择相关。传奇叙事的跌宕和曲折尤其明显地体现在土匪叙事。土匪在白天光很多小说中作为一种地域社会关系的常态而存在，是很多传奇故事上演的背景或参与情节发展的前景。土匪在传统小说中往往被演义成侠义英雄，《木香镇的匠人》《香木镇的梆子响了》《红篦箩》《舒穆禄氏点心铺》《雪中蛾》等小说中都出现过富贵或小康之家，原本安宁祥和，突遇土匪抢劫或勒索的情节，小说的高潮往往在土匪叙事介入之后出现。土匪不是白天光小说叙述的核心题材，也不是中心人物或描写重点，往往是作为情节转换的媒介，作为小说传奇性的要素而大量存在。土匪对于白天光小说存在三重不可或缺的叙事意义。其一是白天光作为一位辽宁作家，土匪作为东北历史上的特殊群体，土匪叙事更能体现小说的东北地域文化特征；其二是由于土匪特殊的属性，在小说结构上具有独特作用；其三是土匪叙事反映了古典叙事资源中侠义小说对白天光的叙事影响。

第三个要素是意象奇。白天光还常常借助具有凄美阴凉之气的意象来渲染小说的传奇性。短篇小说《凉蛾》以蛾带来的瘟疫蔓延江北，凉蛾叮在身上，只要一碰它，它就变成一汪水，那水就凉爽着渗进皮里，形成水泡。凉蛾比蝴蝶还漂亮，以清凉透明之动人处，美美地落在人身上，人防不胜防，在欣赏它的美丽时，便遭了它的害，真是个妖物。"蛾"的意象很容易使人联想到当代著名长篇小说《白鹿原》。田小娥作为白鹿原的一个外来女子，被视为不祥的异物，而她也确以俏丽的姿容和寡居的身份或被动或主动地引来诸多风流。在宗族观念浓厚的封建正统的白鹿原看来，田小娥确是红颜祸水的典型。田小娥死后白鹿原即大肆暴发瘟疫。"蛾"的意象本身即带有阴凉鬼魅之气，《白鹿原》的书写之后更是将"蛾"的淫邪、恐慌的内涵几近固化，成为一个内涵相对成熟稳定的意象。《白鹿原》最初连载于《当代》1992年第6期和1993年第1期，而《凉蛾》载于《鸭绿江》1996年第2期，笔者并不知道《白鹿原》对《凉蛾》是否有启示，但两者在对"蛾"的意象的运用上颇显异曲同工之妙。

白天光小说"嗜奇""好异"的题材特征表现了他超越日常生活的独特情趣和非凡想象力，一方面是源于他对唐传奇的吸收与运用，"唐人传奇成熟于一种独特的社交氛围中。……那时的文化人除了爱切磋诗、文、赋之外，也爱谈说奇闻逸事"①《毒极美食膳庄》李清远与乞丐哑巴结缘，传艺于哑巴的毒物烧烤，哑巴的毒物烧烤上至清朝大臣下至山匪，无不称赞叫绝。另一方面是源于他对东北文学传统中精髓和独特的特质的把握。萧红的小说在民族家国苦难如此深重的历史时刻，在个人遭遇极为凄凉无助的心境下，依然在她的《呼兰河传》中写出了一种赤子的童真。天真是东北文学特有的一种宝贵的文学品质和文学遗产。诸多研究者论及白天光的"幽默""不着调"虽然有诸多复杂的文化成因，但是

---

① 陈文新：《中国小说的谱系与文体形态》，北京：中国社会科学出版社2012年版，第69页。

东北文学赤子之心的天真品质无疑是最具有本质性的内在动因。

三、世情性：日常生活与世情风俗融会贯通

白天光的小说中很少出现"天下所以存亡"的宏大叙事，也在专心致志的东拉西扯中瓦解功名利禄，付之于荒诞。被史传文学主流所竭力避免的对日常生活和日常情感的细密铺叙与描写正是白天光的文学兴趣所在。世情性是与传奇性并置的白天光小说的鲜明特征。"我并不是评论家，不可能对白天光先生的小说做理论上的阐述，而且那也不是我的工作。不过，我仍能从一个朋友、一个读者的角度明显地感到白天光先生的小说，尤其是他的叙述方法、语言特征，是或多或少受到了古代白话小说的影响。另外，也感到白天光先生对民间传说、传奇及寓言之类有着丰富的收藏。他几乎能毫不费力地渲染出一篇让人着迷的、有着浓厚地域色彩，又有着民间文学意味的纯文学小说。在我读过这些作品之后，除了它的别致，除了它优美的语言方式，以及它精湛的讲故事的技巧，我还感到他的作品里似乎还隐瞒着某种更深层次的东西。"[1]阿成这段话同时指出了白天光小说中的两个方面的传统叙事资源。一是白话小说，一是民间文学。

白天光承袭了古典世情小说一脉。世情小说严格意义上的源头可追溯至宋代，"然在市井间，则别有艺文兴起。即以俚语著书，叙述故事，谓之'平话'，即今所谓'白话小说'者是也"[2]。

① 阿成：《走近白天光》，《当代作家评论》1996年第6期。
② 鲁迅：《中国小说史略》，北京：中华书局2010年版，第63页。

至明代获得较大发展，"大率为离合悲欢及发迹变态之事，间杂因果报应，而不甚言灵怪，又缘描摹世态，见其炎凉，故或亦谓之'世情书'也"①。以《金瓶梅》为代表。世情小说至清代获得最大成就，以《红楼梦》为集大成者。

白天光小说在扑朔迷离的情节线索下铺陈的是厚重的关东世情风俗画卷，饮食、服饰、戏曲、中医等地域文化要素悉数陈列，充满细密的生活质地。如果缺失了地域文化的丰盈性和庞杂性，传奇的故事只剩下一副清奇的骨架，那么传奇性也就失去它的根基而难以成立。格非认为："中国的章回体小说特别强调的'世情''世事'和'人情'，既是描述的对象，也是超越的对象。"②他认为中国小说的超越是经由世俗完成的，也就是说不离世俗而超越世俗。白天光小说选材广泛，横跨古今，在四十年的创作生涯中，有心的读者可能会发现，以关东小镇为文学地域构建起来的"木香镇文学世界"是白天光渐趋明显而风格化的文学归宿，他在木香镇系列中，终于找到了自己最擅长的多个角度的契合点。这些古风蔚然的木香镇小说是白天光写得最好的作品，也是他的文学版图上最浓墨重彩的一个区域。这些小说深切人情世故、家常日用、应酬事务、奸诈贪狡、诸恶皆作、果报昭然，都体现了宋代以来世情小说的特征。《宁静的木香镇》以马连娜和尼斯塔的婚嫁为线索，反反复复，不厌其烦，《香木镇的梆子响了》炸糕的馅料、粉子做的服装，《八褶包子铺》十三嫂包子

---

① 鲁迅：《中国小说史略》，北京：中华书局2010年版，第110页。
② 格非：《中国小说的两个传统——格非自述》，《小说评论》2008第6期。

馅，《红馐箩》玄凤和十三嫂各有特色的豆浆，都是作者醉心铺陈的世情，读罢如在目前。《菊蕴》《雌月季》以及《木香镇的匠人》中的第五章《花匠宋子暄》则醉心描写菊花、月季花、兰花的奇异形态和种植绝招。

工匠、商贩、落魄文人都是市井间的主体，他们围绕生产销售、衣食住行所展开的一系列活动构成了鲜活的市井生活。《香木镇的梆子响了》包括六个彼此独立又相互勾连的小故事。每个故事围绕一个核心匠人，讲述他铺子里发生的离奇诡异、匪夷所思的所遭所遇，其他匠人出谋划策、互助互援。《香木镇的梆子响了》更关注匠人之间的横向联系，发现其技艺精湛、互帮互助的共性精神，着力描绘香木镇的商业文明和人际关系。无论哪一种写法，个人的小传最终都汇聚、建构起木香镇工匠传统、工匠文化的大传。通过这些作品，我们不难梳理和概括出以香木镇为代表的关东商业精神。其一，团结一致、互守互扶的商业传统和经商道德。梆子会就是这种精神的集中体现。其二，不以追求利益为唯一目标，竞争意识不强，更重人情和道义。匠人之间不唤大名，只叫外号。桦树皮做匣子，不论价儿，只凭赏。这些情节带有关东独特的人情风味和伦理观念。这样的商业一开始就有浓郁的重义轻利的色彩，与关内特别是资本主义萌芽较早的浙、沪具有本质性区别。其三，前店后厂的经营模式，不存在雇佣关系，资本主义色彩淡化，不易形成规模，固守传统商业模式。当然也正是在这样的香木镇商业活动模式下，作者才可以施展营造香木镇文学世界的写作抱负。由于东北地处关外，偏居边陲，且地广人稀、开发较晚，关东商业文化是文学史乃至历史上往往被作家和史家忽视的内容。白天光在香木镇系列小说中对关东商业文明、匠文化的打捞与发掘，就显得具有独特且重要的意义。白天光的小说以香木镇为文学版图，依托这块大隐隐于世，出则繁华、入则宁静的关东小镇构建起悠远、博大的带有鲜明地域文化色彩的精神家园。

白天光知识庞杂，见识广阔，他叙事的世情性在哈尔滨的城市版图上一样林林总总、熙熙攘攘。《里昂尼德钟表店》以中俄混血小里昂尼德为圆心，辐射出他与中/俄、政/商、亲情/爱情中各色人等的关系与故事，形成伞状叙述结构。白天光再次展示了他精湛的世情叙述景观，酿酒、修表、涮羊肉、烤列巴……20世纪30年代的哈尔滨风情在白天光笔下苏醒、复活，代表了东北地域文化书写以及民国时期文学再现的多样性及可能性。在当代文学创作地域文学日趋成为显学的语境下，白天光对东北地域文化敏感、细致的开掘与重塑，打开了地域文化题材阔大的视域，在传播东北地域文化方面起到不容替代、不可忽略的作用。白天光效法此两条小说流脉，又往往将两类小说的题材与手法互相交织、渗透、融合，以地域文化为基底，对东北某一村镇展开描摹，构建出一部中国东北城镇——城市史，以东北地域文化一隅折射中国城镇文明在现代性转换过程中的历史延宕性。

四、古典性：叙事设计与承接传统精巧结合

白天光对中国传统叙事资源的借鉴与再造也体现在小说叙事手法上。主要表现为时序和结构两个方面。白天光主要采用倒

叙、插叙、预叙的时序，为不同的小说内容服务。倒叙是对往事的追述。《曼陀罗的悲剧》从当下时间书桌上的盆栽大蓟联想到过去时间——知青时代的植物曼陀罗。小说第二回就直接从知青生活开始叙述，一直讲到小宝训回乡给"我"挖来曼陀罗，时间回到小说开头。小说结尾是"我"拔掉大蓟，栽上曼陀罗。时间向后发展。所以倒叙的部分是小说的叙事重心与叙事主体。插叙是作者在叙述小说核心事件的过程中，为了推动或补充说明情节展开，更好地刻画人物，暂时中断叙事的主线索，而穿插相关回忆性内容的时间顺序。《菊蕴》以奇菊传人楚云超去省城，状告园艺专家齐占傲剽窃占有自己的养菊成果这一现代情节开端，转入楚家育菊的历史，回溯到清朝，插叙楚家五代人养菊的情节，补充解释齐占傲与楚云超的恩怨纠葛，插叙情节完成后，小说复又转回现代，宛如从漫长的插叙中惊醒，直接开头情节。楚云超在与齐占傲的养菊决战中败得一败涂地，花落人亡。预叙是对尚未发生的事件的暗示，是在情节中预先埋下的伏笔。毛宗岗在《读三国志法》将预叙形象地称为"隔年下种，先时伏着"[1]。《凉蛾》中的紫竹楼的主人香附与县令夏雨轩是小说明线或者说现实关系中的情人，而当夏雨轩下乡巡查，路遇给儿子出葬的杨范氏，杨范氏鼻侧有一颗白痣，此情此景引得夏雨轩恍惚了，自己仿佛就是杨范氏死于瘟疫的儿子。香附在侯万村附近看到上吊的少妇，而少妇的婆婆鼻侧也有一颗白痣，所述遭遇也与杨范氏相同，香附认出这个老妇人就是自己的生母。而香附也在瘟疫平息

---

[1] 毛宗岗：《读三国志法》，《毛宗岗批评本三国演义》，长沙：岳麓书社2006年版，第8页。

之后，在曹家营子一个碾盘旁的榆树上吊死了。从小说的明线来说，香附没有上吊寻死的因果，而暗线里吊死的少妇似乎是香附命运的一个预设，也就是说，香附与夏雨轩既是老妇人的儿子与儿媳，也是女儿与女婿，香附与夏雨轩是同母异父的姐弟。这极易使人想到《雷雨》中的四凤与周萍的关系，白天光在对中国传统哲学的认知与思考上与新文学不期而遇。这种对中国传统哲学的认知和对地域文化的钟爱反映到小说的叙事艺术上就是对传统小说叙事模式的效法。白天光的小说常常透露着一种对人类宿命的恐慌。

在叙事结构上白天光主要采用入话和悬念两种结构形式。入话就是在正文之前，先讲一段与正话内容相近或者相反的小故事，引入正话；或者在正文之前，先用与正文相关的诗词开头，加以解释。话本小说常常在故事开头预先告诉听众故事的大致经过，包括结果，以引起阅听人的兴趣，然后再从容地展开故事讲述。《赤芍地》开篇先写楔子，或称序幕。三言两语简介赤芍地的地理位置和地方名人女医萧九朵，提示正文的内容——赤芍地出奇女。正文亦是按此楔子一一展开，分别写冯秀梅、陈小辫儿、魏晓琪、阎晓晖、袁老太太、宋小楼六位女性的生活传奇，其间又一笔带过无数关联女性的奇才异能。

悬念在中国小说的叙事传统里也称为扣子或关子，悬念是情节的一种特殊结构，以引而不发、悬而未决的手法来推进情节和冲突的发展。使故事的铺展呈现曲折复杂的曲水流觞般的蜿蜒姿态。对悬念设置、铺陈、释念是否得当，直接影响情节发展的审美效果。欲擒故纵是一种以重叠形式设置的复杂的悬念结构。起悬后，不急于释念，在此悬念上再重叠设置新的悬念，直到故事结束，才亮出谜底。中国古典小说，特别是短篇小说，由于篇幅短，容量少，回旋余地小，常常运用悬念结构达到以一当十的目的。明清章回小说"是在章回之末尾，每每故意把故事放在一个极高点上"①，这种处理小说高潮的结构方式对白天光有重要影响，他的不少小说都是在故事末尾出现"高点"，戛然而止，给人以震惊、错愕。读到小说的结尾，就会发现白天光的淘气和狡黠依然在，只是更为隐蔽和淡定了。他甚至能平静到小说的最后一句话。《木香镇的匠人》在波澜不惊地讲完冯大举跌宕起伏、生死攸关的故事之后，在小说的最后一句话又抛出了一个新故事的开头。作家让你收放自如、通体舒泰地呼吸全篇的目的，似乎是为了让最后一口气能狠狠地把你噎住，以至于你久久恍然——我是怎么被噎住的呢？另一种情况是在每一回目的末尾设置悬念，引起读者的好奇、疑惑、混乱，吸引读者继续阅读，一解为快。《红笸箩》第一段结尾，玄凤设下悬念——许小蓟到露水楼干什么？玄凤的话是真的吗？第二段开篇徐小蓟要去北昭，《媳妇灯》似乎在暗示玄凤所言非虚。中部先铺陈徐小蓟的淡泊、宽厚、贤惠，结尾处第一回留下的悬念未解，新的悬念又展开——洪怀德对张破烂耳语了什么？洪怀德为什么也要去北昭？第三回似乎对第二回进行解扣——洪怀德要听戏。这一回故事套故事，小说回目《露水楼有好戏》里套着戏曲《露水楼》。第四回解第一回的扣，洪怀德在侯家目睹徐小蓟和宋先生一起吃饭。

① 沈从文：《沈从文全集》，太原：北岳文艺出版社2002年版，第16册，第30页。

第五回开篇许小蓟喝了酒，与第四回酒楼现身情节正好吻合，谜底揭开。貌似第一回的解扣完成之际，却出现了转折——洪耙子口述许小蓟行程不符，解扣未成，却引出新线索——张破烂发财，这又设置新的悬念——怎么发的财？结尾洪怀德和玄凤关于一个许小蓟两个许小蓟的对话使情节人物变得扑朔迷离，非但没有解扣，反而犹如一团乱线，缠绕得更加难解难分。第六回许小蓟推辞洪怀德和宋先生见面的建议——她是完全不知情说的实话，还是找理由推托躲闪？结尾处宋先生认出许小蓟，使人一惊，却被许小蓟否认，让人疑窦顿生。第七回情节推进，引出新人物余言花，似乎可以解三至六回的所有疑团。这时复线又有情节发展——张破烂被狗咬伤。两条线索交织，一主一副，形成一波未平一波又起的跌宕生姿的审美感受。第八回写十三嫂的小传，与玄凤小传每一回目交代一笔、徐徐构建不同，十三嫂小传采取集中描写的笔法，将人物的来龙去脉集中交代清楚，原本在小说后台的人物却一一登上前场，让读者感到故事越来越复杂，仿佛每一个人都不寻常，真实与虚伪拉开最大程度的距离，末尾又留下新的悬念——为什么把箱子交由十三嫂保管？第九回并不解扣，而是又留下新的悬念——洪怀德去北昭的目的是什么？为什么乔装打扮？第十回峰回路转，丢下情节线索和悬念机关不管，由叙述转入象征和抒情，仿佛插叙的一个回目，以红笸箩为意象，书写女性权力与命运。小说叙述节奏放缓。第十一回叙事主线衔接，玄凤解字——余言花即是许小蓟汉字结构的拆解，原本略有眉目的悬念再一次落空转折，玄凤的性格也逐渐展露。《红笸箩》运用悬念的巧妙设置和结构性安排，营造出一个危机四伏、心机重重、暗藏杀机的世界。

中国传统小说资源不仅自身具有顽强而持久的生命力，更重要的是它强大的文学增殖能力，穿越漫长的历史，在新文学的每一个时期都与文学现场保持了对话关系。虽然不可能以中国传统小说资源来解释白天光小说的全部特征，比如其后现代主义色彩的黑色幽默赫然在目，但白天光文学创作的西方资源影响和其自身的创造并不妨碍其作品对传统小说的借鉴、赓续乃至发扬与创新。正是由于有了白天光等诸多当代作家的参与，传统才会更新、绵延，才成为传统。

彰显写作的分量

——宋长江小说论

乔世华

如果查看和研究宋长江的人生履历的话，会发现这个作家的成长是比较平淡无奇但也磕磕绊绊的：辽宁丹东人，1957年出生，他的小学、中学教育是在1966年到1976年的十年时间里接受完成的，而后做了三年的知青，1979年回城以后当过建筑工人，在政府机关做过宣传工作，后又相继在国营、合资、股份制企业做过十余年的管理工作，涉足建筑、建材、塑料、食品、外贸等行业，2003年调入《满族文学》杂志社做编辑工作直至退休。至于宋长江的文学创作以及社会影响，谈不上轰轰烈烈，也算小有所成、自有格调：1979年开始发表第一篇小说《灵魂有影》，先后在《中国作家》《小说界》《江南》《大家》《长城》《百花洲》《清明》《文艺报》《文学报》等报刊发表小说、散文随笔等一百多万字，这其中2011年在《江南》首发的中篇小说《绝当》同年被《小说选刊》和《小说月报》转载，被收入人民文学出版社出版的《21世纪年度小说选·2011中篇小说》一书，还获得第八届辽宁文学奖及丹东市人民政府颁发的文学创作一等奖；中篇小说《温泉欲》《祖坟青烟袅袅》，短篇小说《谁家有小孩呀赶快出来玩吧》分别在《江南》《大家》《广州文艺》发表后又被《小说月报》《作品与争鸣》转载。其1996年出版第一本小说集《灵魂有影》，2015年出版第二部小说集《或为拉布拉多而痛》，2016年出版第三部小说集《后七年之痒》。数年前从工作岗位上退休下来至今，宋长江陆续又发表了短篇小说《余光里的人》（《啄木鸟》2019年第5期）、《路灯的命运》（《芒种》2021年第11期）、中篇小说《有些事我们地下说吧》（《野草》2019年第6期）、《认识那个叫荷儿的》（《广西文学》2021年第10期），等等，这当中《余光里的人》在发表后获得《海外文摘》的转载。在罗列了他的这一系列人生经历和文学成绩后，读者会觉得，用时代浪潮下的一粒沙来形容宋长江、用汪洋里的一条船来形容其写作，应该比较准确。说到底，宋长江其人其文都是时代塑造出来的结果，而且比较起来，其文学写作显然更能显示出其特立独行的那一面来。

按照今天人们的写作速度，已经有四十余年小说创作发表历史的宋长江，照理应该著作等身才是，但迄今为止总计只有一百多万字的发表量，这委实不算多，尤其是在一些写手可以日更万字，十天半个月就能推出一部"大部头"的今天。作品产量不高，并非宋长江不勤奋，而在于他是一个始终敬畏文字、敬畏文学的人。在别人那里也许该是中长篇小说体量的"素材"，到了一贯内敛和俭约的宋长江那里，就只变成了有生活有韵味有情趣且故事节奏控制均齐的中短篇小说，《绝当》《牌局》《温泉欲》

《祖坟青烟袅袅》《破解五小姨死亡之谜》等的写作俱是如此。而且更重要的是，宋长江不愿意在文学写作上重复自己。宋长江曾提到自己反感这样一类小说："像通过流水线制造出来的，是一种文字的简单的程式化的组合。在这样的作品里，往往淡化生活本身，其人物和故事似乎放在哪个生活环境里都可以，这样的小说还有什么分量可言？"①换言之，宋长江所期许和追求的好小说是能彰显写作"分量"和富有生活底蕴的。他一直在朝着这个方向努力。所以，当无数作家都已经成长为江河大海里的航空母舰时，他还在汪洋中奋力地也是怡然自得地驾着自己的小船行驶，他以别具一格的方式观察和记录时代的风浪。

一、世态万象的冷观者

宋长江是一个极其低调内敛的作家，以至于绝少有喋喋不休剖白自己或诉说个人文学观的文字。当2016年他的小说集《或为拉布拉多而痛》出版时，不但没有名家推介，连能吐纳个人心声的前言、后记都没有；稍后出版的小说集《后七年之痒》倒是有一篇后记，但也只有一百多字，"有许多话要说的"他只是言有尽而意无穷地感慨现在"读书人越来越少了"的现实并向所有其文字的阅读者表达谢意②。显然，他更愿意将笔端对准社会，花费大量笔墨于描摹大千世界、百态人生上，而无意喋喋不休地诉

① 宋长江：《小说与制造》，《创作评谭》2005年第5期。
② 宋长江：《后七年之痒》，北京：中国文联出版社2016年版，第325页。

说自己。巴尔扎克说过："法国社会将成为历史家，我只应该充当它的秘书。"尽管宋长江从不曾言说自己的写作理想，但其心中一定有着创作属于自己的"人间喜剧"的计划，他也一直是在以"秘书"的身份竭力反映自己所见识到的时代中国的四方八域，在这个过程中，宋长江始终是一个冷静的观察者、思考者与叙说者，尽其所能客观记录他所经历的"历史"。

因此，宋长江常常是伸缩自如地延展到自己所熟悉的各个领域各个阶层，其所观照的绝不局限于某一隅或某一类人群：政府官员（《传闻人物》《温泉欲》《绝当》），黑道人物（《温泉欲》），失足女（《拉线开关》），教师（《素装》），公职人员（《城外广场》《让你灿烂》），公司职员（《太阳光》），甘心被包养的寄生虫（《再见猫女》），情感彷徨的中年离异女人（《婚姻空白期》），惊惧不安等待命运审判的贪腐分子（《柔软》），讨薪的农民工、被三角债务包围的包工头（《债务》），锅炉工（《或为拉布拉多而痛》），回迁户（《谁家有小孩呀赶快出来玩吧》），来自乡下的快递员、服务员（《绿色》），躲避追杀的逃亡者（《枪声》），靠官商勾结发家的典当行老板（《绝当》），以打牌消磨时光的各色阔太太或身份存疑的单身女人（《牌局》），狡黠痴情的女毒贩（《认识那个叫荷儿的》），筑路工人兼"犯罪"嫌疑人、负责任的警察（《余光里的人》）……这些三教九流、五行八作都在他笔下风起云涌，他们的生活足迹遍及乡村和都市、家庭与社会、官场或里弄，行走在白道、黑道或者灰道上。而且，宋长江习惯于让多类人物、几种题材、数重意义指向水乳交融般地汇集在同一作品中，由此丰厚了他作品的底蕴。

以《绝当》来说，文题"绝当"是典当行术语，恰如其分地点明这篇小说首先是地地道道地对当下典当行业生财规则的揭秘，但同时又指向了当下城市建设中的旧城区改造以及经济生活中的腐败问题——官商如何勾结共同寻租。刑满释放、一无所有的古长风能顺利经营起典当铺并快速风生水起，靠的是"关系户"提供给他的便利条件以及一票又一票"绝当"买卖——半典当半对缝的生意，而他能大量收购待动迁房产，进一步做大做强，则是靠的内部消息和敏锐的商业头脑。宋长江喜欢让自己的小说变得饱满，所以这篇小说不仅止于上述"投资战略""商业天机"的揭秘，还有对主人公古长风在爱情、亲情寻找上的叙说，以及对其在家庭遗产继承争夺的问题和探寻自己身世之谜的讲述。《温泉欲》不仅仅是写"浴"——温泉镇特有的洗浴文化，还写到了"欲"——官场的波诡云谲，康泉芳对权力核心的渴望，黑道人物季四的一手遮天、插手政治，还连带着一桩无头凶案的破解和老一代人孽缘的寻踪。《后七年之痒》一方面如题目所呈现的那样算得上是婚姻家庭小说：严景逸和武小妹、葛恒大和雪芬两对夫妇间的内部纠纷，武小妹和丈夫的顶头上司葛恒大之间萌发的一段婚外恋情，另一方面这也是一篇官场小说或是描写机关单位生活的小说：下属挖空心思往上爬，得悲喜着上司的悲喜，要投上司所好，须搞夫人外交；上司则必须摆平方方面面关系，既故作姿态，又蠢蠢欲动，在诱惑面前一步步败下阵来。而且在莫测的官场、职务升迁的书写之外，小说还牵扯出了某些地方政府为政绩而在招商引资中的弄虚作假问题。《传闻人物》不仅书写一个腐败分子的变化历程及忐忑心路，还暴露了企业转制中的国有资产流失问题和下岗工人的出路问题。《让你灿烂》不仅仅透视了一个小公务员患得患失、战战兢兢的职场心理，还顺带波及当今城区建设中的"鬼城"现象和政府搬迁以带动新城区建设的风潮。《拉线开关》关注的是普通人的生活和灵魂成长，不是单纯的某一行业中人，而是被有意味地设置成了这样三种有代表性的人：病休的下岗工人邢昌礼，刑满释放闲散在家的邢军，一度出卖色相而后自力更生自撑门户的隔门女人。这三个人物之间的微妙关系也构成了这篇小说的"枢纽"，既有邢家内部紧张的、亟待修复的父子关系，也有邢氏父子与隔门女人间的关系冷暖变化——邢昌礼与隔门女人间起初礼尚往来，而后尴尬弥漫，继而萌发亲近和觊觎之心；邢军对隔门女人起始充满敌意和嫌恶，终而冰释前嫌、好感丛生。至于《或为拉布拉多而痛》，小说题目挺洋气的，对狗懂行的人能判断出这小说该和拉布拉多狗发生点关系，小说主人公的的确确和拉布拉多黑狗发生着一些关系。小说实则写的是都市里毫不起眼但又不可或缺的锅炉工的生活，宋长江的书写让读者看到，当下的锅炉工里不仅仅有通常贴标签认定的像崔大喜这样简单粗暴、"情欲"发达的锅炉工，也有如郭呀呀这样对生活品质有追求、情感细腻、充满悲悯精神的锅炉工。在写锅炉工的生活世界之外，小说还把大学生就业难、工人社会地位下降以及人与其他生命（狗）的情感联系等诸多问题一股脑儿端到台面上来。

宋长江的创作视域之所以如此开阔，当源于他的"心事浩茫连广宇"，源于社会大学给予他的丰富馈赠。他因时代之故无缘高等学府，这固然可惜，但在社会风雨中的历练和成长，又让他收获了大量的社会生活经验和察人阅世的本领，不论是下乡当知青，还是做建筑工人，不论是作为企业管理工作者，还是文学写作的爱好者或是专心致志编辑文学杂志的编辑、主编等，他不断变化的身份和履历让其有了充分接触和认识形形色色的人物的机会，并由此构建起独具个性的文学世界，其作品也因之较其他一些作家作品更能透视出时代风云、展示人间悲欢离合，也更接地气。就拿《认识那个叫荷儿的》来说，小说以郭凯东的家庭、交际、外遇将知识分子、刑侦警察、私营企业家、外企高管等各色人物串联在一起，由此当下社会生活之一隅、人的情感世界和物质欲望得到了有效书写和展示。

而且，在对现实进行传神书写的同时，宋长江还会不自觉地连通起对历史真相的探寻、回望和问责。《破解五小姨死亡之谜》中，作为医生的"我"对经历了"文革"的五小姨疑窦重重的死亡给出了科学而权威的解释：当心理压力得以释放，肌肉行进性障碍突然解除，五小姨选择了轻生。小说给人的震撼之处恐怕还并不在于以科学道理重新诠释了政治风浪中的人的各种疯狂行为，而在于一方面抽丝剥茧般还原了那段不堪回首的疯狂岁月里人的生活和精神世界，另一方面展示了那可怕的历史后遗症延续的情形。但是，小说中"我"兴高采烈地探明历史真相，本以为这会给自己未来的幸福加分，孰料个人甜蜜的爱情竟因此突然终结。《祖坟青烟袅袅》中，罗氏家族数十年的积怨当然与形形色色运动中人心的改易、人性的阴暗有关，但政治运动是人性变异的强大时代背景和事实上的推手，而罗氏家族恩怨的最终化解是与政治的清明安定、社会的健康发展大有关系的。值得提及的是，宋长江初入文坛之时的一些作品如《灵魂有影》《忧思曲》等也都与"文革"书写有关，前者写被政治扭曲的下乡知青，后者写一位"文革"中犯过错误的人在时代风云发生翻转之后所面临的困惑。可以说，这两个作品都可归属于名副其实的"伤痕文学"行列。更可以肯定的是，作为一个人生道路因时代浪潮而发生陡转的作家、一个对那个特殊年代有着刻骨铭心成长记忆的写作者，在宋长江心中，怎么可能不一直涌动着书写那过往"断代史"的情结？其对历史的关切，是和其对现实的关注紧密有关、和其对国家与民族未来命运的热切瞩望相连通的。

二、人生况味的体察者

在对世态万象的书写上，宋长江往往不愿意以个人的主观意见去左右读者的头脑，而更愿意让读者由其小说人物命运的安排和故事情节的走向来自主评判大千世界的是是非非，品味光怪陆离的人间。《绝当》结尾，与古长风有利益往来的贪官马光一审被判死缓，惊悚不已的古长风在事业和爱情双重失利的打击之下绝望到要自杀；《后七年之痒》结尾，一度与葛恒大苟且的武小妹在丈夫事业连连碰壁之时选择了回归婚姻正轨；《传闻人物》结尾，秦都辉暂时安全，与妻子如惊弓之鸟，而有关他出事的传闻已经在县城沸沸扬扬；《认识那个叫荷儿的》结尾，选择向毒贩通风报信的郭凯东遭遇着前所未有的心灵煎熬，其在整个事件中的不光彩作为是否会败露并遭到相应的法律制裁，作家有意戛然而止留下空白……不难看出，在宋长江冷静的外表下，实则活跃着一副关注世界、积极介入生活的热衷肠，这都是这个世事皆洞明的智者渴望去除痼疾、弘扬正气、变革现实的心灵写真，他在不动声色的书写中做出了价值判断，引领读者从中对人生做积极有益的思考，而读者可经由他笔下那些人物——无论是身份卑微的凡夫俗子，还是运筹帷幄的官员，抑或老谋深算的商人——的言论、行为、性格、心态、命运咂摸出人生百味来，由他察人观己的书写返回对自身的认知。

就题材而言，《后七年之痒》《温泉欲》《传闻人物》等几篇都属于"官场小说"，不过，宋长江显然不甘心就这样单一表现"官场"，因此在这几篇小说里还融入许多其他元素以冲淡"官场"的痕迹，比如在情节上的考量：两个当事人已同步失去新鲜感的婚姻（《后七年之痒》）；下岗女工的无性婚姻、婚外恋情以及丈夫的跟踪追击（《传闻人物》）；一桩无头绪的命案以及老一辈人隐忍已久的情感纠葛（《温泉欲》）。再比如"官场小说"中会融入作家自己对人生的深切体味和无尽感喟，而这尤其令这数篇官场小说有了更高远题旨表达的倾向：以《后七年之痒》来说，武小妹之接近葛恒大原来是要助心气高、本事小的丈夫一臂之力，让其职务"上位"的，结果却发展为对葛恒大家庭的插足，自己险些"上位"，这何尝是她的本意？葛恒大原本谨慎行事，对异性无非分之想，却在自觉不自觉间走进了武小妹设置的"局"中，这又何尝是他预想得到的？这对男女在相互角力中关系由正常到非正常的转变，看起来步步顺理成章，结局却是违背初衷、出乎他们意料的。《温泉欲》亦如此，前任镇长魏恭俭是在"温柔乡"的"泉水"洗浴中丢失掉自己的原则乃至性命的，作为继任镇长的康泉芳虽说处处以魏为戒，并在工作上初有成效，但在其沾沾自喜之际，却浑然没意识到已进入一个盘根错节的关系大网中，如果不是意外的职务调动，其恐怕也会重蹈前任镇长的覆辙；康泉芳不知不觉中的"变质"正符合丁杰对即将履新的康泉芳的预言——"过去的那个康泉芳，再也不存在了"。《传闻人物》中，县长秦都辉从内心里是一个反腐败的人，结果他自己却成了地道的腐败分子，在诸多场合里为相关利益方提供便利和说情，而在县里的一系列人事变动和矿难事故中，他从前的受贿行为就都成了他的隐痛；其实，他不是没有机会退还赃款或向上级交代清楚，但是他一再误判形势，接二连三错过坦白的机会。

《让你灿烂》亦是一篇披着"官场"外衣，实则透视人谨小慎微心理乃至于人的荒谬存在的小说。主人公谭欣一向阳光灿烂，在外人眼中是有着锦绣前程的公务员，一次误打误撞让他隐约"窥见"了区长的隐私，他为此陷入莫大的恐惧中，生怕单位的监控探头暴露自己偷窥的事实，接下来他变得疑神疑鬼，再也无法灿烂起来，竟至于精神崩溃、情场失意、辞去公职，最终真相却是现实跟他开了个莫大玩笑——那个让他终日担惊受怕的监控探头其实早就坏掉了。同样烛照出生活荒谬性的小说还有《溺水事件》。该小说表面写的是一桩溺水事件的前前后后，实际包含对新闻舆论和社会公益的深刻省思。一位大学生为救意外溺水的职高生宫婷婷而牺牲，各媒体为了宣传该大学生见义勇为的英雄事迹，要求宫婷婷出席追悼会并给予言论上的配合，这给不愿说假话的宫婷婷带来极大的精神压力和困扰。而接下来的公众舆论更将这个无力改变现实更无力对逝者家属负责的弱小女孩推上了风口浪尖，令其无处容身。熟谙水性的宫婷婷的首次溺水确实属于意外、偶然，其再次溺水则在意料之中，属于必然。与其说二度溺水是宫婷婷的主动选择，不如说是假大空而又无比苛刻的公众舆论以及喜欢作秀的社会期待将其推进了水中。荒诞的结果，实起自荒诞的意愿和荒诞的现实。

宋长江习惯在具体有所指的故事中注入自己丰富的人生体验和社会经验，因此，如果能跳脱开宋长江小说中人物的身份设置、职业外衣，则不难发现其小说意义空间的别有天地。宋长江对不知餍足的人心、一浪高过一浪的欲求、荒诞感十足的存在和那剪不断理还乱的戏剧人生的体察是细腻独特的，丰富着我们对人生和人性的深刻理解。

三、心思缜密的布局者

宋长江的小说好看，这源于其鲜明的人物形象塑造和起伏曲折的人间故事的编排。在将自己所听闻和感受的社会本真、人生世相传达给读者的时候，宋长江从不甘心做一个平铺直叙的讲故事者，他总是想方设法巧妙布局谋篇，情节设计上处处透着匠心，这增强了其小说的耐读性。

《牌局》就是一篇用心经营的小说。郎敏设置的家庭牌局是一个藏污纳垢的小社会，这里有汽车销售商、房地产老总太太、县长夫人、服装店老板、寻找机会的单身女人，等等。同时，这里更是一个参不透的"迷局"和风月场所，女牌友们出入牌局的背后都有着丰富的故事。小说开篇，是一度在此牌局中风风火火的漂亮少妇季月羚的悄然失联，她的退出背后必然有故事可寻，可宋长江并不急于顺藤摸瓜，而是转手去写另外几个女人的入局和出局。当读者几乎把季月羚遗忘，以为她注定下落不明之时，宋长江却不疾不徐地对她的可疑身份有了交代——郭广达在高姿所居住的别墅区无意中发现了季月羚的踪影，与季月羚同样独居别墅的高姿的职业已经被含而不露地揭示了，因此季月羚的现状和身份也就无须多说了。小说中，高姿在牌局上偷偷向郭广达发出幽会的邀约，郭广达以一句"她说我手气挺好"来搪塞生疑的郎敏，信以为真的郎敏夸赞郭广达"你也真会赢，赢了二百五"。这"二百五"是郭广达打牌的获利所得，却也是作者对看似精明实则颟顸的郭广达、郎敏夫妇的"旁敲侧击"。小说中一系列看似无意的交代，却耐人寻味的弦外之音，都是宋长江的有意安排。

从《牌局》可见，宋长江的小说写作是讲究章法亦即"牌局"并有始有终的，当然，他的"始终"是有藏有露的，并不把事件完全交代"圆满"，而是给读者留有足够的想象余地。《绿色》中，公司经理刘燕燕不断向康小庄发动情感进攻，她的一句"小庄，走，陪我看电影去"终结了小说，早就心猿意马的康小庄究竟会怎样选择，作者并不道出，也无须道出，接下来的一切都留给读者自己去揣摩了。《温泉欲》结尾，康泉芳拒绝豪华洗浴的呼喊，既透着对自己身份、行为的清醒认知，也显出无力改变现实的无奈。其未来何去何从，太耐人寻味了。《拉线开关》同样如此：被邢军接续好了的拉线开关，不仅仅带给邢家以光明和温暖，也反映出邢氏父子关系的修复和心情的豁然开朗；而邢军的一句"隔门女人家挺干净"，可谓一语双关，话中有话地肯定了隔门女人的改过自新。宋长江并没有按部就班给出一个读者期待的"圆满"结局，但就像邢家被修好了的重新燃亮的灯那样，人们还是可以由此想见三个人那美好的明天：邢昌礼的生活将不再孤单，邢军的才干得到周围人的认可，告别歧途自食其力的隔门女人则收获了别人的敬意。《婚姻空白期》的情节明线是离异的中年女人郝青踌躇不决的爱情抉择，另一条若隐若现的情节线却是忠厚老实、勤劳肯干的郝青前夫于水赢得了儿子就读学校女校长的爱情。作者不动声色地对郝青的婚恋心理进行了一番细致的透视，也着实"嘲弄"了一番她的好高骛远；而且饶有意味的是，当郝青发生事故急需帮助之时，她并没想着向两个自己比较中意的男性追求者求助，而是下意识地拨通了素来不被她瞧上眼的前夫于水的电话。其无意间倾斜了的情感天平暴露了她的情感"天机"。

与《婚姻空白期》相映成趣的是《素装》，该小说同样有明暗两条情节线，它们交相穿插，互为补充。丛文新、林舒夫妇在同一天里各自要赴一场暧昧色彩浓厚的约会：丛文新是赴学生顾萍母亲秦美意之约充当一天"临时爸爸"的角色，作为丧偶数年韵味动人的秦美意的"临时丈夫"，情感冲动和尴尬难免兼而有之；林舒则是陪教育局长疗养以求得自己职位的擢升，行前已隐约包藏"献身"的心思。对这两个约会，小说并没有花开两朵各表一枝，而是倾力来写丛文新这一主线的情感约会，其与作为副线、暗线的林舒之约相得益彰。丛文新如何把持自己的情感不逾矩，如何尽力像演员一样配合顾萍的导演来把丈夫和爸爸的角色推向真实境地，这恰与没有被明确讲说的林舒十足卖力地陪教育局长媳妇一天的情形相同。小说没有直接书写秦美意招待丛文新家宴时的复杂心曲，而是由林舒赴约前的精心筹划曲折有致地奏响这一切的；林舒赴约目的没达到悻悻归来，应该既是丛文新，更是秦美意赴约后情感失落的补充书写。

《传闻人物》中，贪官秦都辉尚未出事，民间已充满了种种他出事的不利传闻，大有山雨欲来风满楼的架势，而这些不尽准确的传闻和秦都辉眼前不时浮现的自己被双规的想象画面，正是他这个传闻人物未来命运的预言和预演。与此篇小说"预言"性质相似的是《柔软》，这差不多就是《传闻人物》的续篇：贪官吴韧终日惴惴不安，精神恍惚中把自己过去的贪腐行为和拟想中的逃亡穿插着"过"了一回"电影"，所不同处在于《传闻人物》更写实，而《柔软》是以意识流的方式来表现这名贪官彷徨追悔的心路历程的。《太阳光》的写作应该源于"研究生毒杀室友"的社会新闻的启发，小说开篇是从故事的结尾写起来的，谷玲茫然地对警察表示"和汪芳芳第一次见面，我就预感，我和她会发生些什么"，至于这具体"发生"的"什么"才是接下来小说从头到尾言归正传的讲述。《祖坟青烟袅袅》中，罗青松那个患有阿尔茨海默病的父亲罗崇山并非可有可无的人物，生病后的他随口冒出的关注祖坟和回归家园的简单话语漾起的是罗氏父子对家乡故园亲情斩不断的情思，这正是令罗青松摒弃前嫌与族亲重叙旧情的催化剂。《认识那个叫荷儿的》中，面临婚姻危机、失业之虞、牢狱之灾等重重困境的郭凯东慌乱中自己给自己戴上了手铐，遭到不明就里的妻子"是不是有病"的抢白，小说在郭凯东"有病，我有病"的喃喃自语和对荷儿挥之不去的思念中结束，留给读者的是关乎情与法、爱与欲、灵与肉的无尽思索。《余光里的人》中，"我"在三十多年前无意中获悉一桩与自己并不搭界的命案，小说开篇"三十多年来，一声女人的尖叫，偶尔会荡在我脑子里"，但这恐怖的尖叫从未令"我"恐惧过，"我"甚至会怀疑这尖叫声的真实性，但到了小说结尾，当"我"偶然遇到当年办案警察知道自己险些会被认定为犯罪嫌疑人并遭到逮捕时，刹那间，"那个偶尔荡在脑子里的尖叫声又响了起来，这回不是女人的尖叫，而是我自己绝望的号叫……"头脑中号叫声的"易主"书写，不光意味着"我"所感到的后怕，亦让读者意识到冤假错案之于事主所带来的空前绝望。

在挑选小说叙述者时，宋长江也总是煞费苦心。《破解五小姨死亡之谜》中的叙述者"我"是一个对"文革"没有印象的医生兼医学研究生，与死于"文革"中的五小姨没有任何交集。这能保证其对历史真相的探寻不带有偏见。正是这个不懂政治、对政治也没兴趣的70后，在亲情和好奇心的牵引下，开启了对母亲家族隐忍的一段历史真相的发掘，动用医学知识科学而客观地揭开了五小姨自杀的神秘面纱。"我"因为能廓清历史迷雾中的个体事件，进而萌生了书写"文革"历史的狂想。这个情节安排更像是作者渴望今天年轻人不要忘记历史而发出的一种呼告。小说中，令"我"难忘的爱情了断日是"2006年4月1日，愚人节"，这一时间的设定又包藏着太多耐人寻味的历史的、社会的和人生的讯息，指向荒诞的历史和现实。《让你灿烂》则属于灵魂叙事，谭欣那来无踪去无影的灵魂有板有眼地和读者之间展开了轻松俏皮的对话，负责把摊上大事后的谭欣的心理如实道来，且与谭欣的沉重郁闷构成强烈反差，让人忍俊不禁，趣味十足地把谨小慎微、瞻前顾后的谭欣的心思与困境和盘托出。

《绿色》中，先后从乡下来到城里打工的情侣康小庄和小蓝都有着数对面大厦楼层的癖好，那从一到二十七或者三十一的数字的逐一反复出现，都在强化着康小庄或者小蓝对都市爱恨交织渴望融入的复杂心情，那反复出现节节攀升的数字反映出都市高楼大厦对他们的巨大诱惑和心理重压。尤其是在主人公康小庄那里，每次数错楼层或数数难以为继，都是他心绪迷乱、难以抵挡外界诱惑之时。而且，"绿色"在这里被赋予了许多层面的意思：它既是康小庄和小蓝这对恋人情感联系时使用的鸿雁传书的邮递通道，也是康小庄当下所从事的快递行业的职业色彩，还是康小庄喜欢吃的绿色山菜的本色，更是康小庄和小蓝曾经很留恋、现在已变得越来越寡淡的山乡家园的自然色。换言之，看似平常的数字和色彩都在宋长江笔下变成了饶有意味的叙事符号兼情感符号。

在近几年的创作中，宋长江还尝试了一种新文体，已发表十辑百余篇，且还在陆续整理推出中，宋长江谓之"边角料"，有方家将其视为"散文创作中的随笔"[1]。按照宋长江自己的权威解释："外出习惯随身带小本，记所见所闻所想，美其名曰，为写小说积累素材。一记记了三四十年。其实，用于创作的寥廖无

---

① 赵瑜：《散文的面向越来越丰富了》，《红豆》2021年第12期。

几。偶尔翻查，自我感觉某些篇什存点意味，便觉得睡在本子里可惜。既然难以独立成文，筛选少许辑于此，想象应该有所作为吧。透过现象看本质，仁者见仁，智者见智。"①说起来，这些该都算作生活素材，是宋长江为写小说而有意识地对生活的观察和记录。不过，我还是愿意把这些"边角余料"的作品视作作家小说写作的一种新尝试，是作家行走在生活和文学之间、游弋在散文和小说之间、穿越在写实和虚构之间的结果，这是打着他个人印记的"阅微草堂笔记"，所阅之事皆微小，所记之人皆草根，终都在其短小精悍的笔记中得到了生命，登上了大雅之堂。细细品味这些笔记体小说，别有一番滋味，可说记录下了别样的一种人生形态和故事。拿这当中的几篇作品来说，《房间里的陌生人》，同住县城招待所一个房间的陌生客人的的确确让人琢磨不透：对初来乍到的"我"表现得那般热情，查户口般了解"我"的状况，口口声声说请"我"吃饭，末了却让"我"付款占了先，而后陌生人慷慨承诺承包"我"第二天的一日三餐，结果前一晚就提前离场、逃之夭夭；若说这里写的是江湖险恶，未免有些夸张，但的的确确这陌生房客的言行让人琢磨不透，不仅给"我"也给读者以许许多多种耐人寻味的假设和可能。《"无聊"的对话》中，列车上一对亲昵的小情侣之间的对话、斗牌游戏看似很"无聊"，其实很有料、很有趣，哪怕就是他们无法理解的一个无厘头的情思故事，也都暗藏玄机，从中可透视出来热恋中的青年男女的丰富心理内容。《路灯的命运》简短得可谓一篇百

---

① 宋长江：《路灯的命运》，《芒种》2021年第11期。

字小说，长幼之间简短的对话，让读者品味到童言的无忌和睿智，长者是在感慨自己幼时的无聊，幼者却一语道破其幼时"坏"的本质。

从已有小说来看，宋长江是一个绝少重复自己的作家，从思想内容到艺术技巧，其一直努力让自己的每一篇小说都有独特的意义指向和成为别有意味的形式，实现其所追求的"文学的纯洁性"，正如其确信的那样："优良品质的作品，是人生的精神食粮，不能缺，缺了你就没有高品质的生活。"和从前一样，宋长江还是不疾不徐、不骄不躁、不温不火地经营着自己的写作天地，践行着他"安静"的文学观念："我一直认为，文学，应该是安静的。安安静静地写，安安静静地读。"①毫无疑问，凭借着丰富的生活积累和写作历练，加上对人生滋味的咀嚼和对写作分量的积极追求，正值创作盛年的宋长江，还会在未来呈献出高品质有特色的作品来。对此我充满信心。

---

① 林喦，宋长江：《有很多话要说，不知从哪说起……》，《渤海大学学报》2017年第5期。

甜蜜的负担：序评的审美化阐释与学理性跃升[1]

吴玉杰

　　笔者以前读过王向峰的很多序评文章，这次集中细读一百多万字的《辽河水润千章秀——辽沈地区文艺作品序评集》（内分七辑，分别评论诗歌、散文、小说、理论、书画、影视文化与以诗体写的作品序评，万卷出版社2019年12月出版），有一种熟悉中的陌生，陌生中的熟悉。卡尔维诺说，经典，每一次重读都像是首次阅读，有初识感；而初次阅读却让我们有似曾相识的感觉。序评经典性的力量就在这里，"你有多高，你的书评就有多高"[2]，不同层次的读者从中获得不同程度的提高，而这依赖于与序评相适应的本质力量。以前读王向峰写的序评，虽然有一些理解和认识，但还比较朦胧。这次集中重读，发现序评丰富而深刻

　　① 本文系辽宁省文化名家暨"四个一批"人才培养项目"经典性建构与辽宁文学新时代"（LNSGYP20062）的研究成果。
　　② 高爽：《学者王向峰新作〈辽河水润千章秀〉出版 书本理论在文艺现场的土壤上开花》，《辽宁日报》2020年1月2日。

的内涵。从使情成体的审美化阐释、文本意义的多重性发现到最后达成序评写作的学理性跃升，三百余篇序评不仅为我们提供多种序评范本，而且在很大程度上对于序评写作具有指导性作用，并对序评研究具有重要的学术价值。尤其让人赞叹的是，为辽沈地区文艺作品写序撰评三百余篇，更彰显出一个文艺理论家、批评家对地域文化的深切关注以及助推文化事业繁荣发展的责任感和使命感。这在民族复兴和东北振兴的大文化语境中，更具意义和价值。

一、文艺批评的地域关切

"甜蜜的负担"，是王向峰在《辽宁日报》主任记者高爽专访时所说的关于序评写作的感受。当然其中的甘苦他体味最深。序评集里收录的最早一篇写于1977年，为辽宁人作为主创的电影《兵临城下》辩诬，最近一篇写于2019年5月2日，为张春风主编并由沈阳出版社出版的《印象沈阳》写评《蹾其事而增华》。我们看到的是四十二年间一百多万字的三百余篇序评，而在序评后面的是三百余部、每部二十万字左右的书（有的三十万字甚至更多）一排排摆在那里。沉重的负担是必然的，而想到阅读文本、对话作者、愉悦会心处，或思量为作者点拨通途、增强信心时，尤其是考虑到助推辽沈地域文化发展，这负担也便成为"甜蜜的负担"。

批评在文学的历史化与经典化过程中具有不可替代的作用。但学界一直存有重视理论研究、轻于文学批评的倾向，有人只关注历史而忽视现实，因为历史有经典，而现实驳杂。王向峰充分意识到文艺批评的现实意义和历史价值，把研究、批评与创作融为一体，让书斋中的学理"在文艺现场的土壤上"出苗开花。他，一直在文艺现场，并强调："搞文艺批评的人必须接触实际，必须到现场，想办法主动地接近现时的文艺现象，再把它们带回来进行研究。"①数百篇序评凝聚着王向峰在文艺现场介入现实的力量；而三百余篇，却又分明地具体地指向辽沈地域文艺作品。

为辽沈地区文艺发展助力，是王向峰文艺批评地域关切中的"甜蜜的负担"。并不是所有的学者都自觉关注本地区的文学艺术，有学者认为写序评影响自己的研究，因而不屑于为此投注精力。对地域文学文化认识的偏狭和肤浅，对研究与批评意义的漠视和窄化是因为没能发现它的力量和势能。"地域文化里海阔天高"，王向峰让我们看到地域文化批评与研究的崭新世界。

序评辽沈地区文艺作品，其中渗透着作者对地域文化以及地域文化批评与研究的深刻思考。地域文化关涉人类空间文化的组合。在作者看来，"作为社会的人，不论在大的范围里属于某一洲、某一国、某一族，但他必定生活于某一地域的城市或乡村，而这一地域的文化就不可避免地成为他的精神基础，成为自身心理原型中的基本构成"。他对书写辽沈地域文化的作品倾注热情，"品读纪述沈阳古今之事"的初国卿《沈水之阳》之形容近切、情趣挥发与审美寄托，品评马秋芬《老沈阳》"地域文化的

---

① 高爽：《学者王向峰新作〈辽河水润千章秀〉出版 书本理论在文艺现场的土壤上开花》，《辽宁日报》2020年1月2日。

发扬"，品味王秀杰《辽水行记》的实地在场性和丰厚历史感。如此分析张成良讴歌辽阳太子河的《诗唱河东》："我看到他有一种强烈的乡土情结，这使他广泛施放与挥发在他的第二故乡辽阳这块土地之上……凡存于古今乡土之上的，无不是乡土文化的资源对象，这些对他都形成一种召动，让他萦怀不息，并能自觉地转化为一种实践的责任。这是一种历史与文化的大任。"其实，这些分析又何尝不是王向峰自身乡土情结外化为辽沈作者书写序评的现实实践从而彰显出的历史与文化的责任与担当？正是这种情结、责任与担当，使他热切关注、深切理解地域文化，精准把握、精妙阐释漫散在序评对象中的文化言说。

地域文化批评与研究，兼具历史性与现实性的大文化研究指向。白长青《辽海文坛鉴识录》"特别关注辽宁与东北地区的文学与文化，并在对象上从个人而延伸到群体，由现象而追溯到历史，由文学而扩展到文化，构成为对于文学——文化的全面、立体的研究"。王向峰对这一选题极为赞赏："他这个研究方向的前途是非常宽阔的，而且越研究越会感到充实，谁走进这个领域，如能努力以行，不仅会选题无尽，而且也会因为对象内容的现实性得到更多人们的更大关注。"进而认为这一研究是"给地域文化发展的理论支持"，并通过营造地域文化氛围为经济、政治、科技、教育等方面建设与发展助力。由此可见地域文化研究的学术价值和现实价值。"地域文化里海阔天高"，为许宁著作《根脉与生发——直面东北地域文化的女性思考》写的序评足见王向峰对这个问题的深度考量："地域文化研究是大文化的研究，所要求的是要贯通各种分体文化的存在，不仅要对之分别地给予历史与现状的解读，还须找到带有地域文化之魂的'道通为一'的东西。"

　　但三百余篇序评对象并不仅仅局限于书写地域文化的作品，王向峰把目光投向多题材、多体式的文艺创造，勾勒出辽沈地区四十余年文艺发展的概貌。四十余年，他自觉地不遗余力地为辽沈地区文学艺术作品、论著书写序评，呈现辽沈文化景观，助推辽沈文化发展，表现出文艺批评的地域关切，并从中探求各种文体的本体性特征，进而实现对使情成体最具体化的审美阐释，对序评写作的学理化跃升。

二、"使情成体"的审美化阐释

　　如果说，写序评对于王向峰来说是"甜蜜的负担"，那么，我们阅读序评，是在"甜蜜的负担"背后发现序评写作"使情成体"审美化阐释与学理性跃升的真相。

　　三百余篇序评非常重视使情成体的具体化过程乃至审美实现效果。使情成体，由英国美学家鲍桑葵提出，其核心要义是情感的对象化。他认为，艺术家"受魅惑的想象就生活在他的媒介的能力里；他靠媒介来思索，来感受；媒介是他的审美想象的特殊身体，而他的审美想象则是媒介的唯一特殊灵魂"。艺术家"在自己的媒介里创造一个他能引为满足的情感体现"[1]。关键在于，审美主体如何把自己的情感对象化到审美客体之中，并通过艺术

---

　　[1]［英］鲍山葵：《美学三讲》，周煦良译，上海译文出版社1983年版，第31—32页，第18页，第36页。鲍山葵，现多被翻译成鲍桑葵。

的形式表现出来，达成美的实现。王向峰的序评通过对文本的解读和分析，从各个角度透视使情成体，完成审美再造，发现艺术的真谛，使读者知其然，作者知其所以然。

使情成体是判定文学与非文学、文学性足缺的重要标尺。王向峰谈吕公眉、曾岩、都媛的散文创作使情成体之自觉，评王辉使情成体之化合，论鲍尔吉·原野《更多光线来自黄昏》使情成体之"从容与精巧"。使情成体之文学性在不同的文本中呈现的样态不同。

当然，使情成体不可能凭空而降。王向峰探赜冯大中使情成体的创作源泉，白炜使情成体的"立意前提"，郭兴文使情成体的诗意寄寓，以及王充闾使情成体在虚实之间、有无之间、内外之间联动而成，这些充分表明使情成体的难度。因而，它对于创作主体有较高的要求，王向峰针对刘广明创作谈视野之广度，于李仲元咏史之诗谈学养之厚度，就王充闾历史文化散文谈审美之力度。而在使情成体的具体化过程中，王向峰提炼初明玉画作，张恩华、张成良、王今胜、屈明鹏诗作的特性要点更值得注意：一是取"对象之神"，并不是"空陈物态"；二是用"诗心之悟"，而不是固化附着；三是在对象中"留驻"，"沉思"意义；四是"外化之功"，"语言表现的成功是使情成体创造的起点，也是使情成体创造的收结点"。

在我们的语言表述中，使情成体呈现这样一种过程，而实际上使情成体的文本生成并不属于同一构型，王向峰揭示使情成体的三种情境。论述刘树林的诗时，谈到两种：一是"积存无限情思而作诗时只要使情成体即可实现为诗"，二是"到对象世界中去寻求激发、擢拔诗情的引端"，而后使情成体。评论郭廷建的创作指出的情境，我们可以视为第三种："情思就是即兴之感，有眼前景象，有心中思考，所咏之事不复杂，所抒之情也无迂曲，就是即事成篇，使情成体。"这三种情境和构型，虽针对具体作品，却揭示文学创作使情成体带有普遍性的规律，正体现王向峰所说"你有多高，你的书评就有多高"的论断。

"使情成体熔铸风格。"使情成体的"造化之功"在文本世界中彰显：吴冕的诗词获得"审美韵味"，李仲元稽古尊贤诗作的人物在历史情境中"复活"，王充闾"创造了独有的经验，使主体与对象的互纳与互化，历史与现实的同构与同一，风格与体式的沉稳与超越，都达到了相适相偕的地步，为文学艺术的创新与发展提供了足资借鉴的经验"。我们感叹作家艺术家使情成体的创造，惊叹王向峰在对象中发掘使情成体的审美阐释，为读者开辟广阔的艺术空间。

如果说，作品是创造主体使情成体之编码，那么王向峰的序评即为审美阐释之解码。不仅解码具体文本，而且是打开创造之门、解码艺术本体之秘密。序评的解码构成对使情成体的全方位、多角度的阐释，不仅对于写作者来说是明晰自己创作的已然与应然，而且对于读者来说是通晓创造秘密的豁然与欣然，当然对批评者来说是趋向探索批评路径的毅然与怡然。

三、文本意义的多重性发现

序评，面对文本，揭示文学艺术与批评的规律性，从而把序评上升为学理性的高度，这是王向峰序评写作的实践，也是他总结序评的箴言。在王向峰序评创作文本中我们看到使情成体的审美过程与艺术实现的"本质属性"，而在对于理论批评文本的序评之中，我们看到的则是序评文体的"真相"。

"你有多高，你的书评就有多高。"究竟在怎样的意义上理解这句话？书评的对象并不能决定序评的水平，书评的主体才是决定性因素。王向峰为辽沈从事文学艺术创作与理论批评的人写序评，如他所说："需要把你的理论素养带到里面去，让你从书斋中得到的学理性的东西在书的土壤上、画的土壤上、电视剧的土壤上出苗开花。"①王向峰如是说，如是做。他的理论与批评的序评世界，给我们提供对序评写作的规律性认识。序评写作在于文本意义的发现，序评的水平在于能够进行理论概纳从而提升为"范畴评论"，进而"使评论跃升到审美研究层次给创作以理论评量与推动"。

首先，发现读者未了解之意。读刘东杰的《灯下书影》，王向峰这样看序本身："这类对书说话的文章，固然有被书所感发而主动做书评的，但一般都不是因书而命笔的，多是由于有人相托与相求，或出于责任和工作需要，要对某一本书写点看法，起到向读者推荐和引导作用，而主调还应是肯定与鼓励，文字虽不是长篇大论，但还应字斟句酌，分寸适度，写起来并不容易。"肯定或鼓励，一如法国批评家法盖所说的"寻美的批评"："寻美的批评面向读者，其目的是让他们明白一本新书或旧的书中有什

---

① 高爽：《学者王向峰新作〈辽河水润千章秀〉出版 书本理论在文艺现场的土壤上开花》，《辽宁日报》2020年1月2日。

么好东西以及为什么好。"①序评"教我们怎样欣赏"②，在作品和读者之间架起一座桥梁，并导引作品走近读者，读者迎进作品，形成共振效应。王向峰认为："为书写序写评，关键之处在于从书中看到了什么意义。因为要说书中有什么，就是书中所写的一切，这是看书的人可以自见的，但所见这些现象究竟有什么意义，并不是所有人只要读了就能了解它的基本意义，这时书的序评作用就发生了。"一般的读者在作品的表层能指中驻留，并不一定能在文本的深层所指中沉思意义。发现一般读者未了解之意，通过序评把它传递给读者，从而加深读者对作者、文本的理解，使读者在作品的意义世界里丰富和发展自身。因而，"有助于读者切入文本"，在王向峰看来，这是序评的基本作用。

其次，发现作者未意识到之意。"不仅要见出一般读者所未见之处，而且也要见出作品的作者虽写得出却并没有深入意识到的东西。"王向峰序评《文化场域与文学新思维》一书时提到的这句话，具有深刻启发性。尽管作品由作者创造，但有时作者并不是完全了解自己所写的内容，这是由创造主体、创作过程、语言表达、文本生成的复杂性所决定的。俄罗斯作家冈察洛夫创作小说《奥勃洛莫夫》，看了杜勃罗留波夫写的关于《奥勃洛莫夫》的评论，才猛然知道自己写的是什么。书评对文本的意义再造有助于作者反观自身。"有时候艺术家可能根本没有想到，他

---

① 转引自郭宏安：《读〈批评生理学〉——代译本序》，[法] 蒂博代：《六说文学批评》，赵坚译，北京：生活·读书·新知三联书店2002年版，第26页。

② [英] 鲍山葵：《美学三讲》，周煦良译，上海译文出版社1983年版，第31—32页，第18页，第36页。鲍山葵，现多被翻译成鲍桑葵。

自己在描写什么；但是批评家之所以存在，就是为了说明隐藏在艺术家创作内部的意义。"①书评对文本意义的开掘，超出作者意识到的内容，从这个角度说，"形象大于思想"是需经过批评家意义开掘之后的"认证"才能够体现出来，因而批评的价值进一步显现。正如王蒙所说："好的评论是一种独特的阐释，这种阐释不但远远超过了一般读者对于一些作品的领会，而且大大超越了作者已有的感觉。"②

　　作者未意识到之意的发现，通常是从正向的意义增值这个角度来谈，而实际上，作者不仅可能未深入意识到自己作品的"意义"，也更可能未意识到自己作品的不足。关于理论批评的书评，王向峰在"鼓励""肯定"的"主调"之下，在某一特定之处的"点出"不仅会"点醒"作者，而且更为拓展研究和深化批评的方向与路径进行宽度和深度引领。为《新历史主义与历史剧的艺术建构》写序，他谈道："咏史诗、历史散文的存在，它们在创作成因上，与历史剧的成因与受因不仅是相通的，而且比历史剧更能显示出成因之因。"王向峰点出作者没有意识到的"成因之因"，这敦促作者不断思考，文学批评和理论研究如何能够在宽度、深度和高度上有所突破。针对有学者评论病榻之厄给王充闾的创造带来的深远影响，王向峰在序中写道："即使充闾没有那场病榻之厄，他也会走向对他来说是必然归宿的历史题材的

---

　　① ［俄］杜勃罗留波夫：《黑暗的王国》，《杜勃罗留波夫选集》，上海：新文艺出版社1954年版，第248—249页。
　　② 王蒙：《红楼启示录》，合肥：安徽教育出版社2010年版，第20页。

散文写作。"因为"一是那场病榻思索不过是充闾人生之悟的一种急遽转机，以他的文化素养、人生经历和禀性赋成，他以儒家思想入世，以道家思想治性，早晚是要全然进入历史沉思之境的。顿悟不过是完成于渐进的超升"，"二是人越是成熟，就越加趋向历史。"王向峰从人生的偶然中看到王充闾历史文化散文创作的必然，启发我们从更深层次思考作家创作的深层原因，而不能拘泥、胶着、沉浸于偶然之中，使作者自己的"发现"变成封闭与固化的存在，阻碍、限制思维的外展与飞升。

最后，发现批评者未发现之意。正是从这个角度，王向峰肯定金红《〈朝花夕拾〉的诠释与解读》一改"童心禁锢"旧说，发现鲁迅的"怀旧""惋惜"与"哀愁"的意义，在此基础上总结一条经验是，"对于具有深层审美意味的作品进行导读，不仅应该实现对于作品的全面领读，给人以对于对象的全面介绍，还应有对于作品对象的属于解读者自己的特殊体会与理解，给人以非此解读以外不能得到的东西，这才是真正的审美创造性的解读"。我们可以把序评中的这句话和王向峰的另一篇理论文章《文本的意义生成与解读类型》进行互文性阅读："作为解读者一旦从作品幻含中作为或有的意义把它发掘出来，又成为不可能不这样承认的投注意义，不能不说，这是从作品幻象中来又以切实的揭示投注到作品中去的意义发现。"[①]"非此解读以外不能得到的东西""不可能不这样承认的投注意义"，可以看到意义发现的创造性之所在——从已有的别的解读中看不到的意义发现。

---

① 王向峰：《文本的意义生成与解读类型》，《社会科学》2017年第12期。

发现读者未了解之意、作者未意识到之意、批评者未发现之意，正如郭沫若所说："文艺是发明的事业，批评是发现的事业。文艺是在无之中创造，批评是在沙中寻出金。"[1]序评面对的对象有限，但在序评中的思索、寄托和发现则是意义的引发、延伸、深化和升华，从而拓展和丰富意义空间。正如王向峰序张红星的《长夜书香》，肯定其成功，思考"让历史的文化存在变成现实的文化存在"，给读者、作者和批评者以余味悠长的意义发现、精神启悟和思想引领。

四、序评写作的学理性跃升

发现意义是序评的首要原则，而如何使发现的意义在序评中实现价值最大化，亦即意义如何更加有效，则是序评关键所在。这依赖于在发现意义的"蛛丝马迹"中搜寻可以提升为范畴的实质性和本质性存在，然后以范畴评论的形式回到意义之中，使发现的意义不仅得以"呈现"，而且内聚力和辐射性共存。

首先是理论概纳与范畴评论的提升。范畴，从希腊文翻译而来，是指人们对客观事物本质的认识和概括。"文学理论如果不植根于具体文学作品，这样的文学研究是不可能的。文学的准则、范畴和技巧都不能'凭空'。可是，反过来说，没有一套问题、一系列概念、一些可资参考的论点和一些抽象的概括"，"文

---

① 郭沫若：《批评与梦》，《创造（季刊）》第二卷，1923年第1期。

学批评和文学史的编写也是无法进行的"①。从批评的角度来说，范畴是联结意义和表述的核心质素。从一般性序评到范畴评论，对批评者来说是一个重要的考量。王向峰在给张翠《文学与精神家园》的序中说："我们甚至可以说，一个作家的作品具有多少可以上升为审美范畴的潜质，是作家作品的艺术层级的标志；而一个评论家对于所评论的有潜质的作品，究竟能不能进行理论概纳并从而提升为范畴评论，这就是评论家的水平表现了。"

翻看三百余篇序评，我们发现，很多序评或以范畴立题，或在文中围绕范畴展开，比如审美期待、使情成体、心象，等等。王向峰聚焦林声题画诗的"文本间性"、彭定安"凌云健笔意纵横"中的文化选择、张毓茂的"东北文学情结"、牟心海艺有多成的"超越创造"以及石杰"文园里的痴心守望者"的精神同构、轩小杨先秦两汉音乐美学研究的"论从史出"，由此出发我们当然更能够理解他关于王充闾诗文的评论《审美情结的创生意义》何以成为经典性的评论。这篇文章首先提出审美情结作为"心理集结的心理丛"的"先在敏感性"影响王充闾的艺术构思，推动他的文学创作，由此指出废墟情结、庄禅情结、梦幻情结、诗语情结之于王充闾的特殊性、复杂性以及审美特性："由于这几个情结的作用，读他的作品，有时甚至难以分辨：他写的那些诗文，是依赖积淀于心底的情结粘连住了生活的一个个素材，还是生活中的一件件材料唤醒了他心中潜伏的情结。所以，他写的人和事，不论怎样纷纭挥洒，但写出的这一切，既属于生

---

① ［美］韦勒克、奥伦：《文学理论》，刘象愚，邢培明，陈圣生，李哲明译，南京：江苏教育出版社2005年版，第33页。

活中的万有，又多是他心中的情结的生发。"接着分别分析四个情结的审美呈现与文本生成，表面看四个情结是并列关系，而实际上这四个情结自有内在逻辑。从废墟情结的空间聚焦到庄禅情结的人物凝视，再到梦幻情结的内心探问，最后诗语情结的情思外化，每个情结都是整个审美心理的一部分，王向峰从情结指向的由外到内逐步深入地缕析，让读者明晰王充闾审美情结创生意义的同时，更看到王充闾所建构的审美心理大厦。

范畴评论，不仅是王向峰序评自觉的具体化实践，而且成为他衡量一个批评家水平的标准。刘萱以"自由生命创化"进入宗白华美学体系的核心，徐迎新从人类学角度进行比较研究的理论聚焦，张翠以"家园"为中心审美范畴对文本加以理论分析，阎丽杰以民俗审美文化为题点展开理性探寻，王向峰在序评中特别重视这些批评和研究的理论概纳和范畴提炼，它是序评学理性跃升的重要前提。

其次，规律探求与整体研究的跃升。范畴评论的对象是具体化的，而序评的最终指向并不止于具体，是从对具体作品的批评中上升为对共相规律的探寻，从而实现从具体批评到整体研究的跃升。

理论不能凭空而生，许多经典理论都出自序言和评论之中。批评不能止于批评，它起于批评，归于研究，达到理论的升华。"理论生于品评"，王向峰以此为题为刘树元的《艺术的审美阐释》作序。他说："文艺批评的理论含量的取得，也并不是自然成就的，它有赖于批评家的思想、文化、审美修养的多重建构，及其施用过程中与作品实际的结合与理论升华。所以这个境地的实现是要把科学思辨的自觉追求达于真理境域的逻辑形态。因此，从文艺批评跃升到文艺理论和美学层面的研究，乃是文艺批评家对有限对象的评析提高到对共相规律的探求与阐发的飞跃过程。"批评面对的是具体而有限的对象，文学艺术的共相规律隐含于对象之中，批评者就是通过对具体对象的分析，找寻、发现共相，从"入乎其内"的批评具体性、有限性创化成"出乎其外"的探求广泛性、共相性，这时的品评才能跃升到理论研究层次。

"使评论跃升为研究"，王向峰以此题为王宁《心灵与文学相遇》作序，可见他对这个问题的重视："王宁文学评论的许多立题和主旨，出发点都在于解析和阐释作品，但她在行文中的目标在于探求作品的意义与表现，上升为从理论规律的整体层次的把握，能给作家与读者以超越作品本身的认识。"超越具体而有限的批评对象，发现规律，是评论的深度和高度表现。王向峰序评作品，总是自觉地有意识地从批评到研究，或者说，几十年的批评—研究式实践已经成为他的常态，而无所谓"自觉""有意识"。他评价刘文艳散文集《一纸情深》的艺术结构，以框形结构、游走结构、联想结构、宅院结构分而论之，在九部古今中外文学经典的分析参照中，突出文学个性表征，同时追寻艺术共相规律。

由此，在给评论著作的序评之中，他特别注意这些著述是否从评论跃升为研究。王向峰认为韩春燕《文字里的村庄》以"村庄叙事"定名，"正好避开了过去和现在习惯上认为的写哪方面就是那方面的题材的滥用"。这一概念界定和范畴框定利于文本分析："韩春燕在当代村庄叙事作品中以民俗文化为线索，广泛搜求与归纳，展示了乡村民俗所勾连的叙事情节，分析了众多的作品中的民俗叙事。"可以说，搜求法是在分析具体的对象中进行，而归纳法则是为了寻求共相规律，"彰显其意义性"，即物态凭借与风俗描绘在推动情节展开和实现主题深蕴中的作用。因而《文字里的村庄》以范畴评论为核心，构筑村庄叙事的研究格局，具有深刻的学理性。搜求与归纳，王向峰虽是针对《文字里的村庄》呈现的具体现实而提炼的，实际上它对于从批评到研究的路径和方法来说，具有共相规律性。

最后理论话语的透脱与诗意的韵味。意义发现，范畴评论，规律探寻，从审美化阐释到学理性跃升，不是泾渭分明的阶段性存在，其内在逻辑性有待于化为理论话语透脱出来。而学理性，也并非意味着枯燥的概念性的堆砌。"一个伟大批评家和一个平庸批评家之间的区别在于：前者能够给这些重要的概念以生命，能够用呼吸托起它们，并时而通过雄辩，时而通过精神，时而通过风格，给它们注入一种活力；而对后者来说，这些概念始终是没有生气的技术概念，总之，不过是概念而已。"①王向峰用诗意的"呼吸"托起概念和范畴，给序评注入诗性活力，他的序评世界是理论话语与诗意韵味合一的世界。

"评论对象的实际性自不待言，问题是论析文字怎样能从作品的情节关系分析中化为理论话语透脱出来，这才能上升为真正的审美评论之作"，这是王向峰为范垂功评论集《生存价值的艺术观照》作序《提灯为别人照路》中的一句话。范畴评论和规律探寻已经为理论话语的建构提供最重要的"顶层设计"，其最后

---

① ［法］蒂博代：《六说文学批评》，赵坚译，北京：生活·读书·新知三联书店2002年版，第61页，第196—197页。

的实现则是理论话语的表达。三百余篇序评，以具体文本立题，切入事理，注重从学理上展开分析。理论话语的表达显现为高度凝练的理性概括，语言表述极为简约，逻辑性强。谈牟心海《彭定安的学术世界》"在评析学术世界时以人为基础，做的是由人到学术，又由学术到人的文章，可谓评其书在于知其人，知其人又在于读其书"，概括出成书的外在过程与内在肌理，接着分析如何把"平理若衡"和"照辞如镜"的理解，"与作为动力因的朋友之谊和敬佩之情结合起来，并以之进行研究，实现科学的公允，理论的合度"，由此提出理性制衡在学术评论中的重要性。

理论话语的透脱是三百余篇序评普遍而显的特征。但如果真正进入王向峰的序评世界，我们会发现其还蕴蓄着浓浓的诗意，这不仅表现在第七辑"以诗序评"、文中诗词引述、序评以诗结尾等方面，更重要的是在标题的凝练、词句的遣造、结构的安排等方面讲究对称、节奏和韵律，有时候如同闻一多所说的诗的音乐美、绘画美和建筑美。"最好的文学批评是那种既有趣又有诗意的批评，而不是那种冷冰冰的、代数式的批评，以解释一切为名，既没有恨，也没有爱。"①三百余篇序评，一是有的大小标题十分"讲究"诗意的韵味，比如"旧云新影蕴高章"概括高擎洲教授的现代文学研究成果，"叩寂寞而求音"评丁宗皓散文集《阳光照耀七奶》，等等，标题内涵与对象蕴含高度契合，可称为"神合"之境。二是文中概括提炼关键处力求对称，谈林声《灯窗诗影》的内容大体上有三类："一是游走得诗，二是回忆成

---

① ［法］波德莱尔：《波德莱尔美学论文选》，北京：人民文学出版社1987年版，第215页。

诗，三是题画留诗。"三是词与词、句与句之间节奏感强，并以节奏推动内在逻辑："高海涛《英格兰流年》，在乡土亲情体验与欧美文化浸润中，以意识流贯串的情趣与理趣为线索，用风行水上的涣然文字，构建起别有兴象内涵的文化散文体式。"凝练简约的语言内含的节奏感荡起诗意的回响，激起读者的阅读快感和品鉴美感，构成三百余篇序评的特殊"景观"。

"文学批评不仅仅是学理的和理性的精神评判活动，它还必须包含感性的审美欣赏和灵动的情绪抒写，记录着从具体文学作品和文学现象激励或引发起来的一种美学嗟叹的音域或情感怡悦的脉息。"[1]王向峰的序评世界，理论话语的透脱而产生的学理性一看便知，而它的诗意的韵味，是越读越品越浓。我们并不知道诗意的韵味是否是作者的主动追求，但它却是序评的客观实在。理论话语的透脱与诗意韵味的融合，越来越成为序评的鲜明表征，这在2020年7月《千年文化 一脉相承》一文中看得更为清楚。这篇文章以陆机《文赋》为学理根基，三部分分析王充闾《文脉：我们的心灵史》：先以"立干"为核心，析文脉的"多元互补，杂而不越"；接着从"因枝振叶的伸张"，谈"文人墨客，各领风骚"；最后切入"女性的命脉"，论"豪放婉约，风华绝代"[2]。这些题目和观点的凝练，一方面非常切实分析文本特点，同时又让人感觉到"非他莫属"的表达方式，它让每一位读者在获得美感的同时，还有一种在回味余韵中发自内心的认同，贴切

---

① 朱寿桐：《重新理解文学批评》，《文艺争鸣》2012年第2期。
② 王向峰：《千年文化 一脉相承——王充闾〈文脉：我们的心灵史〉评介》，《光明日报》2020年7月11日。

与绝伦。读者在阅读的品咂里沉入其中，而又被作者自觉带出。这种"非他莫属"的表达，是一种理论家批评、批评家批评、作家批评的三合一，源于作者古今中外作品经典、批评文萃、理论精华融会贯通的学养并于具体化的序评中绽放，当然和他作为诗人、散文家也有密切关系。

序评在于发现，序评之评，则是发现的发现。王向峰对于理论、评论的序评，不仅让读者思考评论应该从作品中看到什么，而且要看到一般读者、作者自身、有的批评者所没有看到的东西。这样对于文本的发掘才更有意义，让很多人从中窥见序评的"秘密"，王向峰的序评抽炼出序评的本体性特点。从这个意义来说，他关于文学艺术作品的序评是使情成体的审美化阐释，为序评写作做了范本，而对于理论、批评的序评则让我们从学理上认识序评是什么的本体所在，揭示范畴评论、共相探求等序评的方法、路径、指向，以及如何通过理论话语与诗意韵味融合实现学理性提升，成为指导序评写作的范本，更是研究序评的范本。

王向峰的序评世界汇聚辽沈地区四十余年诸多"缘情而作的艺术家，使情成体的艺术品"。2019年的序评结束，2020年之后的序评已经开始。"甜蜜的负担"中，"运用媒介的成功感，和获得自己所要的达到准确效果时的意义感"①，更多地交织着助力辽沈文化的责任感和使命感。王向峰文艺批评的地域关切，在振兴东北的文化语境之中显得尤为重要。这不仅给文艺创作者以启示，更为批评家和理论家自觉助力地域文化发展以重要启示。

---

① ［英］鲍山葵：《美学三讲》，周煦良译，上海译文出版社1983年版，第31—32页，第18页，第36页。鲍山葵，现多被翻译成鲍桑葵。

感召、抚慰与反思

——马晓丽论

张维阳

　　马晓丽从 20 世纪 80 年代后期开始发表作品，小说、散文、传记，她都在行，但相比她漫长的创作生涯，她的作品确实不算多，她不是一个丰产的作家。可是，她凭借着不多的小说多次获得国内的各项文学大奖，证明了她作品的价值和魅力。

　　马晓丽是一个关心当代中国精神状况的作家，她心忧于当下中国社会道德观念的萎缩和虚无主义的流行，专注于当代中国人精神生活的理性建构。通过马晓丽的作品，我们可以清晰地感受到她强烈的理想主义气质，当然，她所坚持的理想并非当代历史上的那种强制的统摄人们生活的抽象力量，而是一种个人的超越性信念。马晓丽希望通过对于理想的重拾，使其作为一种卓越的生命追求回归个体，让个体通过坚守理想而实现生命的尊严和价值。马晓丽的创作理念和创作个性和当代军旅文学的潜在要求高度契合，这让她的多部作品得到了军队文学评奖的青睐。中国当代的军旅文学，被赋予了教育和感召的功能，承载着宣扬爱国主义、理想主义和英雄主义的使命，充满理想主义情怀的作品是军旅文学着力塑造同时也盼望和期待的作品，马晓丽的作品无疑满足了这种盼望和期待。

马晓丽的理想主义气质一方面来源于她那一代人所经历的红旗飘荡的燃情岁月，另一方面来源于老一辈革命者对她的精神晕染。在《婆婆的接收北平记忆》《婆婆的目光》《婆婆的党龄》等散文中，马晓丽记述了婆婆的部分人生经历。婆婆对集体生活的依赖和顺从在今天看来不免顽固和老套，但婆婆对组织毫无保留的信任和坦诚让人感受到了令人感动的单纯与真诚。婆婆的一生是奋斗的一生，也是奉献的一生，她将自己全部的青春和热血献给了祖国和人民的解放事业。但是，档案的遗失让她无法证实光荣的历史，而"文革"的降临又让她难以让昔日的战友为她做证，这让她在漫长的岁月里失去了体制的庇护和保障，生活变得十分艰难。然而，生活再困难，她始终没有埋怨过组织，也没有向国家要求过任何特殊的照顾，她自青年时代就树立起的为国家的事业而奋斗终生的精神追求，并未因为自身的落魄而减损和消逝，这不仅体现出了老一辈革命者的朴实和执着，也映射出了其高尚的人格和生命的尊严。马晓丽还写过一本《阅读父亲》，追忆她的公公蔡正国烈士。在书中，她陈列了大量珍贵的历史资料，其中有一篇是蔡正国烈士的自传。这个自传在一般人看来很不正常，自传里没有气壮山河的英雄气概、成熟的政治觉悟和听起来高尚的动机，甚至还夹杂着怯懦和迷茫，完全不像是一个革命英雄的传记，只有其中一些觉得当兵光荣的心理袒露，使它看起来多少还像些军人的回忆。然而，正是那些没有经过渲染和伪饰的朴素文字，表达了他作为一个普通人最真实的生命感受，同时勾勒出了他诚实而坦荡的精神轮廓。马晓丽被公公的坦诚所打动，她认为相比于商业社会中流行的虚伪和做作，那逝去时代的精神遗迹更显得清澈和明丽。她在看过公公的传记后写道："不正常的是我，是我们。如果我们能刮掉眼中的油腻，让自己的目光变得更纯净；如果我们能从长期委身的狭处挣脱出来，让自己的目光散发得更宽广；如果我们能剔除固定在心里的尊卑，让自己的目光习惯于平视，我们就完全有可能看出另一些表情——自然从容、坦荡平和、严谨内敛、果敢坚毅、自省自尊、真实高尚的表情。"[1]

老一辈革命者的精神和人格让马晓丽感动的同时，也影响了马晓丽的创作，在老一辈革命者的影响下，马晓丽迷恋那些超越世俗的梦想，推崇那些高尚的人格，以理想主义的情怀拒斥消费主义的写作。她以鲜明而犀利的笔触，拨开凡俗和平庸的人群，发现和展示那些与流俗对抗的、默默独行的高贵而浪漫的灵魂。在她的处女作《夜》中，马晓丽讲述了一个女兵精神成长的历程。女兵毕业于护士学校，她由于没有"政治优势"而不能留在心仪的城市，这势必让她失去计划中的未来，也会让她失去理想的爱人。她不甘心命运的发落，希望通过参军的方式获得相应的优待，从而在选择去向上获得一些主动。然而，当她看到战场上那么多的血和死，那么多的伟大和崇高后，她的精神受到了洗

---

① 马晓丽：《阅读父亲》，解放军文艺出版社2007年版，第19—20页。

礼，她的人格得到了升华，她不愿将报国的热情化为利己的运筹，也不愿玷污军人的职业操守，在完成任务后，她没有行使因立功而被赋予的特权，而是选择去分配的山沟里的医院报到。她放弃了城市的繁华，大医院的待遇，甚至放弃了爱情，她的放弃成就了她高尚的精神品格，让她区别于那些渺小利己的庸众。随后在《舵链》中，马晓丽塑造了两个英勇又无私的军人形象，其中一个是在惊涛骇浪中抢修舵链的矮个子兵，另一个是在风浪中将自己绑在舵位上的艇长。小说中，由于气象预报的误差和长官的执意要求，登陆艇在不符合气象要求的情况下驶向了波涛汹涌的大海，执行巡逻任务。风浪的突变让大海咆哮起来，大浪损坏了舵链，小船在奔腾的大海中好似一片落叶，随时有倾覆的危险。船上的军官们大多以为此次航程将以葬身海底告终，他们几乎丧失了生的信念。危难时刻，矮个子兵没有考虑自身的安危，党员的使命感和责任感使他冒着随时被大浪卷走的危险抢修舵链，经过难以想象的艰难拼搏，他以双手被严重冻伤的代价完成了那看似不可能完成的任务。事后，矮个子兵并没有渲染自己的英勇，也没有掩饰当时的恐惧，他的无畏令人敬佩，而他的坦诚更让人尊重。同极端气象条件战斗的还有登陆艇的艇长，他为了能让自己在颠簸的驾驶室里站稳，在起航的时候就让士兵将自己绑在了舵位上，在四个小时的航程里，他的双腿一动不动，已然进入无我的状态而与登陆艇融为一体。在与风浪的搏斗中，他的精神高度集中，他的身体负荷超过了极限，以致在松开绳子后他便昏厥了过去。事实证明，这不是他第一次带着船员绝境生还，比这更大的风浪他都见识过，面对生死，他的潇洒和从容给人留下了深刻的印象。灾难中，他们的使命感和奉献精神让他们对于自己的任务无比专注，死亡的威胁都无法撼动他们对于岗位的坚守和对于信仰的忠诚，他们虽是普通的军人，却承载了这支军队百折不挠的精神传统。

马晓丽不仅善于在战争和灾难中表现人物的精神气质，也善于将人物置于复杂的利益纠葛中，在理想追求和现实境遇之间，通过人物的选择和取舍，突出人物的精神品格。当人身处绝境的时候，没有时间过多地考虑利弊得失，所表现出来的勇气也许只是困兽之斗，但若处于日常生活中，便会有足够的时间思考如何应对他的遭遇，经过权衡的选择也就更能准确地反映其价值立场与精神向度。在《楚河汉界》中，马晓丽塑造了周东进这个具有理想主义气质的军人形象，他珍视自己的军人身份，又无比重视自己军人的职责，漫长的军旅生活让他养成了率真而诚恳的性格。他不加掩饰的真实和诚恳让他显得天真，也让他在事业上和婚姻上屡屡受挫，不断的挫败一度让他动摇和幻灭，但他对军人身份的认知并没有让他放弃对良知的坚守。在小说中，周东进由于性格过于直率和执拗长期得不到提拔，军事素养过硬的他多年停留在团职的岗位上。由于年龄的限制，如果再不晋级，他就要被迫离开部队，而周东进是天生的军人，他无法想象离开部队的生活。周东进领导的二团还差几个月就能连续十年没有重大事故，他留在部队唯一的通路就是确保其麾下的边防二团完成连续十年无重大事故的业绩。可是，意外还是发生了，他团里的两名战士在检查通信线路时出了意外，一人牺牲一人重伤，事故昭示着周东进军旅生涯的终结。然而，峰回路转，政委王耀文想出奇招，要通过解释和宣传，将安全事故化作英雄事迹，这样，不但可以帮助周东进晋级，也会妥善安置重伤的战士和牺牲战士的家属，还会为整个二团带来荣耀。周东进的哥哥周南征身处军区组织部，他赞许王耀文的想法，极力运作此事，此事的成功不但可以帮助周东进升迁，也会有助于他自己的晋升。随之，周南征又以升迁许愿，说服了周东进的领导魏明坤，如此，马晓丽将周东进绑定在一个巨大的利益链条之上，在这个利益链条上，有他的下属，有他的领导，也有他的亲兄弟。周东进是这个利益链条上关键的一环，他的选择关系到事情的成败，也关系到自己的未来。他可以选择默许，这样，他不需要施力，这个方案就会按计划运行，相关的各方面都将从中得到好处。他也可以选择诚实，那样他将给整个利益链条上的人带来无法弥补的损失。他的选择不仅关己，也会决定其他人的命运，这给他带来了巨大的精神压力。然而，他军人的操守和正直的品格无法容忍欺诈带来的愉悦，他最终选择挑明真相、放弃一切，不计代价地捍卫军人的荣誉。事实上，这不是他第一次主动放弃奖励，在真枪实弹的战斗中，周东进因其率领的部队作战勇猛，牵制了敌人的主要火力而被授予军功，但周东进拒不领功，他声称战斗中由于自己的贪功冒进给部队带来了不必要的伤亡，他没有资格得到嘉奖。他大义凛然的行为给他个人和所辖连队，甚至整批轮战部队都带来了诸多不利的影响，他因此从野战军被贬黜去了边防军，边防军的条件更为艰苦，晋升的道路也更为狭窄。也就是说，第一次的拒领军功已经给了他足够的"教训"，周东进二次拒绝领功绝不是一时的义气之举，他十分清楚这一举动的全部后果，所以，他的理智决定了他不是一个狂热的理想主义者，而是一个坚定而冷静的殉道者。

通过军人的英雄化想象讴歌英雄主义和理想主义只是书写军人的一个维度和一种方式，马晓丽对军人全面而深入的了解使她不满足于单维度地呈现军人的形象和生活，这让她的创作没有止步于理想情怀的表达和理想英雄人物的塑造。她着力透过战争状态和军营生活探索军人的精神世界，书写军人内心的苦难和伤痕，表达了对军人真诚的关爱和同情。从其作品对个人命运的关注和深沉的人道主义精神可以明显感受到瓦西里耶夫《这里的黎明静悄悄》、肖洛霍夫《一个人的遭遇》、阿斯塔菲耶夫《牧童与牧女》和拉斯普京《活着，可要记住》等俄罗斯当代战争文学的影响。在新中国成立后的很长一段时间里，军旅小说将诸多政治寓意加于军旅英雄形象之上，使英雄成为理想精神的人格化身，突出其政治性而削弱了其真实性，逐渐引起了人们的不满和反感。新时期以来作家们对于"高大全"式英雄的反省，使作家们强化了"英雄是人"的观念，随之，军旅文学中出现了刘毛妹（《西线轶事》）、靳开来（《高山下的花环》）、李云龙（《亮剑》）、梁大牙（《历史的天空》）、关山林（《我是太阳》）、周旅长（《走出硝烟的女神》）、爷爷（《英雄无语》）等有缺陷的英雄人物，从习惯到性格，再到行为作风和道德人格，他们都像普通人一样会存在各种各样的问题，这些小说通过书写和强化英雄人物普通的一面，使英雄人物真实而可信，开拓了军旅文学对于军旅英雄的想象和表现的空间。然而，虽然这些英雄有着粗鄙的习惯、根深蒂固的封建意识或是有待商榷的人格，但这些英雄终究不是凡人，他们超群的战斗能量和军事智慧，让他们与众不同，充满了传奇色彩。军人既定的英雄想象使对军人这一群体的认知窄化和简单化，马晓丽没有被军旅文学的英雄主义传统所束缚，通过马晓丽的作品我们看到，军人首先是人。军人的生活中有金戈铁马和大漠孤烟，也有苦难的遭遇和艰难的抉择，马晓丽在创作中不只表现军人的雄心与热血，她更关注军人丰富的内心世界。她以母亲般的眼光关注军人，关心他们的处境，同情他们的遭遇，着力发现他们内心的柔软和脆弱，抚慰他们的伤感和疼痛。在《杀猪的女兵》中，女兵入伍，被编入炊事班，炊事班的班长因对女性怀有偏见而有意为难女兵，安排给她杀猪的任务。面对艰巨的挑战，女兵头脑中浮现了无数高大伟岸的英雄身影，女兵为了完成对英雄的追随，在喝了一缸子酒后，就真的完成了这个看似无法完成的任务。在人们的印象中，屠夫往往是凶悍而魁梧的糙汉，而文弱且秀气的女兵却承担了这样的工作，工作和性别的错位让她成为军营中的奇观，她被选为重点宣传的对象，被树立为巾帼英雄而成为大家学习的榜样。大力的宣传让她获得了广泛的关注和让人羡慕的荣誉。然而，看起来满身光环的她不过是别人猎奇的对象，在具体的现实生活中，生活的逻辑让人无法接受她这个宣传材料中的先进典型，连负责对她进行宣传的组织干事在心里都无法抹去对她的忌惮，她在别人心中始终是让人忌惮的角色，为了制造英雄神话而被包装出来的巾帼英雄在现实生活中成了怪物。曾经的经历成了她内心的隐疾，不仅让她变得敏感而脆弱，也带给她无尽的痛苦和折磨。这种心理的伤痛并没有随着军旅生涯的结束而终结，在离开部队的日子里，别人无意的闲聊都会成为不期而至的刺激。经年的压抑导致了她精神的崩溃，在一次与丈夫的冲突中，她神经质地捅伤了丈夫，毁掉了自己的婚姻，葬送了自己的幸福。在这里，马晓丽拨开英雄的光环，在耀眼的勋章后面发现了孤独而伤痕累累的灵魂。长久以来，我们习惯为英雄立丰碑，而对受难者多避讳，我们善于制造英雄，而习惯忽视普通人，马晓丽摒弃了这种功利而虚伪的心态，对中国当代的英雄文化做出了反思，对其中不合乎人性的部分提出了质疑，表达了她对军人深切的关怀和同情。

对教育功能的强调使中国当代的军旅文学普遍着力于英雄人物的塑造，而缺少对战争本质的反思。在新中国成立后的军事文学创作中，"英雄的成长"是重要的叙事主题，《红旗谱》《小兵张嘎》《欧阳海之歌》等作品为这种成长叙事提供了范例。20世纪90年代以后，随着女性文学的崛起，新成长小说成为小说生产的重要类型，私密的心理和个人的空间成为文学关注的对象，这样的文学思潮也影响到了军旅文学的创作。赵琪的《四海之内皆兄弟》、黄国荣的《兵谣》、徐贵祥的《弹道无痕》和《历史的天空》、都梁的《亮剑》、兰晓龙的《士兵突击》等备受瞩目的军旅小说都涉及了"英雄成长"的主题。这些小说中，军队对人进行了有效塑造，经历了革命时代的战争洗礼或和平时期的军旅生涯的人物，逐步摆脱了原初狭隘的农民意识、张扬放肆的草莽气息和卑琐的功利主义心态，成长为"理想军人"。这些"理想军人"随时准备为了国家和民族的利益而赴汤蹈火，血战沙场是他们的义务，而马革裹尸是他们的荣耀。在这些小说中，历史的战场与和平时代的军营都作为英雄生成的布景，在"英雄中心主义"的统摄下，英雄的面目明朗而清晰，战争的残酷性和邪恶本质却被忽略或遮蔽。而马晓丽在关注军人心灵的同时也对战争的本质进行了深入的思考，在她的笔下，战争不是生产光辉和荣耀的工厂，战争将一切有意义和价值的东西撕碎和毁灭，战争是一个旋涡，是一个黑洞，吞噬普通人的爱和幸福，也吞噬英雄的青春和生命。在《云端》中，国民党军队年轻有为的上校团长曾子卿和红军出身、身经百战的战斗英雄老贺都是抗日英雄，但内战让两位英雄双双牺牲，昔日的光辉在炮火中烟消云散，英雄在残酷的战争面前显得渺小而脆弱。通过英雄的陨落，《云端》对战争的反人性本质进行了控诉。战争的残暴和无情不仅体现为对人类肉体的伤害和毁灭，战争思维对人性无情的扼杀是战争伤害的隐性方面。通过对人物悲剧命运的展示，马晓丽对忽视人性和个体价值的战争思维和政治文化进行了深入的反思，进而对战争进行了有力的批判。

为了应对战争的需要，使国家实现效率的最大化，我们曾将道德政治化，国家运用行政手段在全社会推行整齐划一的道德观，国家是个人的情感归属和精神依托，个体生命必须放弃个人的价值与追求，服膺于总体的设计，也就是说，个体的生命活动必须在现代性元叙事设定好的轨道内展开。同时，个体生命的价值和意义也由外在被规定的价值尺度所评判，个人的价值理想被总体性的价值理想所忽视和遮蔽。然而，在合目的性的现代性方案下设计和推行的道德理想先天地具有强制性和专断性，其对个体有着必然的统摄性和约束力。但是，进入现代社会后，传统社会的那种"未分化"与"同质性"状态被打破，社会不再是一个以"共同体"为本位的社会，在充满异质性和充分分化的现代社会中，个体的选择和诉求被要求得到充分的尊重。现代社会在雷蒙·阿隆看来，"是一个商业和工业社会，因此在这个社会里，私利不能不成为主导思想"①。在现代社会，个人对利益的追求具有天然的合法性，为谋求私利而运用的手段和方式也在一定程度上具备了合理性，在这样的社会中，无法像传统社会那样将所有人整合进一个具有统摄效力的整体理想之下，现代社会的特征和形态决定了"道德理想主义"的必然崩溃。对时代意识的敏感让马晓丽立足当下，反思那种具有公共设准的追求超越性价值的伦理体系给个体生命造成的心灵创伤，力图通过写作寻找和描述符合现代社会文化的保障个体自由的个人道德观与生命价值观。通过《云端》，马晓丽展示了在那些光辉的足迹和胜利的号角的背面，忽视人性的激进政治文化给军人带来的扭曲和异化。《云端》是一部特别的作品，马晓丽独辟蹊径，在战争的后方展示了一块特别的战场。这部小说描写了两个女人的战争，马晓丽通过两个女人的心理搏斗和行为争端，表现了两种生活观念和价值系统的对峙。洪潮和云端是小说的两个女主人公，分属国共战场的两端，云端是被俘的国民党军队团长的太太，而洪潮是负责看押云端的我军战士。由于中国的革命是在一个落后的农业大国中发生和进行的，特殊的国情决定了中国革命的主体不可能是马克思理想中的产业工人，而只能是由具有偏狭的小农意识却极富革命热情的农民构成。这些农民天生的落后思想和传统观念极易导致

---

① ［法］雷蒙·阿隆：《社会学主要思潮》，北京：华夏出版社2000年版，第157页。

革命航道的偏离，所以，革命的领导者一直致力于对革命主体的改造工作，试图通过教育和规训抑制其传统思维中"私"的部分，让其成长为阶级和国家理想不懈奋斗的合格的革命主体，成为真正意义上的"无产阶级"。所以，在革命领导者的眼中，"无产阶级"的概念不只区分人的经济状况，更多地代表了一种精神品质和道德觉悟。本杰明·史华兹曾对"无产阶级精神"做过概括："无产阶级意味着自我批评的美德，一切服从机体需要的献身精神，毫不松懈的努力，对敌人的无比仇恨和铁一般的纪律等等。"①投身革命的洪潮参照"无产阶级精神"，不断地克服性格中的软弱部分，修正自己的精神气质，她极大地压缩了私人情感的空间。她不仅精神皈依革命，而且连自己的身体也献给了革命，她听从组织的安排，嫁给了她了解不多又大她很多的长官老贺。老贺性格的粗糙让他无法与洪潮进行有效的情感交流，而老贺的莽撞和野蛮又难能给洪潮提供愉悦和温暖，洪潮每次与老贺的相聚都在沉默和隐忍中度过，她从未体验过爱情的温馨和浪漫。

在遇到云端之前，洪潮并未质疑过自己的境遇，她认为自己所经历的都是革命的一部分，但遇到了云端后，云端的生活方式和情感方式给她的精神世界造成了极大的冲击。云端将生活全然投入世俗的生活趣味之中，她以关注当下的感受为目的，不关心价值的恒常性与超越性。她衣着讲究，妆容精致，把爱情放置在生活最显著的位置。她与爱人在梨园相识，相遇时的浪漫和迷醉让她把生活认作是对戏文的演绎，在生活中，她与爱人在戏文的

---

① 萧延中:《在历史的天平上》，北京：中国工人出版社1997年版，第46页。

唱和中度过了许多欢快的时光，爱情，是她生命中的一切。在被囚禁的时光里，她以一本《西厢记》做伴，在阅读的过程中回味自己与丈夫的恩爱往事，想用爱情的火光照亮她绝境中的生活。在与洪潮共处的时间里，她夸耀爱人的智慧与俊朗，细数爱人的体贴和温存，向洪潮展示了一个诗情画意的世俗生活画卷。而洪潮的生活完全被那些高蹈的理想和思想的规训占据着，她一面根据革命的理念对云端的做派喊叫和痛斥，一面又感觉到内心的一些东西总能和云端的生活趣味相呼应，她对世俗生活的欣赏甚至嫉妒是不言而喻的。

云端的世俗生活趣味对洪潮构成了巨大的吸引，世俗生活生动而细腻，其提供的温暖让人流连，通过云端，洪潮感受到了世俗生活带给人的无可比拟的快乐，也看到了自己生活的缺失。虽然云端的生活由于缺乏理想和价值的支撑，不可避免地单薄而脆弱，但洪潮被意义和理想充斥的生活，让她无法体会生活的丰富和趣味，显得无比空洞和乏味，通过两种生活状态的展示和对比，马晓丽试图证明，无论是排斥世俗生活趣味的革命生活，还是没有理想支撑的世俗生活，都存在着巨大的缺陷。在国家主义和理想主义的支配下，洪潮遗失了青春，放逐了感情，作为一个战士，她迎来了胜利，但作为一个女人，她蹉跎了人生。当她认识到这一切时，怀疑和绝望蔓延开来，她的精神无可挽回地坍塌和陷落，她陷入绝望的深渊之中。战争的现实促使了道德的政治化，在道德被政治化的时代，"军人"不仅是一种身份和职业，也被认定为道德的旗帜和英雄主义精神的载体，他们只可以追求集体的胜利，不能追求个人的幸福。时代政治对军人的想象和要求压抑了军人的人性，对那些具体的军人来说，他们虽有军人的身份，但军装包裹着的都是普通的灵魂，他们有对丰富生活的渴望，也有对美好爱情的向往，战争禁锢了他们的心灵，阉割了他们对美好生活的设想。

如果说《云端》表达了马晓丽对战争邪恶本质的揭露和对战争时期政治文化的批驳，她的另一篇广受好评的作品《俄罗斯陆军腰带》则表达了她对和平时代政治文化的反思。《俄罗斯陆军腰带》讲述了中俄两国联合军演期间发生的故事，不同的文化传统使两国的军队在生活习惯、管理方式等诸多方面存在差异，这里面最大的差异当数双方对个体军人生命的不同态度。在演习中，中方后勤部队的一名驾驶员翻车死亡，在中方看来，如此大规模的军事演习，出动各种战斗武器，个别地方出现事故造成人员伤亡属于正常现象。中方的领导部门针对此事只是发了一篇通报，又下了个进行安全检查的命令，就处理完毕了，而俄方却将这位在演习中丧生的中国军人视为战斗英雄，对其进行了集体默哀，并降了半旗。对于中方来说，这种规格的悼念活动需要按死者级别报请有关部门批准方可实施，显然普通的士兵无权享受这样的待遇。中方将演习中士兵的死理解为无法避免的事故和胜利演习的瑕疵，而俄方将其等同于战场上的牺牲。中方更重视集体、结果和等级秩序，而对于个体的军人缺乏足够的重视，战争思维并没有随着战争的终结而烟消云散，战争时代的思维方式依然左右着我们对于人的判断，而俄方则表现出了对个体生命足够的尊重，展示了其对个体军人的人道主义关怀。两军对待牺牲士兵的不同方式表现出两个国家和两种文化对待个体生命价值的不同态度，通过这样的对比，马晓丽对中国当代政治文化进行了深刻的反思。

马晓丽严肃的文学态度和严谨的写作作风让她没有在写作中进行自我复制和重复，她在新世纪之后的每部作品中都寻求着创新和突破，从思想的感召，到精神的抚慰，再到战争和政治文化的反思，她的作品不仅体现出她对历史的反思，也表现出了她强烈的介入意识，她注目于人民军队整体的发展，也关怀个体军人的心灵，阅读她的作品，使我们增加了对军人的了解，也增加了对军人的尊重。马晓丽的写作还在继续，不知下一次她将给我们带来怎样的思考和经验，等待马晓丽的作品需要耐心，但这耐心的等待是值得的，因为我们多次的等待换来的是一次次的惊艳和感动。

新的人物谱系的构建与独特精神世界的揭示

——谈银月光华的长篇网络小说《大国重器》

张祖立　陈镜如

　　银月光华的长篇网络小说《大国重器》叙述了三代科研人员通过不懈努力，终于研发制造出具有世界先进水平的盾构机，一举解决"卡脖子"问题，扬我国威的故事。小说写作在多方面取得了令读者满意的效果，其中比较突出的是成功描绘了以新中国铁道兵为核心和主体的文学形象群体，为当代文学史添加了一个新的人物形象谱系，同时刻画和构筑了这一群体形象独特的精神气质。小说在叙事时间的处理方面也很有特点。

一、新的人物谱系的构建

　　《大国重器》似乎可以视为一部军旅小说，它较大幅度地表现了新中国铁道兵的生活。小说自始至终贯穿着几个重要的隧道建设工程，如20世纪60年代大西南战备铁路线建设、70年代南疆铁路隧道建设、90年代秦岭隧道建设，21世纪南疆中天山隧道工程、郑河隧道建设工程等，铁道兵及其兵改工之后与之保持很大"血缘"关系的建设者的身影时时映入眼帘。这部小说也可视为一部工业题材的小说，它以"大国重器"为题，重点描写几代人研究设计及制造盾构机的行为，彰显了一种宏大的关涉国家尊严的旨意和气魄。但综合起来，从文学叙事角度看，小说更主要的成功是构建和描绘了一个在隧道建设和盾构机研发过程具有鲜明精神风貌并独具魅力的群体形象，即以铁道兵的精神和心理为基因和血统的人物谱系。由于这一人物谱系在当代文学创作上甚为少见，因而具有一定的文学史价值与意义。

以"大国重器"命名小说，固然有宏大叙事方面的考量，但从小说所要叙述的主要故事的承载量来看，也的确需要有一个庞大的群体的共同行动为前提。毫无疑问，作者的主观愿望是以新一代盾构机研发者汪承宇为主要人物来叙述，汪也确实成为作品的一个主角。但仅从叙事时间看，汪承宇直到故事过半（第六十二章）时才开始回归研发盾构行列。在前半部分，他是以一个"逃兵"、研发队伍的叛逆者形象出现的。在整个文本的叙述中，我们能清晰地看到一个盾构机研发群体时时刻刻在影响、引导、支持着汪承宇等一代年轻人的成长和成功。从实际叙事效果看，读者们会越来越在乎和看重这个盾构机研发的形象群体的影响和作用。汪承宇的形象的作用似乎一定程度上在于牵动着作家考虑如何去塑造这个群体形象。与当代许多小说不同，该部作品特别中意构建和塑造众多有人格魅力的人物形象，使得整部作品充盈着满满的情感厚度和精神向度。

作品中最大的人物群体是铁道兵战士。他们奋战在西北戈壁滩、南疆无人区,那里有大漠孤烟和黑风暴,有终年积雪和冰冷刺骨的河水,面临着恶劣的自然环境的威胁;他们终日打炮眼、炸掌子面、除渣、铺轨道、上翻斗车,担负着极其艰巨繁重的任务;但他们受到的最大威胁是因隧道塌方而造成的死亡,他们当中的一些人永远地离开了这个世界。长期奋战锻造了他们勇于奉献、不怕苦、不怕死的顽强意志,这种意志也构成了这个群体的共同的精神特征,硬骨头九连的全体战士、团长、老连长、丰班长、陆凯德、女兵白莎燕……都是这种高贵精神的演绎者。

这个群体可以再单列出一个以研发设计盾构机为主的形象系列或谱系。这个系列或谱系是小说的最主要群体。这个谱系有着完整的代际架构。第一代为专家汪锡亭、谭老师、华铁集团高层管理者许建军等;第二代为严开明、徐复文、汪建国、谭雅、季先河等;第三代为汪承宇、张启源、耿家辉、高薇等,平均年龄不到三十岁。因为隶属或构建了一个谱系,所有成员有着共同的价值取向和精神特征。他们虽是科研工作者,但来自铁道兵,目睹了战友的英雄行为和牺牲过程,受此深刻影响和强烈刺激,把研发出不再让战友牺牲的盾构机作为一生共同努力的目标。三代人共同继承着老铁道兵的"血统"和精神,身上散发着一些独特的气质。他们百折不挠,不计个人得失,甘愿用一生精力去实现研发盾构机的理想。研发盾构机成为他们"家族性"的集体情结。三代人均有各个代际的特点。由于时代、国家发展条件限制,第一代盾构人主要是树立奋斗目标,分析研判隧道地质结构,给铁道兵施工予以技术指导,同时跟踪了解国际同行的研究情况。他们是国内的盾构机的"概念"

提出者，引导着第二代盾构人的研究方向，支持推广国产盾构机的技术和产品。第二代盾构人曾是隧道施工的直接经历者，常与死亡擦肩而过，有着最为强烈的研发盾构机的意识，逐渐见识和接触了国外先进设备和技术，在前辈指导下，在一些领域取得重要积累和突破，直接培养和指导了下一代盾构人。第三代人大都受过系统的高等教育，有着较好的科研素养，由于年龄和经历以及时代价值等因素影响，对盾构机研发的意义认识不够深刻，在前两代人的引导和包容下，逐渐成熟并完成自我塑造，实现了"大国重器"理想。小说中有几处对这个群体的"谱系性"特征描写得比较成功。得知秦岭隧道施工现场引进当时世界最先进的两台德国盾构机，当时已经很少露面的一代人汪锡亭、谭老师出现了，二代人谭雅也打着实习的旗号来了，和秦岭隧道的另两位二代人严开明、徐复文会合在一起，这种"华山论剑"般的场面把他们近距离观摩接触最先进的盾构机的心理揭示得淋漓尽致（谭雅还带来了当时要上高中的儿子、后来成为第三代盾构人的汪承宇，从小说的故事时间看，这是汪承宇的第一次出场）。在叙述严开明、徐复文准备在秦岭隧道偷换进口盾构机刀具时，二代盾构人几乎悉数到场。在集团对购买外国盾构机还是自主研发盾构机有争议时，二、三代盾构人一同出场力争自主研发，由此确定了中国盾构机研发的方向。这些场面集中反映了几代盾构人的精神和气质。

二、精神气质的充分展现

与许多小说注重刻画出个别人物形象的典型性格的不同，《大国重器》似乎偏好和擅长于通过同时对多个形象的描绘，来集中构筑和凸显出一种统一的流贯整个文本的精神气质。这种精神一旦形成，就具有了强大的气场和作用，能够对人产生影响。某种程度上，这部小说侧重写了一种精神或气质。前面说过，盾构人的精神来源于铁道兵，来源于军人，这个谱系也就被灌注了原始的有血性、勇于奉献、不怕苦不怕死的传统，随后这种传统又传递、浇筑、凝聚到这个群体之中，成为这个群体的百折不挠、用一生精力去拼搏实现"盾构梦"的富有鲜明共同特征的执着精神和"血统"。严开明曾感叹，他们这一代"都是很不容易走出精神的泥潭，唯有做些什么，做更有意义的事情才能让自己不至于再陷进去"。他们深知盾构梦既是一个国家的梦想，也是一个"家族"的梦想，这个梦想需要几代人的努力和拼搏。他们一方面做最好的自己，甘于寂寞，潜心研究，不改初衷，另一方面特别在乎这种使命和精神的传递和赓续，花费许多心血去引导影响着下一代。汪承宇因父母忙于业务，自小在工地散养长大，他渴望自由，有叛逆心理，不安心于从小就被安排了的命运束缚，要辞职离开实验室和华铁公司。二代人严开明、徐复文、谭雅便对其开启了引导工作，向他讲述硬九连战士和白莎燕被隧道吞噬的悲剧，带他到秦岭隧道现场并讲述在引进和使用进口机器时所遭受的屈辱，继续给他修改论文。前辈许建军带领大家凭吊国兴三号隧道烈士墓，使得年轻人心灵受到深刻的洗礼，重新认同"家族"精神。在汪承宇因郑河地下隧道突泥涌水事故再次提出辞职时，二代人及时出面给予保护和鼓励。这种富于理想、担当作为的境界和气质对高薇也产生了深刻影响。作为华铁的背离者的女儿，高薇在接触了严开明、徐复文，了解了老铁道兵的故事之后，对他们产生了一种崇敬感，她决定跟着盾构人走，"要在大国崛起的今天实现自己的人生价值"。受爸爸严开明影响，90后女大学生严思颜也要研究盾构机，要成为爸爸"那样的人"。

精神往往和个性、性格相联系。作品中与华铁相关的人，往往都有一些鲜明的个性，这些个性概括起来，如文本所说，可以称为"骄纵"，这种"骄纵"有自信、勇敢、坦荡、不服输、讲究骨气的意思，实际上烙印着铁道兵硬骨头连的气质。二代人徐复文得知汪承宇离开华铁到志远公司就职，直接到工地找他回去上班，并豪横地和背离华铁的高志远争吵起来。严开明执着地向外国专家咨询盾构机问题，陪同的同事说这样不礼貌。他毫不客气地说，花了那么多钱雇用他们，当然有理由问了。在集团会议上，一、二代盾构人舌战群儒，当场反驳集团一些领导的消极观点，力主自己研发盾构机。面对人才流失问题，关系已经离开华铁的老专家徐复文竟独闯集团党委会，要求提高年轻人待遇。在安装、使用进口盾构机时，面对外方专家的傲慢和羞辱，严开明、徐复文冒着巨大危险，愤然亲自驾驶吊车安装盾构机刀盘。单位不允许女工程师下井，谭雅不吃这一套，她的高标准要求常令工人们头疼……这种"骄纵"也传递给汪承宇、高薇等新一代盾构人，他们在与外国人竞标、在研发大盾构时所展示出的风采，彰显了"老铁"的精神和气质。

三、叙事时间的合理搭配

在叙事学看来，文学是一门在时间中展开和完成的艺术。《大国重器》所叙述的故事时间从20世纪70年代到2018年，跨越时间四十多年。从叙事学角度考虑，如果完全按故事时间顺序写作，是顺叙的方法，但这样的话，整个文本可能淡化研发盾构机的主线，"大国重器"的叙事理想的表现会受到弱化。所以作者基本采用了整体性倒叙的方法。所谓倒叙，热奈特认为是指"对故事发展到现阶段之前的事件的一切事后追述"。从文本叙事时间看，小说首先叙述的是2010年汪承宇要从实验室辞职的事情。以这个时间点为界，对以后的故事（可以称为现实部分）的叙事都采用顺叙方法，对之前的故事（可以称为历史或背景部分）都采用了倒叙方法。顺叙的部分是研发、推广盾构机的主要阶段，成为故事主线。大致统计一下，全书101章，顺叙（现实）部分五十多章，倒叙（历史）部分四十多章，另外有五六章是顺叙（现实）和倒叙（历史）交织在一起的。不难看出，倒叙方法的大量应用是这部小说的一个鲜明特点。从顺叙和倒叙的不断交织中，读者领略了铁道兵或华铁人建设隧道工程的艰难岁月，面对的死亡，遭遇的屈辱，不甘的探索……也目睹了现实中的年轻一代的一度迷茫，前辈对他们的引导、教育，他们的觉醒以及在前辈鼓励支持下的拼搏、最终的胜利。概括来说，倒叙部分的故事揭示了三代人发奋研发盾构机的原因和动机，涵养和建构了盾构人的精神和气质，顺叙部分记叙着三代盾构人尤其是第三代实现"盾构梦"的过程，充分展示盾构人的精神风采。

大量的倒叙会使完整的历史和故事发生断裂现象（这也是计划中的），难免会遗漏一些细节。对此，许多作者常见的辅助办法是在整章节的倒叙或顺叙中穿插一些小的必要的倒叙，或者再布置一些预叙、插叙,《大国重器》也是如此。如第三十四章、四十一章整体是顺叙,但分别有一处实施了小的倒叙,来说明谭雅和汪建国、严开明和雨凡两对夫妻结婚的背景,揭示了他们婚姻感情的实际状况,因为在作者看来,这部分不是主要表现的内容,便简化处理了。第四十二章写到严开明、徐复文带着年轻人到秦岭爬山时采用了倒叙方法,介绍了铁道兵80年代兵改工的历史和华铁历史。第四十六章倒叙秦岭隧道工程历史时,又插叙了谭雅带汪承宇到工地的细节,交代了汪承宇的成长环境经历,也揭示了他动手能力强的原因。第四十七章倒叙秦岭工程时,又倒叙了当年兵改工时汪建国带领自己排的人到城市疏通下水道挣钱,帮助集体渡过难关的经历。第四十八章倒叙偷换刀具场景时,由严开明的感慨,引出一段倒叙,叙述了70年代国兴3号隧道竣工前老连长不幸牺牲的故事。预叙是"事先讲述或提及以后事件的一切叙述活动"(热奈特),它能保证作者按照正常计划进行叙述,而在认为是适当的时候再对事件进行展开叙述。作品曾在第五十六章、五十七章等部分倒叙了刘高卓在兵改工后对志远集团的贡献。而这些在之前的第三十六章已用简单几句话预叙了刘高卓在兵改工时的这个行为。在有关高薇对志远公司及爸爸创业的章节中也采用过预叙方法。总之,对于一些重要的细节或重要背景、内容,作者通过对叙事时间的合理处理,收到了较好的效果。

从漂泊出发的挣扎与追问

——安勇小说论

周景雷

一

　　从文学批评的角度而言，研究一个作家的全部创作可以有很多个方面，每一个方面都可以延伸出对作家创作的深刻认识，这些方面综合在一起，不仅阐释和还原了作家创作的全部内涵，也在很大程度上延伸了包括读者在内的对于文学及社会的认知，于是文学创作及研究的意义便得以呈现。客观地说，小说作为一种综合性极强的艺术形式在作家由诸种材料进行综合并向艺术转化的时候，作家的选择至关重要，这种选择不仅凸显了作家创作的心理倾向，也由此折射出作家的选择与时代之间的关系，在这样一种状态下，其实作家的创作也变成了作家与时代之间的互动。具体而言，有三个具体层面是在我们研究作家创作时要仔细考量的。一是能否从作家的全部创作中提炼出作家的创作底色，这种底色往往构成作家创作的恒定的心理倾向。比如，鲁迅的创作底色几乎全部来自小时的家庭变故和留学时期的"幻灯片事件"，所以对旧制度的讨伐和一以贯之的"立人"立场构成了鲁迅全部创作的基础。莫言的创作底色也几乎全部来自于童年的饥饿创伤，他不仅在他的创作中予以充分表达，也在诸多的演讲中予以强化，这构成了他的稳定的创作心理倾向。应该说，不同的心理倾向或创作底色会使作品呈现出不同的样貌。二是能否从作家的全部创作中来把握时代的跃动。时代不仅赋予作家创作的环境，更主要的是为作家的创作提供经验和材料。作家稳定的心理倾向只有对时代进行深刻思考，才有可能使作家富有个性的创作得以完成。三是能否从作家的创作中体悟到作家独特的表达方式以及此种方式的重要意义。应该说，今天的作家所面临的现实是一样的，甚至现实世界所提供的生活表象已经超过了作家的想象，如何表达才使之更加具有文学意义、更富有艺术张力确实是考量作家成熟与否的重要标志。上述三个层面并不是我们考察作家创作的全部，但至少我认为它们构成了我们认识作家和阐释其创作的重要基础。

以上诸点是我为论述安勇的小说创作所搭建的一个基本架构。70后作家的标签在安勇的身上仍然是适用的。这一代作家大多从散淡的、微末的日常生活介入文学，十几年的奋力开掘都各自经营了不小的文学天地。有的逐渐拉长了文学视野，能够从历史的深处来审视现实的焦虑；有的在城乡之间转换视角，在城乡的夹缝中看取人生与现实；也有的不断向内挖掘，专注内心的寻微探幽，试图在有物与无物之间寻找人的生存本相。而安勇的创作当属最后一种。

在安勇的一百多万字的创作中，六十多篇短篇小说占有着绝对的优势，有少许的小小说，但我以为更具特色的还在中篇。在这些创作中，他反复向我们展示了他的文学地理和精神故乡，只不过他的文学地理在确定与游移之间。"八间房"是他的出发地，后来出现的这座城市或那座城市都是他断断续续的漂泊之地，这种漂泊之地有的是确定的、物性的，有的是虚构的、感性的。他很多小说都是从"八间房"出发，然后向外辐射，或者从某一座城市出发，然后勾连着"八间房"，但很难说"八间房"就是他的核心。安勇的这种地理格局也是他的心理格局，他依此营造了他小说中人物的不同的栖居地。当然，这些栖居地有的是诗意的，有的是非诗意的。不过，非诗意的栖居地显然占了绝大多数。这表明，也许"八间房"也并没有给他留下美好的回忆，如同后来所寄居的城市一样。"八间房"是不变的，但安勇笔下的城市是变动的，既有小城、有省城，当然更有大都市。我以为，安勇笔下城市规模的大小是有不同寓意的，至少能让读者感受到这其中的差别。比如《烟囱里的兄弟》《LUCKY》讲的是对大都市的隔阂和恐惧，《揭皮》《猪鼻龟》讲的则是尊严和命运，而安勇笔下大多数的城市讲的就是选择和两难，如《青苔》《木僵》等。这些串联在一起，我们看到的就是虚弱无力的漂泊以及无处不在的流浪（比如《LUCKY》中的陈牧和流浪猫之间的同构关系，她们合在一起，既是流浪、漂泊的，也是恐惧、隔阂的）。在我看来，这种意识几乎占据了安勇小说创作的主体部分。这种意识的产生，可能来自于他的职业经历，也可能来自于他的成长历程。多年的地质测量生涯，居无定所且又每天面对具体的山川地理，使他的方位感和层次感总是在变化，这在很大程度上影响了他对世界的看法以及由此所产生的通过文学来表达人生的看法。因此，在这个意义上来说，安勇笔下的精神故乡是不鲜明的，他的精神故乡在他的内心里而未必存在于具体的空间方位。这些均构成了安勇小说的底色，也就是安勇小说创作一种恒定的心理倾向。

二

因着上述背景，我看到了安勇小说在创作立意上的执着。十几年的创作，七八十篇（部）的中短篇，安勇小说始终围绕着成长与情感两个方面来写。当然，安勇的成长小说并不是不写情感，而是指在这类小说中，成长是更为明确的主题。《孽障》《杀死杨伟大》《一九八五：性也》《油锤灌顶》《告密者》等都属成长小说。这些小说将个人际遇与历史阶段相结合，通过个人成长的视角来审视个人与时代的关系。比如阅读《一九八五：性也》很容易联想到王刚的《英格力士》和刘庆的《长势喜人》（后两者是长篇小说），这一个60后作家和70后作家都感兴趣的话题，但显然前者对此发挥的余地更大。食和色显然构成了人的生存过程中极其重要的主题，这在形而下层面为生存状态提供了基本保障，这种保障如不能达成，则一切或可几近于零。值得注意的是，《英格力士》和《长势喜人》的故事发生在特殊的年代，烙上了特殊年代的印记，而《一九八五：性也》则讲述的是20世纪80年代中期的事情，彼时已经阳光明媚，一群中学生正在努力拼搏高考，"食、色"却成了他们的生活中心，足见历史的惯性仍然强大。强大的惯性叠加在成长故事当中，往往对成长产生了伤害，因此，成长小说往往就成了伤痕式的写作。我曾将这种小说称为新伤痕小说。新伤痕小说不专注于描摹意识形态对人的钳制，也并不把逼仄的现实空间加之于人，而是通过人物的成长历程来寻获历史陈迹，探问人在成长过程中诸种历史因素对人所造成的伤害。这种伤害，从眼前来讲是现实的动作，从长远来说则是一种文化行为。安勇的写作把这种伤害推向了极致，推向了久远。比如《603寝室失窃事件》就是典型的代表。一所中专学校的一个宿舍中，老大丢了三十元钱，大家在没有证据支持下指认老四偷了这些钱，老四为自证清白几近疯癫，直到二十五年后仍执着于此。在成长过程中，身体的伤害是眼前的，而心理的伤害一旦变为历史、变为某种潜在的局部的文化，则是持久的和无法摆脱的。安勇通过他的小说挖掘了这种伤痕的文化性和历史性。

专注于人与人之间深邃而幽微的情感表达是安勇全部小说创作中的第二种类型。这样的小说主要有《立方体》《青苔》《天使》《枕头》《钟点房》《钥匙》《夜猫》《做伴儿》《我们的悲悯》《蓝莲花》等。在这些小说当中，有的表现亲情伦理，有的表现男欢女爱。但不管是哪一种，能够被依靠和串联起来的均是情感。所以如何进行情感表达则成了安勇在这些小说里较为关键的内容之一。在我看来，有两个方面值得注意。一方面是在这种类型的小说创作中，安勇在很多时候将中年女性作为描写对象，这是一个很有意思的选择。也许，在这些描写主体当中，中年女性成熟的身心和与其身心并不匹配的情感之间充满了张力，这种不协调的关系更加有利于写作者的审视和对局部情感的挖掘。这些女性有着丰富的生活经验以及对异性和家庭的认识，由她们的视角去观察情感世界会更加细致并具有丰富的意蕴。在《钥匙》中，"她"一直游移在是否说出老公公调戏自己的真相的矛盾纠葛中，内心有巨大的波澜，也有无边的恐惧，既有细微感知，也有故意的漠视，这是有关伦理的情感纠葛。在《蓝莲花》中，杀人犯董小桃在是否配合律师辩护的冷漠、淡然表象之下却隐含着对生的渴望，这是有关希望的情感纠葛；在《钟点房》中，覃晓雅在异地出轨，回家后向丈夫坦白却未得到回应，这是有关爱欲与家庭之间关系的情感纠葛。凡此种种，每一种情感类型，安勇都用自己的理解通过女性的思维予以深刻挖掘。当然，在安勇的全部创作中，有关爱欲情仇的情感纠葛写得更加富有冲击力。另一方面，我也注意到，安勇的情感写作，特别是都市情感写作是封闭的、幽微的，或者几近于冥思苦想，或者了无痕迹。前者如《猪鼻龟》《枕头》《仙人掌》，后者如《天使》《钟点房》等。这些写作要么向内心回撤很深很彻底，几乎脱离物质性存在，要么弥漫在日常生活的尘埃中，在空中飘浮。安勇曾说："我期待自己的小说能不断向人物的内心深处掘进。我渴望走进隐秘幽微的世界，渴望听到被隐藏被遮蔽的声音，渴望用自己的笔呈现出无法看到的悲伤、困境、疼痛、焦虑、无奈、惶恐以及诸多无法言说的内容。"（《没有人是真正的幸运儿——关于小说〈LUCKY〉的创作谈》；《小说月报》微信公众号2016年7月10日推出）我认为，安勇对自己创作的认识是实事求是的。

在情感类的小说中，安勇也给温暖和温情留了位置，尽管此类作品所占比例并不大，却有燃灯之效，它给人以引领和温暖。这样的作品主要有《做伴儿》《诺洁斑马线》《那个人的痕迹》《我们的悲悯》《蓝莲花》等。在我们这样一个时代，描写温情的作品并不少见，尤其在女性作家的笔下，温暖和温情的表达与重塑甚至成为主流。市场经济下的现代社会对利益和金钱的追逐使人与人之间、人与社会之间，甚至人与自然之间变得陌生、冷漠，在这种情况下，温暖和温情便成为我们这个时代的黏合剂。在这一点上，安勇有关温暖和温情的叙事并无特别之处。令我们刮目之处则在于，他笔下的温暖与温情常常伴随着创伤性体验。创伤性体验是一种很沉痛的情感，在安勇的笔下，它往往与某种死亡联系在一起，因为某种死亡而唤醒沉睡在内心深处的良知，于是温暖便弥漫开来。《做伴儿》《诺洁斑马线》是这样的，《那个人的痕迹》《蓝莲花》也是这样的。而《我们的悲悯》可能稍显例外，这部中篇讲述了"我们一家人"救助了一个患病濒死的远房亲戚，在给予了这位亲戚生的期望的时候，又因财力有限而不得不放弃的故事。这个故事把我们的温情置于两难境地，并用"我们的悲悯"这种命名来检视温暖与温情的可靠性。安勇对温暖与温情的处理方式，显然有着自己独特的思考：温暖与温情是一种沉重的情感，这种沉重并不是因为其稀少而显得珍贵，而可能是因为温暖与温情的滥用常常被人轻视。所以在处理起这类创作时，安勇显得格外慎重。

当然，正如成长小说与历史同步生成一样，安勇的情感类小说大多都设置在当下的现实社会中，特别是设置在当下的都市社会中。当代城市生活的开放性和文化观念的多样性以及人际交往的复杂性为情感纠葛、情感异化提供了可能。安勇在一种确定的心理倾向引导下，不断地辨识和深耕着这些情感，并保持着与时代的紧密互动。在这个意义上说，我们似乎又可以通过安勇笔下的情感还原出时代的本色。

三

如果说安勇小说的底色充满了漂泊和流浪精神，并通过成长的伤痕和情感的伤痛来予以表现的话，那么由此所产生的主题意蕴则是分裂与挣扎。分裂既指客观的物质世界，也指向主观的内心世界。而挣扎则指的是人物的生存状态或生存境况。分裂与挣扎是我阅读安勇全部小说后的最深刻的感受。

在安勇的笔下几乎没有出现过和谐完整的世界，每一篇（部）小说所营造的氛围都是非圆满的，都是令人不安和焦虑的。比如《木僵》里的社会充斥着尔虞我诈、相互利用和迫不得已的出卖，《有凤来仪》中同胞姐妹站在城乡对立立场上的明争暗夺而最终酿成悲剧，《枕头》中追求男欢女爱而不得竟用一只枕头隔出两重世界，《LUCKY》中"身体拍卖"式的戏谑空间，《舌头》中山区老妇与陌生城市之间的无法言说的真相等都是这种分裂的世界的表现。让我们具体分析几篇作品。在《仙人掌》中，裴果欺骗自己的妻子项小丽以到外地看望濒死的兰姨为名去与情人康红私会。康红的丈夫患病卧床，丧失了意识。康红与裴果在其家中疯狂做爱，但裴果始终觉得康红丈夫翘在床上的双脚就像两株仙人掌，心存异样，始终未能达到高潮。这篇小说在一万多字的篇幅中建构了两个分裂的世界，一个是由裴果、项晓丽和兰姨三个人构成的，另一个是由裴果、康红和康红的丈夫三人组成的。这两个世界，要么是由欺骗构成，要么是由非正常情感组成。但不管是哪一种，总有一极是濒死的（兰姨、康红丈夫）。这是两个严重倾斜和撕裂的世界，置身于这样的世界中，人的存在总是不真实的，乃至荒诞的。这篇小说有着浓重的隐喻色彩，折射出了写作者对这个世界某种真切的认知。而《立方体》则是安勇笔下分裂世界的另外一种形式——因陌生和漠不关心而导致的分裂。在这篇小说中，主人公仍然叫裴果，是一名造价师，因柔弱不堪而被"有主见"的妻子主导了命运，在公司组织的一次野外拓展训练中，被遗忘在野外。小说中多次写到的空无一物的补给点和反复萦绕在裴果头脑中的立方体都成为他与这个世界隔绝的深刻隐喻。补给点和立方体之间的对应关系正折射了世界的自我纠缠性。其实，这种因分裂而带来的无力感在裴果的自述中已经有了先验的说明。小说中写道："他一度以为那个小山村就是自己的故乡，后来才渐渐明白，他其实并不属于那里。他们兄妹是异类，不管精神还是肉体，都和村里的孩子格格不入。多年来他一直想找到一个让自己有归属感的地方，直到最近才终于醒悟，其实根本就没有那样一个地方。从当年父亲离开城市那一刻起，他和妹妹就已经成了无家可归的人……这座城市也一样。它是他妻子的老家，虽然已经生活了二十几年，他心里始终有一种隐隐约约的抗拒，觉得自己只是一个客人。"其实，

178

即便是颇具温情的小说中，安勇也同样看到了世界的分裂性。比如《诺洁斑马线》就是这样的作品——由残疾人所组成的世界和常人世界之间的对抗。

在一定程度上来说，倾斜和分裂的社会为存在其中的人的生存制造了障碍，每个人的成长和发展都不是顺畅的。换句话来说，人生活在分裂的社会中（包括内心世界）是不可能自洽的，必然表现出动荡不安的生存境遇，于是挣扎和选择的两难成为安勇小说中各色人物身上最为鲜明的存在状态。安勇从体验式的角度出发，从内心对外界的苦思冥想的角度出发，要么把挣扎写得惊心动魄、声嘶力竭，要么把这种挣扎写得波澜不惊、不动声色。前者有《仙人掌》中的裴果、《猪鼻龟》中的惠敏、《LUCKY》中的陈牧、《木僵》中的振民、《黑标》中的老彭，后者有《立方体》中的裴果、《杀死杨伟大》中的杨伟大、《钟点房》中的覃晓雅、《钥匙》中的妻子、《青苔》中的莫丽雅以及《舌头》中的小玉，等等。这些人物尽管有各自的生活内容和不同的情感诉求，尽管有不同的生活体认和人生经历，但他们在分裂的社会中所面临的生存境遇是一致的，由此而深达内心的挣扎式体验也是一致的。实事求是地说，安勇的小说大都描写日常生活，而日常生活的矛盾性和流动性总是以那样的常态性存在，很多不适、逼仄和冲撞都在不经意间从我们的眼前流过并随风飘散。但安勇从其特有的敏感和敏锐出发，刻意捕捉了这些挣扎的物性和变动不居的轨迹，把日常生活中隐秘的真相清晰地表达出来。我以为在这一点上，安勇表现了其执着的心理品质和特立独行的文学品质，这是他的小说创作又一重大特征。当然，分裂世界中的挣扎常常以悲剧告终，因此悲剧意蕴也总是伴随着人物的挣扎而流布在安勇的小说中（但如何设置和表达悲剧是一个需要认真思考的问题，比如在《告密者》中，如果把告密者指向霍军，那么其悲剧性可能就是另外的样子）。

在前文中，虽然我指出了安勇小说底色中的漂泊和流浪意识，但这并不意味着必然带来分裂式的认知和挣扎式的体验。那么，安勇小说中的这种主题意蕴到底来自何方？我认为，主要有三个方面值得考虑：一是来自潜藏于内心深处的人生经验，虽然目前笔者无法确定安勇的人生轨迹，但我总是认为通过一个作家的全部创作是可以向作家的人生经历进行还原的，这也是作家的创作底色使然。二是来自作家的文学认知。尽管文学作为反映世界的一种艺术形式总是有其确定的质的规定性，总是有其呈现文学性的基本原则，但每一个作家在表达自己的文学想象的时候总是要表现出自己独特的文学倾向和能力。安勇是一位喜欢向内心回缩并展开苦思冥想的作家，他的艺术真实不在外在的客观世界，而在经过了内心搏斗的心理真实，因此不经意间捕捉到的分裂和挣扎便会在心灵深处得到艺术性的演绎和放大。三是来自作家对人与世界关系的哲学式反思，这一点可能更为重要。文学是人学的观念在今天已经深入人心，没有人的文学是不存在的，所有表现了人与世界之间关系的小说都应该在形而上的层面获得意义。这些形而上意义有时是通过作品的结构、情节的推进和人物形象的设置来实现的，它常常表现出对某种价值、某种精神的寻找。安勇笔下那些人物的挣扎，大多数是源于寻找，或者寻找内心的慰藉，或者寻找内心的平衡。寻找和追问是相伴而生的，寻找的过程也是追问的过程。在一些作品中，安勇直接表达了对社会、对世界和对人自身的追问。比如《杀死杨伟大》就是对杨伟大的身份与存在之间关系的质疑，由此出发，也顺便质疑了我们所看到的一切所谓真实的事物。再比如《告密者》，我将其定义为成长小说，但也更是一篇追问之作，就像《603寝室失窃事件》一样，追问真相是安勇创作中永不停歇的笔触。《孽障》追问的是我们来自何处，《舌头》追问的是我们能否用舌头说出真相，《雅格达》追问的是虚拟和现实的关系，《蟑螂》追问的是我们能否来叙说现实，《迷宫》追问的是我们能否到达彼岸……总体而言，安勇小说中的追问大致表现出两种倾向，一是我们来自何处，又到哪里去；二是我们能否看到并说出世界的真相。此两者其实就是哲学上原始而永恒的话题，安勇通过他的小说展开了对世界和宇宙的沉思。

四

安勇出生在1971年，创作历程并不长。早期小说创作虽有些精雕细刻，但总体上感觉因用力未得全法而显出些许稚嫩。2010年前后，特别是2012年以来，安勇的写作全面成熟起来，无论是在文学思考上还是在对社会的理解上都表现出了良好的品质。那些有着广泛影响的作品，比如《青苔》《钟点房》《603寝室失窃事件》《LUCKY》《舌头》《我们的悲悯》《一九八五：性也》《告密者》《蓝莲花》等均创作于此后时期。安勇的语言在平实中揉进了狡黠和幽默，这使整个叙述变得灵动和活泼；思辨式的叙事策略在更好地配合了主题表达的同时，加大了作品的阐释张力。尤其值得指出的是，安勇善于使用环境营造、场景描写来渲染人物的心理变化和精神状态，通过人物与环境的一体化叙述来增加作品的感染力。这种传统的叙事方式本无必要格外提出，但因时下常常被边缘化而显得非常珍贵。但不可否认的是，安勇的写作仍然有其局限性，比如视野还不够开阔，题材和立意略显狭仄，叙述上透气性不足，阳光普照不够，特别是文学写作的文化意识还有待进一步延伸。安勇是一位反省意识很强的作家，相信这些局限会在今后的创作中不断得到调整。

现实经验的意义与限度

——李铁小说论

周　荣

　　李铁从20世纪80年代开始写小说，90年代末"小说写得有点样了"（作家语）。21世纪初的几年里，李铁集束式地拿出了《乔师傅的手艺》《冰雪荔枝》《合同制老总》《杜一民的复辟》《工厂的大门》《我们的负荷》等一系列作品。这些以国企改革及社会经济体制转型为背景的小说，无论是人物、故事、情绪，还是美学风格、文本结构、情感倾向，都具有清晰而统一的辨识度。经由这些书写时代伤痕与社会阵痛的作品，李铁找到了与时代、历史对话的有效通路，确立并形成了高度风格化的写作，圈画出竖立着醒目个人标签的文学园地。

　　凭借对工厂生态的熟稔，李铁通过对工业生产中技术的精准描写，构建起工业题材小说的职业伦理和精神内核，即工人与工厂之间通过技术建立的精神关联；塑造了典型环境——社会经济转型背景下计划经济渐趋衰落——中的典型工人阶层群像；呈现出糅合了客观平实、冷静批判与深切同情的现实主义写作基调。曾经深扎工厂的经历，赋予作者以历史的、线性的、内部的视角去审视和书写国企改革及计划经济转轨的"前世今生"，既深刻体察计划经济"大锅饭"积重难返的弊端以及迫切需要改变的现状，又对改革中出现的新的制度漏洞、滋生的腐败不公以及催生的人性扭曲有着犀利的洞察，避免同类写作中隔岸观火的"旁观式"立场或对改革单向度的盲目乐观。另一方面，受制于自身经验及视角的"局限"，面对现实中的重重困境以及改革衍生出来的新问题，作者又选择回撤到叙事的起点，试图通过偶然性的因素——个体道德良知的觉醒，或"反历史"的方式——退回到计划经济"大锅饭"时代，"避重就轻"地为现实困境寻求出路，从而达到叙事的完整性。但历史的车轮是无法倒退的，这种保守的、闭合的思想路径以及文本结构，不仅削弱了现实主义写作的批判性、深刻性，也压缩了文本的认知高度和精神延伸空间。之于李铁，现实经验既是奠定其写作根基和独特性的厚土，也是亟待捅破的桎梏。

一

毋庸置疑，李铁小说属于当代工业文学谱系中低沉喑哑的声部，而那低沉喑哑中又清晰地浮现着时代的面容与个体的悲怆。李铁几乎是执拗的，执拗地试图在处于世纪之交的国企工人群体的命运中辨析出某些历史的真相，也包含着为这个群体的历史退场"塑像"的良苦用心。于是，我们便看到一幅色调混浊、形容悲壮、意蕴漫漶的工人阶级离散时的画像：

某国有大型发电厂，孙兆伟（《我们的负荷》）满眼血丝，神情严峻，带领工人通宵达旦地在调试机组，与外商的合资谈判在即，机组达到满负荷运转是合作谈判中的重要竞争筹码，也能让孙兆伟在合资后总经理位置的竞争中抢占先机。而他的"老朋友"葛志勇（《合同制老总》），虽然已经是合资发电厂的总经理，却夹在合资老板的利润要求与工人的利益之间左右为难，在国家利益与个人职位的博弈中亦如履薄冰。

　　中层干部的日子也没比厂级领导强到哪去。刚刚上任的工会主席赵吉（《梦想工厂》）和水班班长杜一民（《杜一民的复辟阴谋》）为下岗职工的问题而焦头烂额。赵吉的计划是筹建一个"梦想工厂"，安置被分流下岗的职工。正当他准备大展拳脚时，却发现"暗礁"重重、"陷阱"连连，领导所谓的支持不过是利用"梦想工厂"的计划，将计就计处理不良资产，甩包袱。杜一民也在精心酝酿一场"复辟"。二十年前，他积极建言体制改革，引入竞争机制调动工作积极性；企业合资提出减人降耗后，他却绞尽脑汁希望"复辟"回到"大锅饭"时期，保住工人的饭碗。

　　工人们也打着各自的算盘。聪明绝顶、技术过硬、对工厂生产了如指掌的刘志章（《工厂的大门》）怎么也想不到，过去都是他出题考核决定工人的去留，今天却轮到自己要通过答题考核才能免去所谓的事故"责任"，而事故的真正"责任"却并没有人去追查。更不走运的是焊工班的刘洪力（《安全简报》），勤奋、严谨、技术出众的他在一次常规生产操作中"意外"丢了性命，在个人利益的驱使下，现场目击者和当事人纷纷更改证词，把责任归咎于死者自身，最终安全简报和事故鉴定延续"惯例"完成——"责任者：死者本人"。至于那些像志勇、小罗等能力技术一般的普通工人，更是人心惶惶，也可以说人浮于事。

　　所以，无论是退休女工乔师傅（《乔师傅的手艺》）硬闯招待所见合资老板，还是光华厂下岗女工春兰（《花朵一样的女人》）往厂里打电话举报供应商以次充好，都显得不合时宜。在下岗潮前顺利退休，拿着退休金颐养天年，是现在多少工人的梦想啊！而乔师傅不但当着老板的面痛陈工厂管理弊端，还亲自带病上阵"直大轴"①，直至倒下。那边春兰揭发供应商的"义举"虽然让她"心理、神态都轻松了很多"，却也导致丈夫丢了工作。工人对工厂一厢情愿的忠诚与热爱，被现实狠狠地嘲弄了一番。

　　效益下滑、负债累累、内部腐败、危机四伏，是李铁这一系列小说中所呈现的工厂生态；上到工厂高管、中层干部，下到普通工人，无一例外地都笼罩在惶惶不安、朝不保夕、人人自危的情绪状态中。李铁的小说毫不犹豫地打碎了20世纪90年代国企最后的一丝光环，将内忧外患中的庞然大物定格在日暮西山的历史时刻。用不算短的文字和"清明上河图"的形式，梳理李铁小说的故事情节，并无意于用概括总结的方式呈现其文本的共性，而是意在指出，这些人可能是当代文学史中工人阶层最后的群像，无论是之于当代文学史，还是新中国工业发展史，这样的情状都具有转折性节点意义。杜一民、乔师傅、刘志章们没有赶上

---

　　① "直大轴"是指"直"电厂汽轮机转子的大轴。大轴在生产运行过程中发生弯曲（肉眼看不出的弯曲），因为轴的直径都在一米左右，矫正过程需要检修工人具有丰富的经验和高超的技术，运用热处理、吊车、盘车等协同作业。大型电厂甚至是电力系统中，能指挥直大轴的检修工人也为数甚少，能够掌握这门手艺的人在行业内享有很高的威望和地位。

新中国成立后计划经济和工业建设的"红利期",也没有共享到自由经济所允诺的财富、权利、自由等现代化"福利",反而是在20世纪90年代的历史转折中几乎被甩出原定的生活轨道。在这场以"现代化"名义重组的历史变革中,作为改革"阵痛"的承担者,工厂和工人群体的生存状态和精神面貌便具有了历史"中间物"的意味。于他们之前,在20世纪50年代至70年代的后革命语境中,年轻的工人阶级与新生的共和国互为镜像,工人阶级是共和国对新的历史主体的荣耀性命名,工业现代化是共和国兑现革命承诺的想象性表征。工业题材文学也"天然"地具有了"先进性"的内涵,并相应地被置放于当代文学重点打造的位置。于他们之后,精神共同体意义上的工人阶级几近瓦解,取而代之的是作为个体的企业员工或"打工者",21世纪后的文学史脉络中,传统意义上的工业题材文学也再无生长的土壤和空间。

这是李铁写作的现实语境,也是历史逻辑起点,更是意义所在。"一个作家,如果没有对现实境遇的卷入和挺进,就意味着他未曾完成对存在的领会。"[①]因此,将李铁的写作纳入现实主义之中,言说的绝非是单纯的艺术形式与技巧,而是指向作家真实的生存处境,也是他所无法选择的语言处境。

二

作为与意识形态勾连最为紧密的文学主题,当代工业文学写

---

① 谢有顺:《现实主义者王十月》,《当代文坛》2009年第3期。

作与现实社会的政治经济制度/机制保持着某种同构性和同步性。题材特性、现实语境以及现实主义原则等诸多因素，使得工业题材写作难以"充分"行使文学虚构、想象力的特权——如卓别林《摩登时代》对大工业生产的冷静批判那样，而是"亦步亦趋"地追踪工业领域的现状以及正在发生的变化，从意识形态角度（而非美学的或思想的角度）对此做出阐释，或对与之密切相关的意识形态诉求做出呼应，从而建立了工业题材文学"宏大叙事"的稳定模式。"十七年"文学版图中，《原动力》《火车头》《乘风破浪》《沸腾的群山》以其朝气蓬勃、蒸蒸日上的意象建构起社会主义文化与工业文明的象征体系，更隐喻着新中国崭新的政治面貌和精神空间。进入"新时期"，《沉重的翅膀》《乔厂长上任记》《新星》等改革文学作品，在"把全党的工作重心转移到社会主义现代化建设上来"的历史时刻，承担了与刚刚过去的历史进行有效切割，确立改革合法性，展开现代化想象空间的功能。21世纪前后，《大厂》《分享艰难》等作品，虽然已经无法像"十七年"文学、改革文学那样，发出与时代主调强烈"共振"的旋律，但"分享艰难""从头再来"的基调无疑为新鲜出炉的诱人蛋糕——资本的崛起及利益分配机制重组——撒上了一层美丽的糖霜，也似乎维护了工人阶层站在"大厂"门槛内最后的体面。

工业题材小说不仅内嵌于特定时期社会政治实践的特殊结构，更受制于特定时代的话语生成机制，被现代性话语、政治话语、思想话语、道德话语等多种力量所左右制约。具体到文本中，叙事的起点是工人、工厂、工业，叙事的展开也理应真实呈现工业生产的客观现状、工人的利益与精神状态，剖析现实矛盾与思想症结；但叙事的终点无法落实在工人和工厂的利益，而是配合社会政治运动的推进，回应意识形态的诉求。《乔厂长上任记》《沉重的翅膀》对于工厂/工业改革具体方案、举措的描写都不免空疏，也并没有呈现出有说服力的历史远景或现实可能；但无论是改革者形象的塑造——大刀阔斧的改革者乔光朴、老骥伏枥的老干部郑子云，还是叙事展开的话语资源——《乔厂长上任记》依托于"时间"和"效率"的现代性话语、《沉重的翅膀》紧紧抓住20世纪80年代的人道主义话语和抒情话语，都是新时期亟须重建的时代精神与重新整合的意识形态共识。《大厂》《分享艰难》看似写实的笔触实则只是把半遮半掩的现实遮羞布掀开了一条缝，露出"大厂"里"艰难"情状的冰山一角，在无力也无望的乐观期待或道德话语的"聊以自慰"中，想象性地为几乎病入膏肓的现状配置上光明的"尾巴"。这种叙事意图与文本效果之间的分裂是工业题材小说的"宿命"。

　　几乎很少有作家的写作可以溢出文学史的范畴，仅仅因为自身写作而获得意义；也几乎没有一个文本能够挣脱文学史的阐释谱系而天然地、孤立地获得意义。站在工业题材文学的历史延长线上，摆在李铁面前可资借鉴的精神遗产和文学史经验都并不开阔。但正如生活中的"不美好"，如酒鬼、漂泊、死亡等，在文学中总能幻化出令人心碎的"美"，李铁在并"不美好"的计划经济体制衰落、国企内外交困的现实背景下，开辟出一脉区别于前史的写作路径和美学风格。与上述作品对比不难发现，大量关于工业"技术"的描写是李铁小说的一个鲜明特征。所谓"技术"，既包括实际工业生产和管理的流程、环节、设备、工艺等方面的专业知识，也包括工人所具备的，在工厂中安身立命并获得尊严、地位甚至权力的专业技能。技术专业化、专业技术化，是现代社会区别于前现代社会，现代大工业生产区别于前现代手工业生产的重要标志；围绕"技术"所衍生的职业精神、职业伦理，以及现代工业生产中的情感结构，更是现代精神的重要一部分。这些理应是工业题材小说必然涉及的领域，但在当代工业小说中是"稀缺"的，甚至是"缺席"的，究其原因与前述当代工业文学所产生的历史语境、承担的功能密切相关。某种程度上可以说，在李铁这里，工业小说"获得"了"工业之所以为工业、题材之所以为题材"的基本叙事元素；工业小说叙事从宏大叙事中挣脱出来，走向遵循现代工业精神逻辑的"专业"叙事。

"技术"在李铁小说中承担着重要且多样的功能，既是营造"现实感"、还原工业"现场"的精准细节，如《工厂的大门》中发电系统的每个环节、每个接头、每个螺丝的位置，系统中上千个阀门的名字、上万个数据；也是推动叙事前进的核心元素，如《乔师傅的手艺》中"直大轴"手艺的非凡魅力，《安全简报》中高压加热器解体时长与事故的关系，等等；更是建构工业小说职业伦理、情感冲突的纽带，如《我们的负荷》中机组满负荷运转与个人荣誉与集体利益的微妙关系。李铁小说中不仅有对工厂整体经营现状、困境及症结的冷静理性的宏观概述，更有对生产技术、流程、工艺、成本等细节的精准描写。以技术细节描写为中介，小说建立起一种独属于工人与工厂的精神关系，亦如乡土小说中农民与土地的关系，知识分子小说中知识分子与启蒙、革命的关系。乡土小说中经常出现一类人物：勤劳、倔强、"不合群"的农民，《创业史》中的梁三老汉、《生死疲劳》中的蓝脸、《地主的眼神》中的孙敬贤，盖是如此，他们的共同特点是精通各种农活。一个好的庄稼把式的看家本领是精通各种庄稼活，上要熟知"天"，下要通晓"地"。一手好庄稼活是独立于甚至超越于政治潮流之上的乡土社会规则，也是梁三老汉、蓝脸、孙敬贤敢于"不合群"的底气。技术是工人与工厂的情感中介，正如庄稼活手艺是农民与土地的情感中介，思想是知识分子与世界的情感中介。小说对生产流程、技术细节和专业知识的细致入微的描写，营造出充满工业质感的"典型环境"，更凸显出专业技术在工厂和工业生产中的重要意义。也正因为技术在工业生产中的重要意义，乔师傅宁愿牺牲自己的身体和一生的名誉也要学到"直大轴"手艺；刘志章凭借对专业知识近乎神奇的记忆，曾经无限风光；刘洪力宁可暂时不要提拔，也要在基层车间各个工种岗位上学习锻炼。技术是工人与工厂之间最稳定、最深厚的情感纽带，是工人在现代社会和经济关系中安身立命的根本，也是工人的荣光、尊严乃至获得权力的根本所在。

通过对工人—技术—工厂三者微妙关系的书写，小说建立起基于现代工业职业精神与伦理的工业小说精神向度和写作路径。这是李铁小说的前半段，随着历史车轮的改弦易辙，也催生了李铁小说充满反讽意味的后半段。如果说前半段叙事生成的"隐形"背景是现代工业诞生以来的经济关系和精神结构，那么20世纪80年代和"短二十世纪"的终结，以及随之而来的社会结构的全面更迭，则是后半段叙事的起点。前后两段的拼接、碰撞、对比、反差，形成了极具批判深度的文本结构，也是小说最具戏剧张力和悲剧意味的所在。在后半段叙事中，荒诞的现实露出狰狞的一面，乔师傅牺牲了身体和名誉学来的"直大轴"始终没有派上用场，"情形发生了变化，这个时候人们已经不太重视工人的手艺了"，"此时社会上流行的是经商、做官，企业实行的是厂长经理责任制，工人的饭碗被抓在管理者的手里"[1]；刘志章几次反映轴瓦工作声响异常，但始终无人重视，最终发生了重大生产事故。在历史变革的旋涡中，"技术"一夜之间不重要了，"技术"的权威被瓦解了，作为"技术"主体的工人也不重要了，工人与工厂的情感关系松散了，甚至变异了。在强大的资本前，利润数据是可以任意更改的数字。当合资方老板要求葛志勇把利润直接打到他个人账户上时，虽然这意味着工人奖金和国家利益的受损，但我们无法站在道德制高点上要求他违抗老板的命令，毕竟他的"合同"也掌握在老板的手中。改革所承诺或期待的，至少是涉及工人阶层利益的那一部分，已经在资本前化为乌有。乔师傅在"直大轴"关键时刻的猝然倒下，宣告了"技术"理性时代的终结，也宣告了资本堂而皇之地走到历史的前台。这不禁令人想到庄之蝶在车站的"一歪"。知识分子和工人阶级的双双"倒下"，既是一个时代落幕的墓志铭，也预示着资本权力时代的到来。而曾经自以为掌握了技术便是工厂主人的刘志章则迷失徘徊在工厂大门前，把一切时间都花在钻研技术上的刘洪力的命还不如一纸安全简报重要，他们是契诃夫意义上的"装在工厂里的

---

① 李铁：《乔师傅的手艺》，《冰雪荔枝》，石家庄：河北教育出版社2006年版，第17—18页。

人"，不仅丧失了历史主体性，甚至在新的历史秩序中连对话的资格也一并被剥夺了，几近沦为流水线上的螺丝钉。

相隔十多年后，80后作家双雪涛、班宇、郑执接续了李铁小说中"未完成"，更确切地说是"不忍完成"的故事，下岗工人群体乃至他们下一代跌宕起伏的命运在一桩桩命案中展开，历史的延宕冷酷而决绝，那一代人行将老去，但文学终于还给那些年那些人一个应有的交代。

更荒诞的是，赵吉一门心思想建一个"梦想工厂"，实行绝对"平等"的管理，替工厂解决下岗职工问题，也解决工人的生存问题，忙乎同一圈才发现，领导同意建"梦想工厂"无非是借机"转嫁"集团副总错引进的生产线。下岗工人春兰从丈夫老肖那听说了老板老王向华光厂供应的零件以次充好以旧充新，"想一想还蒙在鼓里的华光厂"，"尖锐的痛苦"促使春兰毅然举报了老王。在这种极具讽刺意味的对比性叙事结构中，一边是下岗工人的生存困境和一腔热血，一边是新利益阶层的结盟与移花接木般的利益置换运作。换而言之，在"效率""效益""资本"组织的新型意识形态和社会逻辑中，工人群体并未获得适当的位置，以精减人员、提高效益为代价换取的经济利益也并未转化为普遍的福利，而是流入新利益阶层的口袋，从而形成更坚固的利益壁垒。不彻底的改革甚至为资本权贵的入场铺设了捷径，蒙在鼓里的不是华光厂，而是春兰，她还停留在"工作了十余年"的一厢情愿中，没有机会也不可能猜测到暗度陈仓的利益置换之术。工厂改革是这场历史变革的缩影，隐喻了20世纪90年代社会转型后的利益重组及分配机制。从技术权威到资本至上，李铁写出了现代工业精神和职业伦理在资本新贵面前的离散与溃败，与其说这是对工厂改革所做的残酷书写，不如说是现实主义写作的胜利。

任何写作都是选择性叙事，即便所谓的全景式写作也可以辨析出全景之内与之外的界限。李铁小说对改革的不彻底、不公正，甚至是失败之处的书写，是基于现实与自我经验的互证，更是基于对工人群体的深切同情。这种同情心甚至造成对李铁写作的时时困扰，"逼迫"他要"想办法"安置那些曾与他朝夕相处、此刻生活无着落的工友，否则他内心难安。在同类写作中，小说发展到工厂易主，部分工人下岗，人去楼空，物是人非、世事无常、历史无情的文学况味便已呼之欲出，故事完全可以戛然而止，把"空白"留给读者。但李铁倔强地要一个"说法"、一个"方案"，为改革中"被侮辱与被损害者"提供一条出路。这份本不该属于文学的"责任"让李铁的写作冒着违背基本历史认知的风险，也让他的小说叙事变得暧昧、复杂、生硬，甚至破坏了文本的批判深度和统一性。

三

恩格斯在给哈克奈斯的信中，将巴尔扎克称为"是比过去、现在和未来的一切左拉都要伟大得多的现实主义大师"①。恩格斯认为，巴尔扎克的创作反映了一种特殊现象，"巴尔扎克在政治上是一个正统派；他的伟大作品是对上流社会无可阻挡的衰落的

① 中国作家协会、中央编译局：《马克思恩格斯列宁斯大林论文艺》，北京：作家出版社2010年版，第139页。

一曲无尽的挽歌;他对注定要灭亡的那个阶级寄予了全部的同情。但是,尽管如此,当他让他所深切同情的那些贵族男女行动起来的时候,他的嘲笑空前尖刻,他的讽刺空前辛辣。而他经常毫不掩饰地赞赏的唯一的一批人,却正是他政治上的死对头,圣玛丽修道院的共和党英雄们,这些人在那时(1830—1836年)的确是人民群众的代表。这样,巴尔扎克就不得不违背自己的阶级同情和政治偏见;他看到了他心爱的贵族们灭亡的必然性,从而把他们描写成不配有更好命运的人;他在当时唯一能找到未来的真正的人的地方看到了这样的人——这一切我认为是现实主义的最伟大的胜利之一,是老巴尔扎克最重大的特点之一"①。循着恩格斯原文的表述,这段论断被概括为:作为创作方法的现实主义可以不顾作者的见解(世界观)而表露出来,故称为"现实主义的最伟大胜利"。

以此为据,正因对"不得不违背自己的阶级同情和政治偏见"的写作原则的坚持,尽管李铁对改革的漏洞与不彻底有着犀利的认识与批判,但并不影响作品中对历史必然性和改革大方向的客观描述;同样,虽然他对工人下岗的艰难处境怀有深切的同情,依然如实地揭露了现存体制积重难返的弊端,以及沿袭已久的顽疾。虽然李铁对传统体制下工人散漫倦怠的工作作风的描写用笔还算节制,远不及巴尔扎克对法国贵族的嘲讽来得尖刻,但当"活干得漂亮"奖金却和别人一样多的杜一民拿出引入竞争机制的建议书,历史已经不站在工人一边,李铁所同情的工人群体

---

① 中国作家协会、中央编译局:《马克思恩格斯列宁斯大林论文艺》,北京:作家出版社2010年版,第140页。

已经是"不配有更好命运的人",必然要遭受一场历史风暴的捶打。但此时,李铁却"犹豫"了,他知道他的工友们已经被"大锅饭"圈养了太久,经不起暴风骤雨,正如《北京人》中的曾文清,外面的风太大,飞不动了,最终还是回到没有一点生气的家。于是,作家李铁冒着违背现实主义原则的风险——"作者的见解越隐蔽,对艺术作品来说就越好。我所指的现实主义甚至可以不顾作者的见解而表露出来",冲进文本,充当了叙事者的角色,甚至不惜破坏已有的叙事逻辑和人物性格,让拿出建议书的杜一民开始实施"复辟阴谋",退回"大锅饭"模式;让赵吉的"梦想工厂"在历经重重看似不可克服的阻碍后,还是建成了;让为了生计已经劳累不堪的春兰充当道德圣徒,不惜以丈夫老肖丢了工作为代价。

历史的车轮无法倒退是基本的常识。这回撤的一步,不仅偏离了小说叙事所建立的紧扣时代命脉的现实批判写作路径,更将原本已经打开的工业小说的现代精神向度大大压缩了。李铁对自己的这种解决方案也感到不那么自信,叙事的语调中充满了犹疑与不确定:"赵吉是我虚构的一个人物,如果赵吉的故事里有一些你意想不到的内容请千万不要介意,赵吉嘛,他天生就是一个异想天开的人。"[①] "我知道你会说赵吉的办法是行不通的。但我要说的是行得通还是行不通在这个故事里都不重要,重要的是赵吉有这么一个梦想,同样重要的是赵吉毕竟是我虚构的一个人物。"[②]

---

① 李铁:《梦想工厂》,《点灯》,北京:新华出版社2011年版,第246页。
② 李铁:《梦想工厂》,《点灯》,北京:新华出版社2011年版,第283页。

这些叙事语句可以分明辨析出先锋文学的影子——"我就是那个叫马原的汉人，我写小说。我喜欢天马行空，我的故事多多少少都有那么一点耸人听闻"，但已没有先锋的自信、斩钉截铁。"虚构""异想天开""我知道你会说赵吉的办法是行不通的"，闪烁其词的话语与其说是在为赵吉开脱，不如说是作家在为自己"明知不可而为之"的叙事动机所铺垫的某种心理暗示。

《梦想工厂》中，决定"梦想工厂"建成的关键是马尼丝坦白了交易内幕；《我们的负荷》中，五号机组实现达标的关键是苏丹向孙兆伟泄露了煤的内幕，而马尼丝和苏丹这么做的动机都是良心发现。换而言之，决定叙事走向作者"预定目标"的是偶然性的个体道德觉醒，而非符合现实逻辑的必然性因素。但无论是依赖马尼丝的良心发现建成了"梦想工厂"，还是苏丹关机时刻的"倒戈"帮助机组试验成功，都显得过于苍白、一厢情愿，更破坏了叙事逻辑的严密与叙事的可靠。而更真实的人性试验场是：《安全简报》中，虽然包括当事人家属、女朋友、现场见证人、工友在内的所有人都有充足的理由认定刘洪力的死是一次重大事故，而非操作不当，但在个人利益诱惑下，纷纷更改了证词，"集体"证明刘洪力死于自己的操作不当，也"集体"第二次"杀死"了刘洪力；《工厂上空的雪》中，舍身堵油管葬身火海的刘刚被认定为"人为的责任事故"，妹妹刘雪查出事故"元凶"是劣质油管，但无人愿意捅破其中的利益关系，刘雪只能用"犯法"的方式阻拦油管入厂，但终究蚍蜉撼大树，哥哥的悲剧第二次上演。"当作家转而去描绘当代现实生活时，这种行动本身就包含着一种人类的同情，一种社会改良主义和社会批评，后者又常常演化为对社会的摒斥和厌恶。"①毋宁说，真实的同情源自叙事的可靠，源自客观的描述，而非作者过度的介入与干预。

20世纪90年代的时代变革与思想转型催生了新的文学叙事形态，关于行将倒闭的国企和被迫卷入市场无所适从的下岗工人，产生了多种不同的叙事路径。最早引起轰动的是1996年开始席卷文坛的"现实主义冲击波"，这股以"现实主义"为名的文学潮流却在"回归写实"的"名头"下旋即陷入"肤浅的现实主义"②以及"泡沫的现实和文学"③等的批评声中。其后，以曹征路的《那儿》《霓虹》《问苍茫》为代表的底层写作再次聚焦下岗工人群体，但"苦难"在引发最初的叹息、愤怒后，既没有剖析国企改革的复杂局面，也没有真正触及时代变革的内核，"苦难"反而在反复的咀嚼中变得干瘪、乏味。反而是一些带有鲜明个人风格的精彩短篇呈现出新的叙事形态，更加耐人寻味，如东西的《关于钞票的几种用法》、莫言的《师傅越来越幽默》等。与现实主义冲击波、底层写作对比，《关于钞票的几种用法》《师傅越来越幽默》在贴近现实的写作和直击时代的现状之时，回避了对个人"分享艰难"式的道德要求，而是以荒诞昭示荒诞，宏大愿景与残酷现实的荒诞对立形成一种反讽的张力，将平凡的个体还归平凡的生活，道出了小人物面对大时代的无力、懦弱与悲剧。

面对同类题材，李铁的工厂生活经验赋予其写作清晰的"工

---

① 韦勒克：《批评的诸种概念》，成都：四川文艺出版社1988年版，第232—233页。

② 王彬彬：《肤浅的现实主义》，《钟山》1997年第1期。

③ 萧夏林：《泡沫的现实和文学——我看"现实主义冲击波"》，《北京文学》1997年第6期。

厂"特性，即始终基于工业生产实践、特性及伦理情感展开叙事，在工厂和工人的命运遭际中解析时代构型的密码。与上述作品相比，李铁的写作是"置身其中"的写作，他始终将自己视为工厂的一分子，感同身受工人群体在历史大潮中受到的冲击和震荡，从而形成了立足于工厂之内的考察个体命运、社会变革和时代更迭的"限制性"叙事视角，但也因此，将叙事视角之外的更丰富的社会现实隔离在了文本之外。如，20世纪90年代与"下岗"潮并存的是波澜涌动的"下海"潮；在一部分工人因打破"铁饭碗"而为生计发愁的时候，也有一部分人千方百计想打破"铁饭碗"，等等。如此，这种"置身其中"的内视角就在一定程度上限制了小说的整体视野和思想辐射面。

而当若干年后，时间过滤了曾经的苦难与苦涩，李铁也真正"走出"了工厂，翻过了工厂的心理藩篱，在历史的长镜头中打量徘徊在工厂大门前的他的朋友刘志章们，回望那段五味杂陈的岁月，曾经的经验沉淀为内心平缓的暖流，叙事视角随即发生了鲜明的转变，文本的调性也随之平和。2021年《十月》第4期上发表的《手工》呈现出沉潜后舒缓的质地，同样写到下岗、失业、生活的不如意，也不复紧张焦灼的情绪。李铁接纳了工厂不是永远不变的，接纳了世事沧桑起起落落才是永恒的规则。

小说选择了一个富有意味的叙述人，同时也是小说人物："我"，一个二十年前从工厂中调走的作家。那分明是李铁本人。1980年8月12日，本是一个平常的日子，也是改变新时期文学面目的日子。这一天，汪曾祺酝酿多日、5月写成初稿的《受戒》正式定稿，先生难抑激动，当他在文末习惯性地写好定稿日期后，又在完稿日期的后面加上一行字："写四十三年前的一个梦！"故乡高邮是老先生魂牵梦萦的梦，这个做了四十三年的梦为新时期文学补上了诗性的一课。而工厂是李铁那个永远的梦，无关时间，无论岁月，只关乎情感。李铁注定要回去看看，他早已在小说中为工厂的机器、零件，甚至声音、气息都预留了位置，也为自己预留了位置。

李铁化身那个重返工厂采访的作家"我"，在记忆的长河中钩沉那个曾经叫红星机械厂，现在叫北方机械集团里的人与事。而串联起人与事的是"手艺"。小说中对"手艺"的描写在审美柔光的加持下散发着温润的光泽，时间的淬炼为叮叮当当、硬邦邦的机器注入了情感的韵味。手艺的传承、学习、磨炼、比拼是工厂文化的传统。小说在对工厂文化传统的描写中勾连起钳工大把巩凡人和他两个徒弟荆吉、西门亮的人生起伏，工厂文化传统在时代中的命运即是工厂与工人在时代中的命运。曾经作为生存之道的手艺在《手工》中也被赋予了新的内涵，手艺与人品、道德、信仰是密切相连的。如，成为大把手艺固然重要，但人品也至关重要，只有手艺好人品好才有可能成为民间公认的大把；再比如，在红星机械厂急需技术支援的时候，荆吉不顾现在老板的不高兴回厂里帮忙完成订单。人与手艺已经合为一体，手艺是精神慰藉，也是朴素的信仰。小说的结尾，西门亮在最后时刻因为直播而放弃了比赛——又一个时代滚滚而来，那场万众瞩目的巅峰对决终究没有实现。比赛的最终结果已经不重要，重要的是《手工》已经展开了李铁写作的新的美学可能，李铁的工厂梦也还远远没有写完。

增进童年书写的广度与深度

——近年来辽宁儿童文学创作的新视野

何家欢

新中国成立七十年来，辽宁儿童文学创作一直保持着持续的生命力，特别是随着20世纪90年代"棒槌鸟丛书"的出版和新世纪"小虎队丛书"的出版，辽宁儿童文学作家凭借两次集体亮相，让东北大地上的童年生活以高调的姿态进入国内读者的视野，同时也在人们心中树立起"辽宁儿童文学作家群"的品牌形象。近年来，辽宁儿童文学中青年作家在创作上持续发力，在增进儿童文学艺术表达的深度与广度上做出了积极的尝试与努力。

儿童文学是以童年书写作为自己的核心艺术内容的。什么是好的童年书写，在创作中又该如何去抵达儿童文学写作的艺术目标，这是许多儿童文学写作者正在努力探索的方向。进入21世纪以来，一些围绕儿童校园生活和家庭生活展开的系列小说以贴近儿童生活、富含儿童情趣的日常化书写赢得了小读者的喜爱，但与此同时，这类作品也因取材相仿和叙事手法的雷同而呈现出类型化的创作态势。从中很难再找到像黑柳彻子笔下的"小豆豆"和戈西尼笔下的"小尼古拉"那种令人耳目一新、印象深刻的儿童形象，许多小主人公都是千人一面。这样的儿童文学不仅与我们所追求的难度写作相去甚远，更难以成为读者心中认可的"优秀"和"经典"。文学创作源于生活，而又高于日常生活本身。那些美妙的童年故事或许是从纯真的童年生命中流淌出来，也或许是从成人温柔的童年回眸中生发出来，但童年成长终将是指向未来的，所以好的童年书写应当适当地从平庸、琐碎的日常书写中脱离出来，引领儿童进入一个更为广阔的生命空间。这里所说的生命空间，既是外在的生活空间、文化空间，也是儿童内在的精神空间、成长空间，好的童年书写能让儿童在阅读中拓宽视野，丰富对生活和生命的感知力。

近年来，辽宁儿童文学作家从未间断对儿童文学创作视野的开拓，他们纷纷从历史、文化、民族、心理等多重维度突入儿童生活，通过叙事题材的开拓将广阔的社会图景呈现在读者面前，极大地丰富了儿童文学的创作内容。这种对童年生活的多元化书写并非是对某类题材的简单植入，而是越来越趋向于对生活细部的发现和对文化精神的融入，这显示出作家在儿童文学难度写作上所做出的尝试与努力。

一两琴音的短篇小说《策马少年》借助蒙古族少年的视角和口吻，将我们的目光引向了辽阔的内蒙古草原。故事中，十四岁的哥哥是家族中的相马好手，受雇主所托为其挑选参加那达慕大会的赛马。一匹野性未驯、满身伤痕的小矮马被哥哥选为训练对象，最终在那达慕大会上一举夺魁。当雇主厚着脸皮前来讨要小矮马时，哥哥却没有将小矮马交给他，而是把它放回了大自然。因为在哥哥看来，野性未驯的小矮马属于广阔的天与地，属于山川、河流，而不属于任何人。哥哥和小矮马的身上都流淌着内蒙古草原桀骜不驯、自由不拘的血液，可以说，小矮马正是哥哥精神与灵魂的化身，而哥哥最终将小矮马放回大自然，也意味着他将自己的心与灵魂放归自然。在大自然中寻觅肉身与灵魂的自由、和谐，人与自然合而为一，这正是蒙古族牧民崇高的精神信仰与生命态度。作者在以少数民族儿童生活题材拓展儿童文学叙事空间的同时，也表达了自身对民族精神和民族信仰的见识与体认。

马三枣的短篇小说《鸟衔落花》则将佛家智慧和处世哲学融入儿童小说创作。这篇作品曾荣获2017年陈伯吹国际儿童文学奖。作品中的小和尚慧宽有着异于同龄人的处世智慧，他不仅聪颖过人，而且性格圆融通达、与人为善。通过两次赛棋，慧宽巧妙地帮助有绘画才华却不善交际的男孩融入集体之中。慧宽虽然是个十二岁的小和尚，但是一言一行都显露出超凡的人生智慧，仿若一位智者的化身。这种智慧不像来自孩童自身，更像源自成人，体现着成人的处世哲学和对成人对儿童的睿智关怀，这不免让慧宽这一儿童形象的塑造看起来略有些失真，但从作品的立意和思想内涵来说，《鸟衔落花》让我们看到了作家在丰富儿童文学创作的文化内蕴和引领儿童精神成长等方面所做出的积极尝试，这样深厚的文化情怀和开阔的创作视野是值得重视和关注的。

于立极的小说《美丽心灵》面对当下社会广为关注的青少年心理健康问题，进行了小说形态和内容的实践探索。小说中，因车祸失去双腿的少女欣兰本想结束自己的生命，却在意外接到一个求助电话之后，受到启发开办了一条义务中学生心理热线。在一次次的心理疏导与拯救中，欣兰的内心发生了剧变，她不仅开始直面人生的波折与痛苦，更在帮助他人的过程中找到了自我价值实现的途径，梦想让她找回了生的勇气与担当。遭遇命运变故的欣兰没有让自己一直停留在阴影中，而是积极勇敢地穿越逆境，并像一束光一样照亮了那些和她一样在黑暗中徘徊的心灵。《美丽心灵》让我想起了创作于20世纪80年代的另一部关于少女心灵的小说作品——陈丹燕的《女中学生之死》，小说里，聪慧而孤高的中学女孩在家庭和学业的双重压力下结束了自己刚满十五岁的年轻生命。两部作品同样书写了黑暗中年轻生命的挣扎与徘徊，但陈丹燕的叙述更为精巧和隐蔽，她在叙事过程中有意打破时空界限，让寻死的女孩和懊悔的家长、困惑的老师实现了一场跨越时空与生死的精神对话，试图以此在青少年狭小的自我空间和广阔的外部世界之间搭建起一座桥梁。而《美丽心灵》中对青少年心理的引导方式则是正面而直接的，它直面青少年成长中存在的各类心理问题，做出积极而有效的回应。该作品曾被誉为"中国首部写给孩子的心理咨询小说"，这意味着作品在兼具文学性的同时，更注重心理咨询的实用意义。于立极曾在20世纪90年代初接触过心理咨询，并对其产生了浓厚的兴趣，在他的心中一直有通过文学艺术疗治少年儿童各种心理困厄的希望，而欣兰正是作家心中的一个美丽梦想——所有残缺和荒芜的心灵终将穿越生命的困苦，寻得一个理想的归宿。

和儿童自己的创作相比，成人作家的优势在于他们能运用自己成熟的思维来对收集的各种创作素材进行整合，从更高的维度去构思和立意作品，从而实现对童年的观照和对成长的引领。对于一位儿童文学作家来说，"矮下身子"和儿童说话并不难，难的是在取悦儿童的同时，还能带给他们深层次的精神愉悦，并对童年成长有所助力。相较于以粗浅滑稽的幽默故事去娱乐儿童、取悦儿童，这样有深度有力量的成长故事更能体现作家对童年成长的真诚关怀，也更具有恒久的文学魅力。

辽宁作家不仅将广阔而丰富的童年面貌带入儿童文学创作中，同时也积极地将笔触探入儿童生命世界的深处，去发掘儿童精神的独特性，表达对生命的哲学思考。

童年，是人类精神的原乡，英国诗人华兹华斯曾写下"儿童是成人之父"的名句，寓意着儿童精神之于人类精神的根基关系。"童年之于成年，童心之于精神世界，如同根之于大树。"①儿童文学之美与童年之美是密不可分的。童年时代经常被人们寄予一些美好的想象，人类对童年的美好想象一方面源自对童年时代的不舍与留恋，另一方面也因为童年成长总是指向未来，所以被赋予了更多美好的想象与期待。一部优秀的儿童文学作品应该是建立在这样一种对童年精神的追寻之上的——它信仰童年，并且坚定地相信童年的快乐美好可以永恒地存在于人类的精神世界之中。在一些经典的儿童形象上，我们可以找见这样一种童年精神的存在，如圣埃克苏佩里笔下的小王子，他一个人游走在成人的星球上，心中却惦念着B612号小行星上的那朵玫瑰花，最终以死

---

① 刘晓东：《儿童文化与儿童教育》，北京：教育科学出版社2006年版，第54页。

亡实现了对爱和本心的回归。又如巴里笔下的彼得·潘，他带领孩子们在永无岛上建立起一个充满游戏和冒险的童年国度，宣示着对成人社会的逃离与对抗。他们是童年世界的守护者，是埋藏于成人心底的"永恒男孩"，象征着人类内心深处对于童年的深深留恋。还有林格伦笔下的长袜子皮皮和小飞人卡尔松，他们的出现让儿童自由、贪玩的天性得到了最大限度的张扬和释放，让儿童对游戏生活的渴望获得了极大的认可和满足，可以说他们的存在正是人类心灵深处童年精神的显现。

在近年来的辽宁儿童文学创作中，我们同样看到了作家对童年精神的深度开掘与诗意书写。女作家王立春一直在以诗的方式探求儿童生命本真的状态，她的儿童诗充满了灵动的儿童情趣。"王立春不是在用语言写诗，她创作全部的动力与资源在童年的精神感觉，一个特别的内宇宙世界，那是抵达童诗想象力的本源。"（李利芳语）在孩子的眼中，世间万物皆有生命，而王立春正是借助孩童泛灵化的目光去抚摸世界。透过童年纯真的滤镜，她看见电线在冬天里冻得直搓手指，看见春雨用它的乳牙轻轻嗑开了花瓣，当诗人透过儿童的心灵和视角去感知世界，通过儿童的思维去想象世界，大自然中的一切都成了诗，而童年生命的诗意也从这灵动的诗句中源源不竭地流淌出来。童年的诗意和诗人心中的诗意彼此交织，融汇成清新动人的诗篇。

车培晶的童话常有富于游戏性的幻想情节出现，这让他的童话呈现出一种新鲜而欢快的独特气质。短篇童话《西瓜越狱》中，不甘心被人吃掉的西瓜逃出瓜园，遇到了一心想被人吃掉的南瓜。两瓜结伴而行，为了帮南瓜圆梦，西瓜使尽浑身解数却终究没能如愿，最终南瓜在日复一日的等待中变得衰老、溃烂，而西瓜也没有逃脱变成瓜皮的命运。世间万物有其生长运行的轨迹和规律，由此观之，这则童话有很深的人生哲理和生命体悟在里面，但是引人深思之余，更令小读者忍俊不禁的可能还是一路上两瓜"互帮互助"的友爱之旅，西瓜为了帮助南瓜，戴上别人的太阳镜和凉帽，装成胖太的模样，非要厨师煮南瓜粥给自己。被发现后，两瓜因偷窃被拉去审讯，情急之下又在乘警和想吃西瓜的小猪们面前演出了一场闹剧。整个旅途就像是一场欢乐的童年游戏，充满了笑料和欢愉，深刻而又不失欢脱，尽显儿童趣味。意大利小说家卡尔维诺在他的讲稿中曾经说过："一部经典是一本从不会耗尽它要向读者说的一切东西的书。"以此观之，车培晶童话正是拥有这样一种文学经典的气质，它可以读得很浅，也可以读得很深。

如果说车培晶童话在以幻想的方式建构着童年的游戏世界，那么薛涛的长篇小说《孤单的少校》则是将这个幻想的游戏世界直接移植到儿童的日常现实生活之中。小说中的太阳镇很容易让人联想起巴里笔下的永无岛——在那个远离成人社会的小岛上，孩子们依照他们自己拟定的秩序生活、游戏和冒险。太阳镇的孩子们也有着自己的小世界，他们本来在电子游戏中享受着虚拟的快乐体验，可是游戏厅在一夜之间关闭了，一时间孩子们失去了让他们精神驰骋的场所，于是，网络中的战事便被搬到了现实生活之中，由此，一个写实版的永无岛呈现在我们面前。在这个世界里，孩子们有模有样地制定着交战的规则，认真地扮演着各自的身份角色，一切看上去都是那么煞有介事。但是所有的秩序只是默契地存在于孩童之间，在大人眼中，所有的一切都不过是孩子们玩闹的把戏罢了。在游戏与现实的虚实对比映衬之下，童年的精神世界与生命状态以其独特的姿态呈现在我们面前：这是一个充斥着想象和幻想的空间，一切不合现实逻辑和成人要求的想法、念头都可以在这里肆无忌惮地穿梭驰骋。即使成人们一再动用"霸权"将他们拉回现实生活，但是他们仍然依靠强大的大脑为自己打造了一个可以暂时逃离成人束缚和现实秩序的避风港。这或许正是童年精神的本质，它始终是指向自由的，是不为任何外在力量所束缚的。相较于《长袜子皮皮》《淘气包埃米尔》这类偏于热闹张扬的顽童型作品，薛涛对于童年精神的书写倾向于冷静与节制，有时甚至还微微带点冷峻和戏谑的味道，他更喜欢让故事的趣味性通过轻描淡写似的讲述从现实世界与游戏空间的夹缝中溢散出来。作品中童年书写的深度在于，它不仅表现了童年精神快乐至上、自由不拘的一面，更挖掘出隐现于人类心灵深处的孤独意识，从而使作品流露出深邃的哲学意味。作品以"孤单"为名，正是对这样一种孤独意识的表达。童年生活往往会给人一种快乐无忧的感觉，但是在薛涛看来，现实中的童年却时常与孤独为伴。这种生命的孤独感似乎与生俱来，并牵绊每个人一生，虽然其间个体总是为摆脱孤独而做出各种尝试，却又因深层性的隔膜而导致悲剧的发生。小说中的长白狼和女孩小行星正是因不理解对方内心的真实需要，而将彼此送进万劫不复的深渊。这似乎正印证了萨特的那句名言——"他人即地狱"。正是因为自我与他者之间的隔膜无法消融，生命才会被永恒的孤独意识所包裹，即便在看似无忧无虑的童年中亦是如此。由此，在自由不拘的生命诗意和快乐至上的游戏冲动之外，作家又发现了童年书写的新向度——对生命存在的哲学思考。长久以来，中国的儿童小说大多是指向现实之维的，却很少在作品中表达形而上的思索。但是薛涛很乐于在作品中表达对存在价值、生命意义、孤独意识等问题的理解和体认，并将这种思索融化于看似风轻云淡的文学讲述中，这让他的故事读起来卓然不群，又富于深刻的寓意。与此同时，他的故事也会带给读者一种新鲜而陌生的阅读体验。

从叙事题材的开拓、多元文化精神的融入，到童年精神的诗性采掘和哲学思考的表达，近年来辽宁作家在增进儿童文学艺术表达的深度与广度上做出了积极的探索与努力，这体现了辽宁儿童文学作家的使命感和社会担当。他们在创作中不断对自己提出高的要求，是因为他们始终都将关怀儿童成长视作促进自己写出好作品的根本动力。他们的创作是指向童年成长的，他们看重的是儿童生命空间中有待开发的种种可能性，这种使命感和责任感是保证辽宁儿童文学创作质量的根源。梅子涵先生曾说，平庸的儿童文学作品就像是一个个低矮的土丘，它只能让孩童短暂地驻足，却难以收获成人满怀欣喜的回望，而优秀的儿童文学作品就像是一棵棵蓬勃生长的大树，无论经过多少岁月砥砺，当人们抬起头去仰望它的时候，仍会感到枝繁叶茂、郁郁葱葱。我们的愿望是创作出更多像大树一样的儿童文学作品，让它们化作片片浓荫，汇入童年的生命成长之中。这是我们对辽宁儿童文学未来发展的真诚期待。

迷人的成长

——于立极少年小说创作论

王家勇

　　"瞻彼淇奥，绿竹猗猗。有匪君子，如切如磋，如琢如磨。"
在我与立极相识的十三年中，立极因练太极而成的挺拔如竹的身
姿、精湛的学问文采、良善的品德修养和儒雅的心态气质是从未
改变过的，《卫风·淇奥》中的这句诗简直就可以看作是对立极
的传神写照。我一直将立极视为兄长，因为我们在2004年春夏之
交的第一次见面便有了秉灯谈心至深夜、执手相送话来日的深
交。不但如此，我学术生涯的起点便是从我为立极写的一篇文章
开始的，这对我来说意义非凡，所以，我想将这十余年来自己所
做的关于立极少年小说创作的文章捡拾、切磋和琢磨一番，便是
这篇立极少年小说创作论。

一、疯癫的文明疗治：
立极少年小说集《龙金》的审美文化功能

立极的少年小说有一条审美主线蕴含其中，他的"少年心理咨询小说"透射出一种柔和煦暖，而他的"少年历险小说"则张扬一股阳刚正气，立极将阴柔与阳刚合二为一，阴柔而不缺力量，阳刚而不乏柔美，形成了他少年小说独特的审美风格。这种审美风格下潜藏的巨大能量使立极的小说出色地完成了文学的文化功能，用"文明"治疗了现代社会中少年们的心理"疯癫"，使犀利的笔锋以审美的方式建设着少年人的内在文化环境。

（一）阴柔与阳刚并济的审美风格

法国思想家福柯在他的著作《疯癫与文明》中认为：现代文明治疗疯癫最优的方法是"强固法"和"浸泡法"，首先，"强固法"使用的最好的物质是铁，因为它既十分坚实又十分柔软。在实验中人们惊奇地发现，服食的铁柔和地被腹壁和神经纤维所吸收，从而起到加固疯癫患者脆弱神经的作用。其次，因为水是最简单最原始的液体，因此，就属于自然中最纯洁的事物。而作为生命起源地的大海就是涤荡人类心灵、治疗疯癫患者最好的浸泡物质。

立极恰恰拥有这两者：钢铁和大海。钢铁给予立极刚柔并济的坚强意志，大海赋予立极阴阳调和的巨大力量，表现在其少年小说创作中就是阴柔与阳刚并济的审美风格。在立极的创作中有两类小说最为突出，一类是"少年心理咨询小说"，一类是"少年历险小说"，在这两类少年小说中，立极与福柯在思想上不谋而合，他在用大海的胸怀"浸泡"少年人心理"疯癫"的同时，以钢铁的意志加固了少年人脆弱的心灵世界，立极独特的审美风格也在其中得到了淋漓尽致的发挥。

"少年心理咨询小说"是立极的首创，以《自杀电话》《生命之痛》《死结》等为代表。在此类作品中，立极虽将其命名为"心理咨询"，实则是要通过自己对现实社会的深刻剖析，揭示现代社会少年人存在的心理问题，这些问题虽还未达到福柯所说的"疯癫"的程度，但如果引导不当，其后果是有过之而无不及的，因此，立极是在用一种相对柔和的"文明"的审美方式来达到治疗"疯癫"的目的。在这几篇作品中，欣兰因为无意间接听了一个中学生的自杀电话而重新燃起了生的欲望；李莉因为欣兰和好友贺敏的帮助而走出了以刀针自伤的心理阴影；赵倩因为欣兰谨慎的开导才慢慢远离了精神崩溃的深渊，虽然她们的转变在表面上是平静的，但这种平静是在经历了惊涛骇浪的心理洗礼后才获得的，在阴柔平静的海面下是暗流涌动，所以，动静结合是立极艺术审美风格的一个重要体现。

而他的"少年历险小说"却是以另一种方式疗治少年人的心理"疯癫"，此类小说以《淬鱼王》《蹈海龙蛇》《龙金》等为代表。这类作品虽带有明显的历险性质，但立极却严肃地在这些作品中从正面提出了一种疗治"疯癫"的方法，即潜藏于作品中的一条深刻的文化主线——儿童的成人仪式。《淬鱼王》中的龙根将手放进滚沸的油锅，手臂完好无损地取出秤砣的一瞬间，在牛眼岛一十八村渔民的跪地朝拜中，完成了成人仪式；《蹈海龙蛇》中，小龙在决然地闯进"龙吸风"的同时完成了自己的成人仪式；《龙金》中的金娃、金锁在龙灯赛上成就了他们的成人礼。儿童在完成成人仪式后，相伴而来的就是责任和使命，正是有了这种责任感和使命感，少年人才会自觉地认识自我的生存状态，进而确定要为之努力的人生方向，一个有着合理奋斗目标的人是不会受到"疯癫"侵袭的。如果说立极的"少年心理咨询小说"从负面用一种轻柔的笔触揭开少年人心理上激烈的"疯癫"，那么他的"少年历险小说"则用一种粗犷的战斗精神感染读者，从正面指给人们一种疗治"疯癫"的方法，让我们感受到力量充盈于体内的同时也体味到少年人心理的细腻的成长变化，是一种"百炼钢化为绕指柔"的审美境界，因此，粗犷与细腻的融合是立极小说审美风格的另一个表现。

在立极的这两类小说中，体现出了他敢于冲破权力话语束缚的勇气，福柯的"权力话语理论"认为："主体行为对权力的反抗是一面，在反抗的同时，又以受体的身份出现，即对强势话语主体表现出认同或屈从的立场。"① 在儿童文学中，歌颂"爱""自然""童心"无疑占据了话语表达的主流地位，揭示儿童成长中存在的问题反而被认为是污染了儿童文学的圣洁领地，但立极敢于用钢铁的意志和大海的力量将批判精神引入儿童文学中，以犀利的笔锋剖析现代社会中少年人的心理"疯癫"，并以振聋发聩的方式提出了自己用以给少年人疗治"疯癫"的"浸泡法"和"强固法"，一柔一刚，一反一正，谨慎地建设着少年人的心灵世

———————
① 王泽龙：《论20世纪40、50年代中国现代文学转型原因》，《文艺研究》2003年第5期，第44—50页。

界，即内在文化环境。

（二）立极小说的审美文化功能

文学活动作为一种心灵文化活动，最鲜明地表征着社会精神价值状态，并直接与人的心灵即内在文化环境的建设密切相关。荣格在其《现代灵魂的自我拯救》中看到"人类心灵疾病"比"自然灾害更危险"，在他看来，文学活动虽不是治疗人类心灵疾病的最"适当方法"，却能相对有效地提醒人们重视医治自我的心灵疾病，使人类在精神上不断得到提升。立极的少年小说正是以现代"文明"揭示了少年人的心理"疯癫"，希望借此唤醒少年，建设健康的内在文化环境，因此，他的小说有着极为重要的审美文化功能。

首先，立极的小说促进了少年对自我生存状态的自觉。《追忆似水年华》的作者普鲁斯特认为："真正的艺术是重新发现现实，重新捕捉现实。"[①]立极对少年心理疾病的"重新发现"和"重新捕捉"，其目的在于要给少年人提供新的启示，使他们能够随着时代的前进而不断地完善和提高自己的生存意义。在"系列少年心理咨询小说"中，当主人公欣兰被一场车祸永远地禁锢在轮椅上的时候，她感到的只有绝望，在她数着自己积攒的用以自杀的安眠药的时候，一个不期而至的中学生电话让她猛然间对自己的生存状态有了自觉认识，她明白了人生原来还可以有另一种活法。欣兰对自杀心理的自律使她"清晰地区分出自我的实存态和未来的价值态，进而强化自己实现价值态的奋斗意志，努力使

---

① 洪顺隆编译：《文学与鉴赏》，台北：志文出版社1979年版，第137页。

自己沿着既定的价值目标生存"①。这个目标就是帮助更多存在心理问题的中学生摆脱心理困境。立极的小说在促进儿童对自我生存状态的自觉的过程中不断优化着人的内在文化环境。

其次，立极的小说促进了少年的认知范式的丰富和更新。文学是通过文字符号加以表达的文化，其认知功能表现为人类所具有的一种知识能力和创造能力。"文化的认知，首先表现为人类文化的知识和成就，包括对自然认识、对社会认识、对自身认识的知识和成就……其次表现为在这种认识的基础上的创造，形成新的文化内容，开始新一轮的文化认知。"②由此可知，由于人类创造的关于世界的基本构成及其总体意义的思想观念和知识体系是丰富多彩的，因而，人的内在文化环境的认知范式也是千差万别的。合乎时代要求的认知范式使人随着历史的发展而进步，反之亦然，这表明，人的内在文化环境的认知范式能否适应历史的发展而能动地丰富和更新，即再"创造"是至关重要的。立极的小说不再拘囿于儿童文学三大母题的陈旧范式，而是努力发现现代社会少年成长中的问题，使少年在认识自然、认识社会、认识自身时又多了一扇窗口，比如《状元穴》中的迷信、《落叶之秋》中的早恋、《自杀电话》中的中学生自杀问题，等等，从而能够使少年们形成一种相对客观的认知范式，进而反照自己，带来其内在文化环境的优化和素质的逐步提高。

最后，立极的小说促进了少年对自己情感体验的关注和优

① 畅广元主编：《文学文化学》，沈阳：辽宁人民出版社2000年版，第56页。

② 陈华文：《文化学概论》，上海文艺出版社2001年版，第57页。

化。情感在审美心理中是最活跃的因素，它广泛地渗透于其他心理因素之中，使整个审美过程浸染着情感色彩；同时，它又是触发其他心理因素的诱因，推动它们的发展，起着动力的作用。由于人的情感总是与其他心理过程密不可分，所以情感的表现往往体现着人的整个心理状态。在日常审美活动中，人们面对一部文学作品是绝不会无动于衷的，他们总会根据作品是否满足自己的某种需要而产生一定的态度，这种态度的心理形式就是情感体验。立极的小说作为一种文学文化活动，非常重视情感体验，当他引领读者进入他的小说世界时，读者经历到了不同于其他少年小说的人生境遇，使少年们对"系列少年心理咨询小说"中患有心理疾病的中学生给予同情，对充满魔幻色彩的"少年历险小说"中的主人公有易地而处的情感冲动……相比传统的儿童文学作品，立极的小说给予少年的情感体验的层次更为丰富，从而促进了他们对自己情感体验的关注和优化，这对人的内在文化环境的建设意义重大。

在立极的小说的审美文化功能中，唤醒少年对自我生存状态的自觉是基础，有了这样的自觉，少年人才能在主观上改变自己陈旧的不合时代需要的认知范式，才能在审美活动中主动地去感受不同的审美情感体验以使其内在文化环境不断得到优化。尽管如此，对立极小说审美文化功能的挖掘并未殆尽，正如韦勒克"增值理论"说的那样，随着文学批评的不断深入，文学作品是可以增值的，立极的小说也将随着时间的推移和越来越多人的重视、研究而被发掘出更多的审美文化功能。可以说，立极的少年小说就是一剂用钢铁的意志和大海的胸怀调配的"文明"良方，他以阴柔与阳刚并济的审美艺术风格和人格，以大胆而创新的笔触疗治现代少年人的心理"疯癫"。"少年心理咨询小说"从反面取证提出问题，而在一系列历险小说中则将儿童经历成人仪式后所具有的责任感和使命感作为一种可供选择的解决问题的方法，立极在无微不至地帮助儿童涤荡心灵，建设一个健康的内在文化环境，他在后期创作的《美丽心灵》就是坚守这一文学审美功能的力证。

二、人与存在的契合：

立极《站在高高楼顶上》的审美惊奇论解读

《龙金》出版于2003年，那一年我考取了儿童文学专业的硕士研究生；《站在高高楼顶上》出版于2007年，那一年是我进京赶考博士的第二年，虽依然无果，却让我无意中见识了一个新的文学理论——审美惊奇论。似乎我的很多人生节点都与立极有缘，于是，在读这部小说时，我有了很多联想。想当年，易安居士李清照对自己的词作有一种傲然自信，可曰"学诗漫有惊人句"；而杜甫对自己的诗作也有一种类似的执着追求，那就是"语不惊人死不休"。这里的"惊人"是人们评判作品的审美效应的一个重要标准，读立极的《站在高高楼顶上》，我也深切地感受到了这种"惊奇"。在审美惊奇论中，"人与存在的契合"是其理论核心，那么，在《站在高高楼顶上》中，人与存在是如何完美地契合在一起的呢？

（一）审美惊奇论

学界对审美惊奇论的态度经历了一个由怀疑到接受并最终认

可的过程，那么，这种对于一般人来说较为陌生的理论到底是怎样的呢？在运用它对文学作品进行解读之前，有必要对其进行简要的概述。

1. 理论的发现

关于"惊奇"理论的发现，在中西文论中都有大量的文献资料，这里限于篇幅，我们仅从西方文论入手来管窥这种新的审美理论。对惊奇的审美发现最早来自柏拉图，他认为惊奇是哲学的开端。接着是亚里士多德，他曾认为一切知识开始于惊奇。之后，黑格尔把其发扬光大，他非常重视惊奇在"艺术观照"中的重要作用，其在《美学》中有一大段关于惊奇的论述："艺术观照，宗教观照（毋宁说二者的统一）乃至于科学研究一般都起于惊奇感。人如果还没有惊奇感，他就还是处在蒙昧状态，对事物不发生兴趣，没有什么事物是为他而存在的，因为他还不能把自己和客观世界以及其中事物分别开来。从另一个极端来说，人如果已不再有惊奇感，他就已把全部客观世界都看得一目了然，他或是凭抽象的知解力对这客观世界做出一般人的常识的解释，或是凭更高深的意识而认识到绝对精神的自由和普遍性；对于后一种人来说，客观世界及其事物已转化为精神的自觉地洞见明察的对象。惊奇感却不然。只有当人已摆脱原始的直接和自然联系在一起的生活以及对迫切需要的事物的欲念了，他才能在精神上跳出自然和他自己的个体存在的框子，而在客观事物里只寻求和发现普遍的、如其本然的、永住的东西；只有到了这个时候，惊奇感才会发生，人才为自然事物所撼动，这些事物既是他的另一体，又是为他而存在的，他要在这些事物里重新发现他自己，发现思想和理性。"①在黑格尔看来，人如果没有了惊奇感，那么，万事万物也就不存在了。换句话说，只有人们看到了万事万物的客观存在，才可能产生惊奇感。实际上，这里已经透露出惊奇感源自"人与存在的契合"的信息了。

2. 核心的确立

德国著名哲学家海德格尔也非常重视惊奇与存在的关系，他也最终确立了审美惊奇论的核心思想，即"人与存在的契合"。他在《什么是哲学?》一文中指出："惊奇就是一种倾向（Disposition），在此倾向中并且为了这种倾向，存在者之存在自行开启出来。惊奇是一种调音，在其中，希腊哲学家获得了与存在者之存在的响应。"②海德格尔第一次明确地指出了惊奇来自于人与存在的相互感应，即契合。

3. 产生的方式

此后，柯勒律治在论及渥兹渥斯时，指出惊奇是这位诗人的美学追求，他说："渥兹渥斯先生给自己提出的目标是，给日常事物以新奇的魅力，通过唤起人对习惯的麻木性的注意，引导他去观察眼前事物的美丽和惊人的事物，以激起一种类似超自然的感觉。"③很显然，这种感觉就是惊奇。柯勒律治指出了作家创造惊奇感的一种方式，即"给日常事物以新奇的魅力"。而俄国形

---

① ［德］黑格尔:《美学》，朱光潜译，北京: 商务印书馆1979年版，第23—24页。

② ［德］海德格尔:《海德格尔选集》，孙周兴选编，北京: 生活·读书·新知三联书店1996年版，第603页。

③ ［英］雪莱等:《19世纪英国诗人论诗》，刘若端等译，北京: 人民文学出版社1984年版，第63页。

式主义文论所提出的那个著名的诗学命题"陌生化"，则提出了产生惊奇感的另一种方式。什克洛夫斯基指出："艺术之所以存在，就是为使人恢复对生活的感觉，就是为使人感受事物，使石头显出石头的质感。艺术的目的是要人感觉到事物，而不是仅仅知道事物。艺术的技巧就是使对象陌生，使形式变得困难，增加感觉的难度和时间长度，因为感觉过程本身就是审美目的，必须设法延长。"①"陌生化"是要使本来熟悉的对象变得陌生起来，那么，这里就自然会包含让人惊奇的成分了。总而言之，产生惊奇有两种方式：一是"给日常事物以新奇的魅力"；二是把熟悉的对象陌生化。

通过以上的分析，我们对审美惊奇论已基本上有所了解了，那么它是否有用于实践文本分析的可行性呢？或者说，优秀的文学文本是否会给人带来惊奇的享受呢？接下来，我们就通过立极的《站在高高楼顶上》来做具体的分析。

（二）人与存在的契合

在文本分析中，"人与存在的契合"中的人就是指读者，而存在则是指文本。读者与文本之间进行交流并达到某种契合，惊奇感就会出现。当然，同接受理论一样，由于时代、阶级、性别等原因，不同的读者对同一文本的理解和接受都不尽相同。所以，不同的读者对同一文本产生审美惊奇，其中的契合点也会因人而异。下面的分析只是针对我对作品的个人感受，并不能代表普遍，这里需先做说明。

---

① ［俄］维克托·什克洛夫斯基：《俄国形式主义文论选》，方珊译，北京：生活·读书·新知三联书店1989年版，第6页。

1. 人与事

人，作为万物之灵是文学作品尤其是叙事性作品不可或缺的重要元素。在《站在高高楼顶上》中，是哪些人让我产生了惊奇感呢？是作品中的旺才父子。旺才父子是进城的农民工，做装修，他们都属于经济上的特殊群体。他们的遭遇让我震惊，旺才父子要不出打工挣来的血汗钱，旺才母亲的病只能一拖再拖，父亲又因为和公司保安置气，不小心被车撞断了胳膊。这些特殊群体在21世纪之初的儿童文学创作中极少出现，我们知道儿童文学担负着"塑造未来民族性格"的艰巨使命，因此，儿童文学的主人公往往都是健康、有活力或者衣食无忧的儿童。尽管在中西儿童文学史中，"苦儿型"的人物形象一直存在，但他们多是处于特殊的历史年代，如战争、灾难等，像《站在高高楼顶上》中这样描写的和平年代里的苦难儿童并不多见。可以说，正是作家的这种大胆突破，让我既惊奇于作家的创作力，又震惊于和平年代中的这些特殊儿童的艰难生活。

在《站在高高楼顶上》中，让我惊奇的事有很多，这里我只着重选择一二。在《站在高高楼顶上》的第五章中，"我"换上了旺才的衣服，爬上了全市最高楼的楼顶，拿着话筒向全世界讲述旺才父子的故事，警察要来抓"我"，"我"就以跳楼来威胁他们，"我"和同学们的目的终于达到了。正如亚里士多德所说的："一切'发现'中最好的是从情节本身产生的、通过合乎可然律的事件而引起观众的惊奇的'发现'"[1]。作品中"我"做的

---

[1] 〔古希腊〕亚里士多德：《诗学》，杨周翰等译，北京：人民文学出版社1962年版，第55页。

这件事在普通的城市少年身上可能不会发生，但不要忘记的是，"我"是学艺术的，这种开放性的艺术思维就使得"我"做的这件事完全符合"可然律"了，而我就是在这个事件中有了惊奇的发现。

2. 情与景

上面说到，我在故事的情节（事）中，有了惊奇的发现，这个发现就是作品所蕴含的丰富的真挚的感情。在"我"为旺才父子所做的这件事中，我看到了"我"与旺才之间那种真挚的情感和如亲兄弟般的情谊，让人感动。在《站在高高楼顶上》中，爸爸与何向东、爸爸与红嫂、"我"与柏灵等的人与人之间的感情让人感受到一种温暖。

《站在高高楼顶上》的结尾处也有一段景物描写："午后的阳光如水流泻，在蓝得透明的偌大苍穹下，我正在这个城市的最高处，体会高楼在风中的抖颤，仿佛骑在濒危小树上的那个旅人——风从耳边掠过，不停地把现在变为过往，我仿佛听到了时光断裂的声音。这时天空中透出暮色的影子，鸟群寂静地飞过。我扭转脖子，看见夕阳悬挂在西面的群楼上，散去了正午的炫目和热度，变得足以让人静静地对视，呈现出一种独特的美。"我认为，这段情景交融的描写是小说最为精彩的部分，既让我们震惊于景色的美丽，又让我们惊奇于主人公"我"内心的那种宁定，读过之后让人震撼，让人久久回味。同时，这段情景交融的描写也让读者真正体会到人与自然完美合一、人与存在相契合的那种惊奇之美了。

张晶老师曾说过："惊奇是一种审美发现。在惊奇中，本来是片断的、零碎的感受都被接通为一个整体，观赏者的心灵受到了强烈的撼动，而作为审美对象的作品里潜藏着、幽闭着的意蕴，突然被敞亮了出来。观赏者处在发现的激动之中。也许，没有惊奇就没有发现，也就没有美的属性的呈现，没有崇高和悲剧的震撼灵魂，没有喜剧和滑稽的油然而生。"[1]的确是这样的，通过《站在高高楼顶上》这篇小说，我们对作品中的人、事、情、景的"片断的、零碎的"感受，被一下子"接通为一个整体"了，在作品中，我们有了惊奇的"发现"。

三、新的儿童文学潮流在崛起：
立极《美丽心灵》的文学功能解析

西班牙著名作家希梅内斯在他的《小毛驴之歌》中说道，"欢乐和痛苦是孪生姐妹"[2]，并引用了德国诗人诺瓦利斯的一句话"哪里有孩子，哪里就有黄金时代"来表达自己文学创作的目的，即用孩童们的惬意、清新和生气给人们带来欢乐、消除痛苦，正是对文学功能的如此表达才使得《小毛驴之歌》成为世界经典的心灵读本。而在立极的《美丽心灵》中也有类似并更加深邃的文学呈现："人们心中总会有两个'自我'在不断搏斗，心灵深处的斗争永远不会停歇。在痛苦中欢乐，在欢乐中痛苦，这

---

① 张晶：《审美之思——理的审美文化存在》，北京广播学院出版社2002年版，第196—197页。
② ［西班牙］希梅内斯：《小毛驴之歌》，孟宪臣译，北京十月文艺出版社2010年版，第2页。

便是人类的生命之痛！"①立极用专业的心理咨询技巧将青春期少年的各种生理病痛与心理困厄做了淋漓尽致的展示并随后对其进行心灵疗治，对生命本质的透彻观照使立极的《美丽心灵》正在引领一种新的儿童文学"内向化"潮流，同时其也正在经历一场成为新经典的华丽蜕变。很显然，2014年出版的《美丽心灵》相比《龙金》和《站在高高楼顶上》，无论思想还是艺术上都更加纯熟和臻于化境了。

（一）心灵疗治：一场净化心灵的洗礼

中国儿童小说对儿童精神心理世界的表现可以追溯到20世纪80年代中期，那时的部分作家为顺应时代"由传统的重视外部世界的描写而逐渐向重视内部世界描写的表现手法内向化转化，即由情节见长的儿童小说向注重精神的、心理的儿童小说转化"②。这种"内向化转化"让很多作家不遗余力，程玮更是于1995年将自己的《少女的红发卡》旗帜鲜明地命名为"少女心理小说"，可是这些儿童心理小说也仅仅是看了病，却基本上未对这些心理问题开出有效的药方，而立极于1998年以小说《自杀电话》首创的"心理咨询小说"终于弥补了这一文学潮流的不足，用心理学的方法和文学的力量疗治心灵创伤。随后，立极用十六年的努力终于将这部《美丽心灵》呈现在读者的面前。

《美丽心灵》对心理困厄的疗治主要体现在两个方面：作品

---

① 于立极：《美丽心灵》，北京：中国少年儿童出版社2014年版，第97页。

② 周晓波：《当代儿童文学面面观》，长沙：湖南少年儿童出版社1999年版，第40页。

内部和作品外部。首先是作品内部，这主要是指作家于作品中设置众多心理问题并通过某些手段将其消除的过程，此为作家创作的主体和本体，是心理咨询小说的命名依据。在这部作品的十三个既有连续性又相对独立的故事中，都包含某个心理表现或困厄，比如欣兰因车祸瘫痪而萌生的自杀心理、柳志颖的"伪娘"心理、夏静的自闭心理、林玫的自戕心理、依萍等人朦胧的早恋心理，等等，当这些问题出现时，作家又于作品中设置了专业的心理医生的角色欣兰，她以"欣兰热线"的方式参与了周围人的心灵故事，这既是欣兰的一种自我疗治，同时也是作家用以疗治作品中其他心理困厄的工具和手段。作品中运用了很多心理学专业知识，比如心理暗示、催眠等，可这些仅仅是心灵疗治的表现，在这些表现的背后到底是什么在促使这些少年人能够正视并努力消除心理困厄呢？那就是"内驱力"，"内驱力是人类的生理本能，一种天生的需要或欲望。人除了有回避饥渴和性的满足等生理、生存和安全的内驱力外，还有一种探究内驱力。……儿童的探究心理一方面带有科学性，极想知道事物的结构、特点和各种事物之间的联系；另一方面带有艺术性，对色彩和节奏的敏感，对事物的幽默感，对美的爱好和要求。"①正是这种探究内驱力，才使得欣兰在化解了一场自杀事件后有了对生命意义和心理科学的执着追求；正是这种探究内驱力，才使得作品中的其他人物敢于主动地内视自身，自主地修复本心；正是这种探究内驱力，才使得作品中的所有人物在解决了自身的心理困厄后都最终

---

① 姚全兴：《儿童文艺心理学》，重庆出版社1990年版，第30页。

达成"美的要求"。其次是作品外部，这主要是指文学作品对接受读者的心灵疗治，此为文学功能的直接表现。美学家鲁·阿恩海姆曾说过："用艺术来进行治疗，远不应将它作为艺术的一个继子来对待，而可以认为它是一个典范，它有助于使艺术又回到更富有成效的态度上。"[①]的确是这样的，立极用文学艺术的手段来疗治儿童的各种心理疯癫与困厄，是在树立一种新的文学典范，也是让文学的功用更加有实效。毕竟，仅仅依靠一部文学作品是难以穷尽各种心理困厄的，更多的心理问题会存在于广大的读者群体中，《美丽心灵》就像是一面镜子，它可以映照出读者的嘴脸乃至内心，让读者在这种映照中观察自我、了解自我并找到一条解决自身问题的有效路径，这便是立极的《美丽心灵》所要达到的励志效果。

（二）苦难审美：一种极端的美学表达

对苦难进行审美是立极《美丽心灵》的另一个重要的文学功能，在中国当代儿童文学中，苦难已不再是令人谈之色变的阻碍儿童成长的绊脚石，而是成为磨砺儿童并促成其成长的点金石，这种转换与时代的发展和人的意识变化密不可分，苦难美已成为当今儿童文学的重要审美范畴之一。正如曹文轩所说："苦难几乎是永恒的。每一个时代，有每一个时代的苦难。苦难绝非是从今天才开始的。……人类的历史，就是一部苦难的历史，而且这个历史还将继续延伸下去。我们需要的是面对苦难时的那种处变

---

① 转引自叶舒宪：《文学与治疗》，北京：社会科学文献出版社1999年版，第1页。

不惊的优雅风度。"①可以说，立极的《美丽心灵》将青春期儿童经历各种苦难时的那种优雅的风度描写得入木三分。

在《美丽心灵》中，立极对苦难形态的呈现是多样的：首先是死亡，这是苦难的终极表现形态，立极笔下的人物也同样不能幸免，比如欣兰所承受的母亲之死、依萍年轻的生命因脑出血而过早夭亡、董老师之女雪儿的安详离世、杨毅目睹歹徒被狙击枪一弹毙命，等等，这里既有青春期少年的死亡，也有他们周围人的死亡，但不论是哪一种死亡形式，其意义更多的是针对生者，是用死亡来彰显生命的意义与尊严。其次是残缺，这是当代儿童苦难的重要表现形态，其样式也是多样的，如儿童由于先天或后天原因导致的身体残缺、心理残缺，家庭残缺不全或情感缺失等，这些无疑都是当代儿童成长路上的强大敌人，一旦无法战胜，很可能就将面对死亡。《美丽心灵》中身体残缺的欣兰、家庭残缺与情感缺失的林玫、心理失规的柳志颖等都是残缺的受难者。再次是叛逆、孤寂、暴力等，这些显然是当儿童的"青春期"遭遇社会的"更年期"时必然要出现的苦难形态，特别是正处于青春期的儿童，身体中暴增的两性荷尔蒙很容易使他们在面对"劫难"时出于自保而走向无法回头的另一个极端，比如林玫自闭地逃向内心，韩光因受辱而要用英吉沙刀结束对手生命的暴力倾向等，如果这种苦难形态不加以及时开解，其结局可想而知。最后是早恋、自恋、自虐、自杀等，这些显然都是儿童身心早熟后所要经历和遭受的苦难形态。优越和丰富的物质与精神生

---

① 曹文轩：《青铜葵花·代后记》，南京：江苏少年儿童出版社2005年版，第245—246页。

活让当代儿童的成长、发育要明显快于从前，很多儿童的性成熟要比正常值提前好几年，但中国社会的整体伦理氛围尚未接受这一现实，所以，每当有儿童冒天下之大不韪而偷尝了早恋的禁果后，整个社会包括家长、学校、老师、同学等都会与他为敌，可以试想，在这样的千夫所指下，儿童本不成熟的心理又怎堪如此重压呢，出现各种各样的心理问题也就在所难免了，比如依萍的早恋、柳志颖的顾影自怜、林玫的割手自残、电话里那个男孩的自杀等都是极好的例证。另外，随着儿童早熟到来的是儿童对自我身份的确认与对自我评价的关注，也就是说，此时的儿童特别看重外界对自己的看法，因此，敏感的他们甚至会因为脸上的一颗痣而对自己不满（《自杀电话》），以至于产生自虐、自暴自弃的悲观想法，苦难也就如影随形了。总而言之，这些苦难还是与社会发展有关，并且伴随着社会的高速前进，新的苦难形态也会随之出现，立极主动承担了向儿童呈现这些苦难形态的社会责任，也由此体现出了作家试图用文学的力量平复这些苦难的良苦用心。在立极的努力之下，作品中的这些人物几乎都以一种极为"优雅的风度"逃脱了苦难，苦难审美的文学效果自然达成。

（三）启蒙教育：一次回归本源的努力

文学的启蒙教育功能就像是一位全副武装的勇猛战士，每当国家、民族出现危难，思想、文化等意识形态领域出现危机时，其便会重装上阵，为思想、文化的重建不遗余力。当然，在立极的《美丽心灵》中不会出现现实世界的国家、民族危难，意识形态领域也不会有危机，而真正出现问题的是人的精神心理世界。立极在作品中将人的精神心理危机做了全面的展示，但这种展示仅仅是外在的文学表达,其终极目的则是对经历苦难后的即将崩塌的精神心理进行重新启蒙、开化和重建,这才是文学的教育功能的贴切表达。与此同时,立极对青春期少年精神心理世界的启蒙教育的把握是十分准确而到位的,皮亚杰认为:"每一个(认识的或心理的)结构都是心理发生的结果,而心理发生就是从一个较初级的结构过渡到一个不那么初级的(或较复杂的)结构。"①也就是说,儿童的精神心理世界与成人是有本质的结构性差异的,作家要对儿童的精神心理进行启蒙教育,就必须要在作品中有符合这一阶段儿童精神心理特征的教育观、教育环境的设置和教育手段的使用,很显然,立极做到了。

就教育观而言,中国儿童文学历来奉行以儿童为本位的实用主义教育观,立极也不例外,在这样的教育观的指引之下,再加之作为一个正处于青春期女儿的父亲,立极对这一阶段的儿童精神心理结构了如指掌,这特别体现在立极的《美丽心灵》对教育环境的设置和教育手段的使用上。首先是教育环境的设置,按照常理,儿童小说对教育环境的设置通常以校园为主体,人物的活动也主要围绕校园而展开,可立极的视野更加开阔,他将教育环境的主体设置在更为复杂、真实的社会当中,比如欣兰的心理诊所、林源的陶吧、"角斗场"蹦极台、情人节卖花的寒冷街头、医院、等等,可以说,作品中的人物几乎都是在社会环境中完成了自身的精神心理启蒙和再教育,校园环境反倒成了陪衬,这是为什么呢?正如陶行知在讨论学校和社会的关系时所说:"学校

———————
① [瑞士] 皮亚杰:《发生认识论原理》,王宪钿等译,北京:商务印书馆1995年版,第15页。

即社会，就好像把一只活泼泼的小鸟从天空里捉来关在笼里一样。他要以一个小的学校去把社会所有的一切都吸收进来，所以容易弄假。社会即学校则不然，他是要把笼中的小鸟放到天空中去，使他能任意翱翔，是要把学校的一切伸张到大自然界里去。"①也就是说，要对儿童进行更好的教育，就必须把社会学校化，让儿童在广阔的社会生活中接受教育教化，并能由此而更好地改造自身并适应社会，立极作品中的那些出现精神心理问题的人物最终都在社会环境的锤炼下走上了复归之路，其效果是显而易见的。其次是教育手段的使用，在《美丽心灵》中，既有温情脉脉的柔缓教育手段，比如让读者感动至深的已故母亲留给欣兰的三封信、杨毅用以解开夏静自闭心结的手机短信等，也有棍棒铁血的强势教育手段，如韩光和王斌于蹦极台上那场挑战生命极限的对决、杨毅与歹徒心理博弈的生死瞬间等，但不管是哪种教育手段，作家或者作品中的成人对青春期少年的成长教育的干预是极少的，就算是欣兰的父亲和董老师也好像只是一种成人化的符号，对儿童进行启蒙教育的不是他们，而是儿童自身。蒙台梭利说道："人类获得救赎的希望全赖于人类的正常发展。所幸正常的发展并非系于我们意图教给孩子的，而是依照孩子本身的发展。……我们对未来和平的希望并非寄托在成人传递给孩子的知识上，而是寄托在这群新人类的正常发展中。"②正是立

---

① 陶行知：《陶行知全集（第二卷）》，长沙：湖南教育出版社1984年版，第181—182页。

② ［意］蒙台梭利：《教育与和平》，台北：及幼文化出版股份有限公司2000年版，第85页。

极赋予了这些孩童较少成人干预的自主化、主动化的"正常发展"，才使得孩童们被抚平的心灵创伤能在结痂后不至于再轻易受创，这种教育效果才是人们所真正期待的，立极这一次对文学教育功能本源的回归无疑是非常成功的。

以上三个方面是对立极《美丽心灵》的文学功能的解析，在这样的一个侧面的解析中是可以清晰地看到这部作品的丰富的审美内涵的，比如心灵疗治可以让人们感受精神心灵世界的正反两面并具有帮助人们洞察是非的美学意义；苦难审美可以影响读者的心志并具有震撼人心的美学力量；启蒙教育可以沟通人与人之间的情感交流并具有增强读者规避风险能力的美学作用。总之，立极笔下的青春期少年的成长更具质感和力度，他们的成长具有一种迷人的魅力和一份深切的感动，而立极首创的心理咨询小说也必将引领一种新的儿童文学潮流的崛起。

当然，我的这篇文章是不可能穷尽对立极少年小说的研究的，却是沿着立极少年小说创作的脚步梳理而来，从中我们看到了立极的成长和成熟。很多年前，我就曾在一篇文章中将立极的《龙金》比作中国的《德米安》，但那时我也清楚地认识到立极与德国著名作家黑塞是有距离的，但不可否认的是，当《美丽心灵》呈现在读者面前时，立极少年小说创作的经典已成，他与黑塞的距离也许只差一丝岁月的积淀和沉潜了，未来的日子还长，我愿意陪伴和见证立极更多经典的生成。

与时代同呼吸

——20世纪90年代后辽宁工业题材小说研究

巫晓燕

在当下的辽宁，工业及都市的现代化进程给社会生活带来巨大变化，作家在充分享受现代工业成果的同时，更要关注工业化进程给社会带来变化的复杂性。工业的发展牵动着社会的灵魂，工业的兴衰提供了对于人和生存环境的诸多思考。可以说，工业及都市改变了人的生活、思想和情感，人类再也无法摆脱工业——这就是现实，躲开了工业，就是躲开了这个社会，躲开了当代文学赖以生存的现实土壤。从辽宁关于工业题材创作的实绩来看，情况也较为复杂，既有对工业化进程中最重要的一环国企改革的反思和实录，也有对下岗职工的深切同情与心态揭示，但是对于工业化社会内在的复杂性，如人性的异化以及社会的专业化等方面，表现得却不够深刻。

从审美角度来看，工业及都市现代化给作家审视农业文明提供了新的参照。工业现代化每前进一步，从事工业生产的人体验就更加丰富，为文学描述当代生活和社会提供了更多的素材，也给作家审视农耕文化和农业文明提供了新的参照系，为文学思考人类的未来提供了新平台，这就使20世纪90年代后的辽宁文学作品增添了更丰富的审美因子。

一、辽宁工业题材创作与研究的历史性回顾

关心当代文学的人们都注意到这样一个事实，即新中国成立以来工业题材的小说创作，不论数量或质量，都落后于诸如革命历史题材、农村题材甚至知识分子题材。有些原因似乎显而易见。比如，中国现代工业起步较晚且发展缓慢，这与我国农业文明悠久的高度发达有必然关系，在文学创作上，表现现代工业的文学土壤自然难以深厚。另一方面，大机器生产所必需的高度统一的集体主义生产方式，工矿企业运作的整齐划一和相对单调，也对工业小说的丰富性有所影响。再比如从中国现代文学史来看，关于工矿企业和工人生活状态等内容的小说创作就相对贫乏，工业题材创作的经验积累也薄弱，特别是关于工人生活状况的创作尤其缺乏积累。

20世纪70年代末至80年代，中国从思想到体制，经历了一次大解放。在上层意识形态的支持下，要求思想解放的呼声越来越高。中国的改革需要一个理论支持，也需要舆论的支持。文学在此时充当了一个极其活跃的角色，为国家的政策摇旗呐喊。如果说在当时，中国的国情决定了改革迫在眉睫，那么，这种迫切性也促使文学承担了更加沉重的历史使命。作家不得不同时承担

多项任务，文学被赋予了多重含义，早已超越了文学本身。此时的工业小说也承担了这一历史使命，为改革做宣传。这一时期的工业小说，达到了一个高峰，相对于其他两个时期，从数量到质量，都比较优秀。可以说，这一时期是工业小说的黄金时代。然而，尽管如此，这一时期的工业小说创作仍然称不上是主流。与同时期的农村题材、知识分子题材小说相比，工业小说在艺术手法和表现内容上仍然不及后两者的生动丰富。

20世纪80年代中后期，工业改革逐渐在各个企业展开。1984年的十二届三中全会上，明确提出社会主义经济是在公有制基础上的有计划的商品经济。在十三届四中全会上进一步指出计划经济要与市场调节相结合①。此时的工作题材创作却非常贫乏，曾经执着于这一领域创作的作家，有的致力于其他领域的开拓，有的则是"放下"曾经关注的工业题材。当然，这同文学界文化寻根、先锋小说、新写实小说的热潮涌动有着内在的联系，文学界新的观念、新的创作方法的尝试都造成了对传统题材的回避。再从仅有的工业题材创作来看，也遇到许多困难，社会矛盾的复杂性，改革过程中的艰难险阻，都不是作家能够完全体察和把握的，这增加了工业题材创作上的难度。

"十七年"时期，辽宁的工业小说具有非常鲜明的时代性。全部篇章都可概括为热情洋溢地歌颂工人阶级。当时几乎所有工业小说的内容，可以说都是无条件献给工人阶级的赞歌。讴歌主要经由两个方面表现：首先，以"鞍钢"为背景的工业小说。如

---

① 陆贵山：《文艺中的人文精神和历史精神》，《文艺研究》1996年第1期。

草明的《乘风破浪》、艾芜的《百炼成钢》、罗丹的《风雨的黎明》。其次，以"矿山"为背景的工业小说。如萧军的《五月的矿山》、李云德的《沸腾的群山》。

这一时期辽宁工业题材小说的总体特征鲜明，而且一定程度上也可以说明整个工业题材的创作特点：从"战争—建设"互相转换的视角，来确立观察、体验和表现工业生活、工业发展的支点，来塑造工业战线的领头羊形象，是"十七年"辽宁工业题材小说的特点之一。从工人与农民的天然联系中来看20世纪五六十年代工人形象的特殊构成，来表现农业中国向工业中国转变的历史侧影，是"十七年"辽宁工业题材小说的特点之二。停留于生产方案之争的"车间文学"、先进与后进的对立等创作模式，是"十七年"工业题材小说的特点之三。工业文学创作的上述症结，究其原因，来自三方面的制约。二是受到"十七年"的社会政治要求和价值观念的制约，不是从生活本身、从人物性格自身出发去表现工人生活与命运，而是把工人阶级的政治身份、社会地位与工业题材的人物形象塑造等同起来，带有着较为鲜明的政治图解化的痕迹，来制造"一个阶级、一个典型"。三是"十七年"工业题材作家的艺术修养、文化功底较为贫弱，作家虽然都有工业生活的实践与体验，但是缺乏超越性的观念或是艺术表现力，往往被形而下的生活层面所拘囿，多是重在表现或反映大工业的宏伟气魄，却忽略或难以洞悉工人群体深层的心理独特性。

进入新时期以来，文学与政治的关系被重新解释，辽宁工业题材小说的主题也逃离了"阶级斗争"的固有模式，开始重新探寻现实的工业环境与工业生活。作家将创作的焦点指向了日益丰富的现实生活、复杂多变的社会矛盾，再加之作家本人文学观念的不断深化，新时期的辽宁工业题材小说逐渐摆脱了"车间文学""阶级文学"的样式，远离了简单、热烈、激昂的风格窠臼。1982年，邓刚的《八级工匠》和《刘关张》（中篇）这两个反映工业领域生活的作品，因其特有的锐敏和力度，获得辽宁省政府颁发的两个文学一等奖，引起辽宁文坛的关注。特别是小说《阵痛》描绘了新时期的改革洪流，在工人队伍内部激扬起一朵动荡的浪花。这一时期的作品总体来看，有如下特征：作品改革主题自觉、鲜明，描述了改革派与保守派的矛盾，塑造了一批血肉丰满的"新人"形象，也塑造了一批大刀阔斧的改革者形象。

在回顾工业题材创作的过程中，我们发现了这样一个问题，当代工业小说创作的不理想，首要问题就是对"工人阶级"这一概念的理解产生了偏差和错误，从而直接导致对这个阶级的现实群体的认识不足。抑或说，我们只是满足于观念的"纸上谈兵"，不能或不敢正视我们现实中那个活生生的"工人阶级"。并还以片面的错误的观念去"图解"这个"工人阶级"①。其次，抽象地看待"工人阶级"。工业题材作家因时代所限，多把"阶级"作为从整体中抽象出来的一个群体。没有更加客观、全面地理解"阶级"的概念，而且中国的工人阶级，由于历史上的种种原因，真正意义的血统工人确实并不很多。这都使得作家在创作时，仅仅从一个非常偏狭的抽象观念去表现工人阶级。此外，在对工业题材创作的回顾中，我们也会发现"工业题材"的狭隘

---

① 谭桂林：《论现代中国文学的都市诗》，《文学评论》1998年第5期。

性。显而易见，只有在国家"包起来"的计划经济时代，工业才能成为单纯而独立的"工业部门"，而与供销市场、金融借贷等脱离开来。内容本该丰富复杂的"工业题材"便成了简单的"工厂题材""车间题材"，甚至某种程度上已经演化成为"阶级"，不仅使"工业题材"与整个社会、现实生活与表现主体出现隔离，也使工业小说的文化内涵、审美视野与精神气度变得单一。对于昔日的工业战线来说，社会转型宣告了它的历史教训；对于其时的工业文学来说，时代变革揭示了它的肤浅和苍白，并证明了它对生活的虚幻反映也负有不可推卸的责任。

二、工业时代与都市化的实录

20世纪90年代以来，辽宁工业题材小说最成功的应该是反映国企改革的中、长篇小说，简单说来可以分为两类：一类应是以胡小胡创作的《蓝城》《太阳雪》为代表的对国企改革的宏阔表现；另一类是以李铁"女工系列"小说为代表的对普通工人及下岗工人心态、命运的表现。

胡小胡的长篇小说《太阳雪》不着力于问题的揭示，而是侧重对工业生活本身的呈现，强调现代企业在无时无刻不发生着变化的现实之中的历史性嬗变，尤其强调人的价值观念、道德伦理、生活态度、感情经历，以及人的命运、企业的命运。换言之，作品的中心是在纷繁复杂的现代都市和都市中在经受着痛苦煎熬的国有大型企业。作品对国有大型企业显然没有有些作家那样耐心与乐观，相反，表现了更多的悲观情绪。东建总经理陶兴本是小说着力塑造的人物，虽雄心勃勃，励精图治，勤奋工作，但终因企业现有体制无法适应并不规范的市场经济环境，以及企业内部的权力斗争、利益的再分配、上下级的多方掣肘，还有社会多方面的腐败，他终于没能凭借自己的知识和才能将东建这条在市场经济大潮中搁浅的大船拖出困境，再创辉煌。与陶兴本相对应，从东建出去单干的个体户韦家昌却如鱼得水，左右逢源，东建这样在全国闻名的老牌大型企业拿不下来的国家大项目，只有那么几十号人的个体建筑公司却能够拿到手。韦家昌凭借的是什么呢？这是不言而喻的。小说真实地揭示了国有大型企业中的诸多妨碍企业发展的弊端，有些方面甚至让人有一种触目惊心之感。尤其是主人公陶兴本从他们正在建设中的数十层大厦上坠楼身亡，更增加了这种悲剧的力量。但小说有意呈现的浪漫气质与诗意又多少消解了现实的悲观与沉重。与20世纪80年代蒋子龙的改革小说相比，胡小胡的小说少了理想主义色彩，多了悲剧精神；与20世纪90年代谈歌等人的"新现实主义"小说比较，少了对世俗与艰难的现实的认同、把玩与无奈，多了几分力度与沉重。

李铁多把他的小说背景置于国有大中型企业改革与脱困的艰难时期。企业转制，大批工人下岗，他们的生活一下子进入了极其艰难的窘境。特别是那些普通女工的命运，都掌握在具有强权或话语权的男人手里，她们既要保持自己的人格与操守，又不能不屈服于强势的压迫，作为女性，她们不得不经历只有她们自己才能够深刻体会的矛盾与痛苦。她们对生活并没有过高的要求，即便如此，她们仍然要为此付出女人的惨重代价。这些故事读来不能不说有些严酷，但李铁对他笔下的女工倾注了饱满的情感，或者说他在用抒情的笔调歌颂着曾经与他朝夕相处的"师傅"与姐妹。"严酷"的生活因此而多了几分温馨。《乔师傅的手艺》《纪念于美人的几束玫瑰花》《乡间路上的城市女人》等中短篇是他早期的代表作。与谈歌不同,李铁小说并不太关注转型期企业的各种问题,而是把笔触伸进人物的情感与灵魂,工业在他的小说里其实只是一个人物生存着的背景,他要触摸的是人物最细微的心理。没有蒋子龙、张洁、谈歌、胡小胡小说里的那种硬度,却有了自己的一种温度。而近两年的《杜一民的复辟阴谋》和《合同制老总》等则表明李铁的"工业题材"小说的视角正在逐步拓宽,开始从正面描写人物与企业间的问题与矛盾。

孙春平是一个不回避现实、更不粉饰现实的作家,因而能够把涉及千家万户的下岗情景忠实地记录在小说中,创作了一组下岗工人题材小说。《陈焕义》《陌生工友》《拿不准是谁》《太平世界》等小说,传达的正是转型期下岗工人的酸甜苦辣。作品中的主人公大多进入中年,跨越了计划与市场两种经济体制,经历了工厂的今昔对比。作为国营大厂的工人,他们对工厂的感情尤为真挚。而且他们上有老下有小,是社会群体中对生存艰难领悟最深的人群,面对下岗,他们有过困惑、迷茫,但终能勇敢地面对现实,接受社会的重新选择。虽然他们只能从事一些简单的社会劳动,像修车工人、三轮车夫、保洁员,等等,赚取微薄的收入维持基本的生活,却没有因为生活的重担而失去精神世界的美好祈愿。

现代工业的发展带来社会的全面变革,引发了许多新的问题,辽宁作家们的创作通过当代企业命运的变化和存在现状表现了市场化、工业化过程中产生的一系列新问题、新矛盾,艺术地再现了历史前进的宏大主题，对企业的艰难转型和工人下岗、就业等社会问题给予了充分关注，全面丰富了中国当代工业题材小说的创作。

三、转型期国企职工命运的诠释

20世纪90年代以来，如上作品的问世，使辽宁工业题材小说受到评论界的广泛关注，更广为读者赞许，这一方面是因为作品真切地表现出国有企业在转型期的困境和出路的艰难，另一方面，是作家显示出对于承受巨大生存压力的市民（国企职工）的同情和悲悯情怀。因此，90年代以来的辽宁工业题材小说直接以工业领域积弊已久、新生维艰的现实处境及其突围的努力为艺术对象，与此前的同类创作相比，它们无论在对现实的摹写还是在情感体验方面，都有了一定的发展和深化，特别是对于现实关系的复杂性和国企职工心理的震荡的真切反映等方面，可以说有了较大的突破。当代外省很有影响的工业题材创作，如谈歌的《大厂》《车间》、阙迪伟的《生路》等作品在表现转型期国企职工的心理时主要抓住了"难"和"情"，"难"是指企业内部资金拮据以及来自企业外部的过多牵制。工厂领导忍辱负重的人格、职工深明大义的质朴，则构成了令人心酸的"情"。这里我们须阐明一个问题，无论是作家们关注的"难"还是"情"，都多少存在着一个简单的道德判断和伦理价值取向："为富"总是与"不仁"互为因果，"集体主义"的温情总是与市场经济的"竞争"相互矛盾。事实上这样就会简化了当下工业题材对国民心理的反映,仅仅以"情"的渲染来遮蔽市场杠杆作用下的现实特殊矛盾,或者以"缺钱"之"难"来弱化人物的两难状态的价值选择困惑。正是从这个角度上,我们发现20世纪90年代以来辽宁工业题材小说表现国企职工心理有了深度,在"情"和"难"的层面上有了突破。

比如胡小胡的小说《蓝城》和《太阳雪》都反映了相当一部分曾经辉煌显赫的国有企业在现实经济生活中的尴尬处境,发不出工资、职工医疗费无法报销、三角债的困扰、在激烈的市场竞争中屡屡处于劣势……但是在表现工厂领导时却不再简单化、理想化。如《太阳雪》中陶兴本这位主人公就很有代表性。作为一家大型国企的总经理,他既是一位叱咤风云的企业家,又是一位悲剧性十足的人物。然而,其悲剧的结局又不是他个人的缺陷所造成。陶兴本和新时期改革小说中的代表人物乔光朴相比,两人从个人魅力上看的确有很多相似的地方,比如能干、肯干、敢干,也都是那种干脆利落、说一不二的"铁腕"人物,既有大刀阔斧的一面,也有细腻入微的地方……然而,乔光朴成功了,而与乔光朴极其相似的陶兴本虽使尽浑身解数,也没能拯救他的企业,自己最终也走向了毁灭。于是,我们在新时期文学的改革者群像系列中,看到了一个真正彻底失败的改革者,看到了一个个人魅力十足却无可奈何、无所作为、丝毫左右不了企业命运的失败者,这不啻宣告了那种"能人治""清官治"模式的终结。作者通过对陶兴本这个人物命运的揭示给人们留下了十分广阔的思考空间。诚然,现代企业可以说是现代文明的历史进步的原动力的象征物,它动态地孕育着鲜活的生命力和现代都市文明的因子，它本身已经具有了说不尽的深度和人文内涵，这无疑为作家的写作提供了巨大的空间，从某种程度上讲，这种处于经济、文化转型期的现代企业所具有的内外矛盾，要比中国当代工业发展历程中任何一个时期都要复杂，再加上现代都市文明的全面浸染，这使得作家在驾驭这一题材时要具有更敏锐的洞察力和更为清醒的历史意识。

同其他反映国企职工的小说相比，李铁创作的"女工"系列小说在表现女性职工的心态、命运方面较为独特。例如他的小说《乔师傅的手艺》，所描摹的就是一个既看重技术又看重尊严的女工，她认为"手艺是一个工人的尊严"，她甚至牺牲做女人的贞节来获得手艺，博得生的尊严。然而乔师傅的手艺最终没有用武之地，是因为它属于过往的时代。从中我们可以看到一个女性的悲剧，一个时代的悲壮。显然，对乔师傅这个女工做简单的道德评论是困难的，她的命运呈现的是一个时代的精神困境。而李铁的其他的"女工"小说都有此特征，更多的是对身处边缘的女性的人文关怀而非道德评判。

总之，辽宁工业题材小说的创作已经意识到了中国工业出现的错综复杂的现象，工人群体日益成为工业题材小说的主体，对于企业中人的关注远远大于对于企业本身的关注，这无疑是辽宁工业题材小说的新突破。

四、转型期的审美困惑与文化心态

20世纪90年代的辽宁，都市化进程加剧，工业增长所带来的物质文明发展显著，人们的生存状态一开始就呈现出开放性与易碎性并存的局面。我们知道，都市文明建立在工业文明的高科技、快节奏、模式化、高效率的生产方式上，文化信息丰富、传播迅速，人们从生存状态到价值观念、情感体验，都具有强烈的变动频率。这种开放性与易碎性并存的局面，迫使人们不断地调整自己的生存意识。激烈的社会竞争，被高度技能化的现实塑造出的单面人生，聚散匆匆的人际关系，日益拉大的贫富距离，等等，这些在20世纪80年代还不为辽宁人熟识的生活方式，到了20世纪末已将人们置于灵与肉的较量中，人们在机械技术与人文精神之间徘徊。"从人文形态和物质形态的关系而论，这主要表现为生产力的发展既历史地解放了人，增强和扩展了人的手段和技能，同时又在一定条件下使人成为单纯的生产工具、机器的附庸，受高科技的科技成果的威慑和恫吓，成为人为物役的处于异化状态的单面人，被商品拜物教、金钱拜物教所形成的超验力量摧残和作践。"①由此，对机械技术异化人性的批判也成为当下辽宁工业题材小说反映的重要主题，上文提到的作家作品从另一个侧面都可以有此理解，但是更大程度上，辽宁工业题材小说的这种批判往往是在传统农业文明基础上的民族文化心理参照下而进行的，因而侧重表现的也是市民在转型期的心理不适与精神苦闷，缺乏心灵深层的追问。

　　其次，辽宁的历史渊源、地理位置以及经济发展的程度，都表明辽宁的都市文化建构尚在形成期，社会发展尚在大工业时代

---

① 陆贵山：《文艺中的人文精神和历史精神》，《文艺研究》1996年第1期。

前期。一批批脱离乡村进入城市的打工者，具有一种在城乡文明的夹缝中形成的"初到者"的特殊审美文化心理，表现出都市边缘人的审美心态。"初到"文化心理最初见于学者们对中国现代都市文学的创作研究，"来自乡间的诗人们与现代都市之间存在着心理与文化的距离与反差，初到的印象既包含鲜明的都市视听刺激，也显示出诗人对都市文化强烈的不适感"①。在当下辽宁工业题材创作中"初到"意象特别突出。"初到"心理一般分为两种审美取向，一种是对乡村田园风光的美好回忆，一种是在激烈抨击都市文明中表露出的抑郁、排斥等情绪。这在李铁、孙春平、胡小胡等人的创作中都有体现。"初到"意象具有深刻的历史文化因素和指向。新心理分析学派创始人阿德勒认为："为克服自卑感，人们会将其转变为对其优越地位的追求，人格上如此，文化上亦如此。"②所以"初到"者的文化心态是在借用乡村的审美经验超越都市文化的审美经验，从而试图实现自我人格与文化人格的超越，但是这种文化人格往往因为理念上的偏颇而明显带有偏激性。例如在李铁的小说《乡村路上的城市女人》中，主人公孟虎子是个农民企业主，他就认为金钱可以拉平城乡之间的距离，城里人并不天生具备高人一等的权利，他一直暗恋着从城里来的女人杨彤，并以最终占有她作为一种精神上和情感上的胜利，这很典型地反映了一种"初到者"心态。

---

① 谭桂林：《论现代中国文学的都市诗》，《文学评论》1998年第5期。

② 转引自张鸿声：《与乡村对照中的都市》，《郑州大学学报》1993年第1期。

最后，工业、后工业文明与农业文明的对立，是辽宁工业题材小说呈现出审美价值和理想向古典美的回归的重要原因。马克思在《论费尔巴哈》中指出，"物质劳动与精神劳动的最大一次分工，就是城市和乡村的分离"，"它贯穿着全部文明的历史并一直延续到今天"。"城"与"乡"似乎成为精神象征的载体，两种文化规范的冲突成为文学中不可逃避的主题。这必然会影响到作家的情感体验和审美意识。与数千年的农业文明相比，都市化所代表的工业、后工业文明虽然后起，但在对立中占据优势，造成对乡土文化的侵袭，而农业文明长久以来形成的深厚、稳定的人文积蕴，更是一种深层的民族文化心理，并通过社会教化、家庭浸润得到因袭和巩固，乡土文化所代表的农业文明时刻发生着对工业文明的反作用。特别是当都市化初级阶段显示出不完善、不尽如人意时，这种反作用就更大。其实无论是李铁还是孙春平等人的创作，他们的精神世界都是乡土的，而非都市的、工业的，所以他们笔下的人物或多或少都有一种理想化的、熠熠闪光的古典气质。显然悠久的对乡土文化的牧歌式描绘，已经演变为当下读者的精神寄托，它始终吸引人们回归于农业文明的古典美氛围，而排斥了工业文明的价值追求。"对于古典主义情怀的认识，首先它是一种恒久性的精神价值"，如"人间温情""世俗关怀""价值追问"，"这些由中外古今伟大文学艺术熔铸而成的生命意识和价值热望，就是亘古难绝的"[1]。由此看来，辽宁工业题材小说中显示特有的古典美倾向，其实是古典主义情怀被当作了

---

① 叶岗：《古典主义情怀与后新时期小说》，《文艺评论》1996年第5期。

重要的文化资源，来解决人们在市场经济背景下、在经济转型期的人文冲突和美感危机。

以上三方面的相互影响，使得辽宁的工业题材小说在审美取向上处于矛盾之中，在大多数情况下，作家以乡土田园为审美参照对都市精神进行取舍，但不可否认的是，都市物质文明又是难以避之的召唤，所以作家的审美情感与现实生活的实际是疏离的，最终体现为审美心理与文化心态的分裂，他们的作品也缺乏对工业文明、都市文化高起点的审视，缺乏对工业时代的新内涵——独立精神、竞争意识、重视自我价值的实现、追求现实的幸福、鼓励更大胆的想象等现代意识，进行审美观照。

五、艰难的价值选择与艺术定位

纵观辽宁工业题材小说创作，我们发现作家们没有在商业大潮中放弃精神的追求，沉迷于消费主义和拜金主义，而是在艰难的价值选择中坚守人文精神，以平民的意识探求、思考社会变革中种种无奈和隐患，表现出分享艰难的主人翁意识和参与精神。他们既关注社会的多元取向，肯定不同人性意识的相对合理性，更关注每一个个体的生存意义。下岗工人陈焕义、赵师傅（孙春平作品），女工乔师傅、杨彤（李铁作品）等这些鲜活的个体，有血有泪、有苦有痛，他们是芸芸众生中那么微小的一个存在，但正是他们真实的生活推动了社会的发展。此外我们还可以看到创作工业题材的辽宁小说家在关注个体生命的同时，也强调关注人与社会环境的协调性。也就是说作为一个个体必然身处在一定的群体当中，参与群体的发展和建设，当个体与群体出现不协调时，个体应做出价值判断，选择能反映时代精神的价值取向，促进相互的协调和群体的发展。孙春平表现下岗工人艰难"自救"的小说，正反映了作家透过社会的暂时困难，看到了社会的整体性进步，充分显示了作家对工业时代的深入理解和独特把握。

20世纪90年代以来，辽宁工业题材小说创作从人物塑造、小说情节设置到结构安排上都有一定的突破，作家们在不断修正自身的艺术定位，以期达到较高的艺术水准。如果说以胡小胡为代表的辽宁工业题材长篇创作在叙事方面还存在很多问题，那么中短篇小说创作则有渐入佳境之势。比如说作家们采用的"生活流"的结构形态，突破了传统工业题材小说宏大叙事的方式，围绕着日常生活设置情节，小说的叙事空间不再局限于工厂车间，也深入职工家庭、都市角落，这增强了小说的丰富性和人物的时代性、复杂性。此外作家作为叙述人的角色也发生了变化，90年代以来辽宁工业题材小说作家不再将自我定位为历史或人民的"代言人"，而是故事的"转述人"，追求冷静的叙述风格，但又并非零度情感的"冷观"，表现出一定的伦理关怀和理性思考。

小说作品，李铁的《杜一民的复辟阴谋》《出墙的红杏》，孙春平的《谁能摩挲爱情》《彭雪莲的第二职业》，陈昌平的《英雄》，津子围的《一顿温柔》等，引起评论界广泛关注；影视剧作品，高满堂的《大工匠》《漂亮的事》《钢铁时代》，林和平的《西圣地》等获得成功；话剧作品，《父亲》《岁月》《母亲》《师傅》等不断推出，充分体现了我省工业题材创作的优势。作家赵杨，作为一名女性作家，近期完成了她自己的第一部工业题材长篇小说——《春风故事》。她从男性视角思考问题，用细腻的笔触，描摹了时代变迁，完成了这部专业性很强的工业题材小说。它以主人公赵心刚的工作、创业为主线，为读者展现了国企改革轰轰烈烈的历程，以及在国家改革浪潮中无数奋斗者起起伏伏的命运。在赵杨的笔下，以赵心刚的经历，聚焦了国企内部一场场自救式的技术改革，还有在国家政策下艰难的下岗浪潮、国企重组等大事件。但赵杨的目光绝非局限于东北老国企在改革中的沉浮，还有民营企业，如制造业、房地产业、食品行业等在改革开放中的奋勇拼搏。作家李铁，也在近期出版了一部很有影响力的工业题材长篇小说——《锦绣》。作家以国有企业改革发展为背景，以新中国化工产业的发展为主线，塑造了一批有血有肉的企业工人群像。作者主要描写了他们的工作、生活以及情感状态，赞美了他们敢为人先、鞠躬尽瘁的可贵品质。《锦绣》向我们展示的是大型国有企业锦绣厂在新中国成立以来的兴与衰。在时代的滚滚大潮下，锦绣厂历经起起伏伏，跟着新世纪的步伐，稳步向前。即使心潮澎湃，李铁依然从容地拿起笔，用他的文字再现了那个遥远的时代，再现了已经消失的厂房，再现了新时代国企大厂的突围之路。

被称为"新东北作家群""铁西三剑客"的作家双雪涛、班宇、郑执也为辽宁工业文学做出了突出贡献，他们集地域性、犯罪、贫富差距为写作元素，描写东北地区下岗者及后辈的伤痛记忆，创造了大量表现辽宁省沈阳市铁西区的文学作品。从共和国工业发展史上来看，铁西区是受工业文明影响最典型的地区，它被誉为"东方鲁尔""共和国装备部",承载着大国工业最深厚的历史。与此同时,这三位作家以国有企业下岗潮为写作背景,展开了对东北历史转型期及辽宁老工业区的再现。例如双雪涛的《平原上的摩西》《北方化为乌有》《跷跷板》《走出格勒》,班宇的《工人村》《盘锦豹子》《猛禽》,郑执的《生吞》等作品中,我们不仅能体会到"下岗"这一种特定的经济政策对于企业工人未来生存的不利影响,还能从这些作品中看到对老一辈工人的青春伤痕叙述。

当然,工业题材提法本身就是有局限性的,它带有过多的行业色彩及观念化色彩,但是在辽宁这样一个工业大省,工业题材确实显现了它独特的文化内涵。应该说,当下从事工业题材创作的辽宁作家们在现有的成果之上,有必要更努力去塑造"工人阶级的整体文化形象"[1],或者说"强调工业题材意识,其实是在强调作家作为现代社会中的公共知识分子的角色意识,发挥文学对社会文化的批判和建设的功能"[2],正是从这个意义上,我们期待辽宁的工业题材小说能出现更好更多的作品。

---

① 贺绍俊:《工业题材的视域和主体性问题》,《理论与创作》2006年第6期。

② 贺绍俊:《工业题材的视域和主体性问题》,《理论与创作》2006年第6期。

以网络文学创作繁荣发展新时代
辽宁文化事业和文化产业①

吴金梅

2014年，习近平总书记《在文艺工作座谈会上的讲话》指出"文艺工作者要讲好中国故事、传播好中国声音、阐发中国精神、展现中国风貌"，为当下的广大文艺工作者指明了任务和方向；2015年，国家新闻出版广电总局印发的《关于推动网络文学健康发展的指导意见》，明确指出网络文学要"讲好中国故事、传播好中国声音、阐发中国精神、展示中国风貌"；2016年，国务院发布了《"十三五"国家战略性新兴产业发展规划》，首次将数字创意产业纳入国家战略性新兴产业发展规划；2017年，文化部出台国家层面首个针对数字文化产业发展的宏观性、指导性政策文件《关于推动数字文化产业创新发展的指导意见》，明确提出"要丰富网络文化产业内容和形式，推动优秀文化产品网络传

---

① 本文为辽宁省社科规划基金项目"辽宁网络文学的'双创'性、IP化及主流化现实向价值研究"项目编号L20BZW001阶段性成果。

播"，同年，中国作协网络文学中心成立，进行网络作家联络和组织、研究作家作品、建构评价体系等工作；2018年，第二届"中国网络文学+"发布了"网络文艺英才国际研修计划"；2019年，第三届中国"网络文学+"大会开幕式暨高峰论坛以"网络正能量 文学新高峰"为主题；这些数字文化及网络文学等相关文件的颁布与活动等，充分体现出网络文学在当下时代的蓬勃发展与巨大影响及作用。

2021年，党的十九届五中全会提出要"繁荣发展文化事业和文化产业"，这是提高国家文化软实力的主要任务，也是建设文化强国的必要路径，这也为辽宁的文化事业和文化产业发展提出了崭新的任务。而如何尽快实现辽宁文化事业和文化产业的繁荣发展，其有效实现路径和实践方式是什么，这是摆在相关职能部门和文化事业及文化产业相关的研究者和从业者面前的艰巨任务之一，也是十分值得思考和亟待解决的重要问题之一。

在当下的"互联网+"新时代，辽宁的文化事业和文化产业的繁荣发展，共同面临一个不可忽视的新契机和挑战，互联网+新文艺的蓬勃发展，以网络文学为代表的网络文艺，包括网络剧、网络电影、数字音乐、动漫、网游等领域，在当下的泛文化娱乐全产业链中，已经形成了不可忽视的重要因素，并且在人们的文化生活中产生着重大的影响。

另一方面，随着作为互联网用户的青少年的成长，作为国家经济文化等的未来建设者，如何有效对其进行思政及文化教育，如何培育其文化自信，强化其民族认同感、社会责任感，也是广大教育者面临的重要问题之一。

同时，对于广大人民和文化建设而言，如何有效构建起其社会主义核心价值观体系，如何满足广大人民的文化需求，如何凝聚民心，如何向国内其他省市和海外展示辽宁的文化形象与文化特质，也是亟待文化建设管理者、研究者和从业者思考和解决的重要问题。

一个国家、省份和城市的发展不仅需要文化的繁荣发展，更需要经济发展，而既有助于社会文化建设与发展，同时也能够有益于社会经济发展的最有效的文化产业体系如何构建，更是值得思考和亟待一个国家、省份与城市解决的重要问题。

当聚焦如上问题和挑战时，发现其共同指向的是当下的"互联网+"时代，以及处于"互联网+"时代的每一个人，这为问题的有效解决提供了思考的方向，即网络文艺。网络文艺可以作为实现文化建设和经济发展的有效途径，尤其是可以作为网络文艺代表样式，可以提供巨大 IP 资源的网络文学。而辽宁，拥有丰富的网络文学资源。

对网络文学创作现状与成就初步调研可知，仅辽宁大连一地，从事网络文学创作的作家有近百人，其中较为活跃的有三十余人，而在国内网络文学界影响较大的有近十人，而综观辽宁，仅以三届"金桅杆"奖作家作品为例，其作家作品创作类型丰富，既有军事谍战，也有都市言情，以及奇幻玄幻、穿越等网络文学，这些作家中不乏月关、徐公子胜治等享誉全国的网文大神，更有诸如书写关于缉毒、女飞行员故事等的千羽之城，以呈现非遗文化传承传播、弘扬发展为主的陌上人如玉，以描写抗战、军旅题材著称的骠骑、李枭，以描写东北老工业基地和工业发展的风咕咕、银月光华等网文作家。这些作家的网文以丰富的面相涵盖了青春热血、传统文化、科技发展、东北工业及生活等诸多题材，还形成了热门IP，更有与国家文化发展相契合的、可以实现民族优秀传统文化创造性转化与创新性发展以及现实向题材的有益探索，无论热门类型文还是爆款IP文，抑或是文化传承故事以及面向现实书写，"金桅杆"获奖作家作品均以一种"讲好中国故事、传播好中国声音"的情怀，为网文健康发展注入了新鲜血液。这些网络文学作家创作具有的鲜明的主流化现实向特点，对民族优秀传统文化的创造性转化与创新性发展特点，以及以影视剧等IP转化为导向具有明显的IP化等特点，这些网络文学所具有的以上特点，对于国家的文化事业和文化产业的繁荣发展，均可产生巨大的推动作用，可作为辽宁甚至全国文化事业和文化产业的繁荣发展的有效资源和可行性实践路径。

一、网络文学的主流化现实向特点可助益文化事业的繁荣及思政建设

辽宁作为在中国近现代史上有重要地位和意义的省份，经历了19世纪末的中日甲午战争，20世纪初的日俄战争，十四年的抗日战争，以及在共和国的解放和建立过程中具有重大意义的解放战争等一系列重大历史事件，这均与硝烟弥漫的战场和流血牺牲的英雄故事密切相关。可歌可泣的英雄故事一定能够荡气回肠，鼓舞人心，这些故事可以作为丰富的思政建设资源，对此的生动

讲述和展现一定可以助益文化事业和文化产业繁荣发展，如辽宁的网络文学作家李枭的主流化现实向网络小说《无缝地带》^①，即可作为此方面成功的典型个案。这种具有明显地域色彩，兼具历史意义与思想意义的与主流化现实向相类似的网络文学创作与作品，可作为辽宁文化事业发展和思政建设的示范性创作与作品，如果对其予以扶持和推介，不仅可提升一地的文化事业，也可对其丰富性产生重要作用。

李枭的网络小说《无缝地带》，讲述的是在20世纪上半叶抗日战争中大连抗日放火团的英雄故事。正如作者在序言结尾所说，"真正的'大连抗日放火团'，1942年已经在日军的枪口之下全军覆没了，所有成员无一人叛变或投降"。1942年，抗战已经坚持了十一年，再有三年，就是抗战胜利之时，而这些英勇无畏的英雄"全军覆没"，未能迎来胜利的曙光。英雄虽逝，但其英勇战斗、不怕牺牲、为国捐躯的高大形象和可歌可泣的故事依然激励后人。"所有成员无一人叛变或投降"，展示出抗战年代英雄的大连人的高尚爱国情操和民族气节，具有极强的思政教育意义。"当年大连是日本侵华战争的桥头堡，从1905年起，也就是日俄战争之后，它就被日军侵占，成为日语中的'关东州'。"在长达半个世纪甚至更久的被侵占和被压迫的历史中，这样的英雄故事，对于今天的读者，尤其是大连的广大青少年的爱国情怀的培养具有震撼人心的教育力量，可以让人更加了解那个浴火奋战的年代，那些英勇可敬的大连革命前辈，让人更加珍惜这片浸透

---

① 李枭：《无缝地带》，https://www.biqugeso.com/book/122605/，纸质版由金城出版社出版，2018年版。

先烈鲜血的热土和今天的美好生活。

同时，李枭在序言中还明确指出"它是发生在抗战时期大连（'关东州'）的真实历史"，"本书取自真实的历史素材"，这些表述明确体现作者创作这部网络小说秉承的现实向特点。而现实向也是网络文学近年来越来越明显呈现的新特点和新趋势。网络文学发展二十多年间，在较早的"穿越""玄幻""仙侠""言情""历史"等题材基础上，在社会文化发展需要和倡导下，现实向创作已经越来越得到作家的重视和读者的青睐。以大连网络文学作家李枭为代表的大连的网络文学创作，也越来越明显地呈现向主流化现实向发展的趋势。

这一趋势更需要相关文艺管理工作者与部门的扶持与推介，充分调动具有社会责任感和使命感的网络文学作家的责任意识，使其创作出更多更优秀的表现大连城市历史文化、现实发展和人文情怀的作品。这也与国家倡导的"大力发展网络文艺"高度一致且具可行性。

类似于李枭《无缝地带》的网络文学作品，对于《中共中央关于繁荣发展社会主义文艺的意见》中提出的"培育和弘扬社会主义核心价值观"，"唱响爱国主义主旋律"，均有明确的有意识的积极响应和践行。正如小说序言中所写："它首先是发生在抗战时的大连（关东州）的真实的历史，对于我来说，某种情况下，'真实'基本与'残酷'等同。就因为它近乎残酷的真实，所以我从2011年才决定收集素材，坐在电脑前，将它写出来，告诉我的读者朋友们，当年在不为人知的情况下，确确实实是有这么一个组织，有这么一些人，做过这么一些看似平常，却细思凶险的正义之事。"作家为无名英雄立传的使命和责任体现得淋漓尽致。

值得一提的是，李枭《无缝地带》的优秀之处不仅在于它艺术地重现了英勇的、甘于奉献和无畏牺牲的抗战期间大连的"抗日放火团"的英雄群体，还塑造了丰满而经典的中国共产党的优秀特工形象——林重。《无缝地带》纸质版扉页写道："这不是一个谍战故事，而是一个多重身份的中共超级特工，孤独地在泯灭人性之地进行潜伏和战斗的多面间谍生涯和矛盾人性复盘。"而封面的"再现五重身份红色特工死战绝望之地"几个字体、颜色不同的醒目大字，也传递出了故事和男主形象的复杂性、多面性。谍战、多重身份、中共、孤独、真实、残酷、凶险、矛盾、多面、正义之事等，这些关键词，可引起读者阅读的兴趣。

网络文学的篇幅与传统纸质小说不同，常有数倍的内容容量，但从作品的字里行间，可以看出作家李枭又是以简约为叙述原则的，在言简意赅却颇多"爽点"的展现与表达中，传递着丰富的文本信息，以此引起读者的阅读兴趣，满足读者的期待视野。

《无缝地带》的男主林重，作为中共优秀特工的代表，又是一个极其矛盾和复杂的形象。在五重间谍身份间斡旋，在被日本特工系认为是"无缝地带"的"关东州"（大连）警察部特务调查科工作，在与妻子和前女友兼国际间谍战友相处中，林重无时无刻不处在矛盾焦点。而对于一个既有人文情怀，又有责任使命意识，且心地善良，又要时刻以履行使命为准则，生活在凶险的战争环境中的高级特工而言，生活中的种种境遇和事件，都会引起林重内心情感的波澜和情绪的激荡，但工作又需要林重时时克制一切不应表现出来的情感和情绪。正是如此纠缠一起的正义、英勇、牺牲和真实性复杂性，成就了《无缝地带》的好看和优秀。

作为辽宁优秀的网络文学作家，李枭对于辽宁的网络文学作家群体间的研讨、交流活动都积极联络参与，还积极为辽宁的网络文学作者和相关网络文学研究者之间建立密切的学术联络，更以其富有责任情怀的主流化现实向创作，为辽宁的网络文学和文化发展努力并践行着《中共中央关于繁荣发展社会主义文艺的意见》提出的"为人民抒写、为人民抒情""深入生活、扎根人民""把创新精神贯穿创作生产全过程"等倡导，可谓辽宁网络文学创作以主流化现实向特点助益大连文化事业繁荣及思政建设的示范性作家之一。

二、网络文学创作可有效推动民族优秀传统文化创造性转化与创新性发展

习近平总书记在党的十九大报告中指出："坚持创造性转化、创新性发展，不断铸就中华文化新辉煌。"要"深入挖掘中华优秀传统文化蕴含的思想观念、人文精神、道德规范，结合时代要求继承创新"。这为当下的文化工作和建设者提出了具体的任务和要求以及目标。民族优秀传统文化作为民族"固有之血脉"必须加以传承弘扬，而其"创造性转化、创新性发展"的传承弘扬如何实现，其路径在哪里，仍是一个亟待解决的问题。在这一问题解决上，辽宁网络文学作家的创作，同样可以作为值得

推介的重要路径之一。如辽宁的网络文学作家陌上人如玉的创作，即对此做出了有益的尝试和实践。

陌上人如玉的创作类型非常丰富，涉及古言、现言等，古言有穿越、重生、种田、宅斗、脑洞、科幻等，现言有悬疑、言情、职场等，还有脑洞文。2020年，陌上人如玉凭借聚焦明代宫灯制作师生活的《恋爱吧，修灯师》，获得第二届辽宁网络文学"金榀杆"奖。2021年，其聚焦民族文化瑰宝的京剧的网络小说《旦装行》，获得第三届辽宁网络文学"金榀杆奖"。陌上人如玉在非物质文化遗产题材方面的网络文学开掘与创作，对于中国优秀传统文化的创造性转化与创新性发展有典范借鉴意义。

如其网络小说《旦装行》，以20世纪90年代中国北方的县镇与乡村为背景，讲述了女孩秋丽丽回到老家，与儿时玩伴凤燕在小常生京剧团发生的一系列故事。小说以秋丽丽——一个外行人的视角，带领读者了解京剧文化知识及其独特魅力，展示小地方的普通京剧艺术工作者为京剧传承做出的不懈坚持，也展现了当下京剧文化传承之路上面临的诸多困境。作为一部现实主义题材网络小说，《旦装行》瞩目于京剧艺术，且将描写对象聚焦于小地方的一个民间小剧团，以小剧团小人物的命运与遭际，以这些信念坚定的艺人的人格魅力，以及富有代入感的外行人视角，带领读者一步步走进京剧文化，了解京剧艺术，理解京剧艺术工作者对京剧文化传承的执着与不懈追求，引发读者大众对小地方传统文化传承的思考、关注与尊敬，激发人们对民族优秀传统文化的兴趣，树立传承优秀传统文化的信念与决心，为民族优秀传统文化的传承、弘扬与发展积极进行有益的尝试与实践，进而实现民族优秀传统文化在"互联网+"时代的"创造性转化与创新性发展"。该小说以小地方民间剧团与外行人视角的独特选材与巧妙叙事，讲述了当"丑角"遇见"花衫"的人性美与丑的较量，展示了文化传承中功利与精神的"博弈"的矛盾冲突，同时也践行了网络小说的文化使命，即对于传统文化的"创造性转化与创新性发展"。该小说以中国京剧中的旦角为主要描述对象，讲述中国京剧文化的后台、传说以及旦角的头面妆容等，对京剧艺术的知识与京剧文化的普及和推介有重要的意义。故事主人公由一个仅是以京剧旦角为职业的人转变为一个真正愿意从事京剧艺术的艺术家。陌上人如玉关于中国宫灯、扇面、京剧等非物质文化遗产等方面为主要内容的网络小说，对于民族传统文化的普及传播与传承弘扬等"创造性转化与创新性发展"，意义巨大。

又如其网络小说《恋爱吧，修灯师》，演绎了一段保护和传承百年老字号——盛世斋，一个手工制作宫灯的老店铺的故事。作为独一无二的精致、高贵，独具东方神韵与典雅风范，雕、镂、刻、画，工序精良的艺术品宫灯，进行手工制作的老灯铺却在繁华都市中因枯燥而学徒离散，难以为继，只剩云朵坚守。云朵谨记外公嘱托：务必要让这份手艺传承下去。云朵阴差阳错邂逅天聚集团总裁卓景龙，两个年轻人，一个坚守匠心，一个追逐画家梦，一个擅画，一个善雕，合力克服重重困难，修复了明代宫灯，并根据现代工艺风格创新改良宫灯，在国外参展中大受欢迎。故事讲述一代青年在传承传统非遗工艺——手工宫灯制作中，对理想和艺术的坚守与追求，并使濒临灭绝的传统文化工艺传承并创新，且走出国门，走向世界。

其网络小说《约会吧，藏扇家》涉及中国的扇面文化，以褒扬的态度对这种独特的中国传统文化予以呈现。扇文化，象征着中华民族的博大心胸，"扇""善"谐音，寓意和谐友善。而折扇开合自如，开之则用，合之则藏，进退自如，折扇从善，固守本心，不为恶果，作为中华优秀传统文化的符号标志之一，具有丰富的文化内涵，表达一种心境，是清正、吉祥、友谊、善良的象征，与社会主义核心价值观之"友善"不谋而合。陌上人如玉的这部网络小说以女主寻找父亲失踪真相为主线，抽丝剥茧，围绕着藏扇，讲述正与邪较量，爱与恨纠缠的故事。这部小说融合最流行的悬疑元素、都市恋情及传统文化，展示人性的"善"，诠释亲情与爱情，善与恶等永不过时的主旋律，发人深省的同时，也向世人展示了中华优秀传统文化的博大与传承。

另外，陌上人如玉的网络小说《十娘画骨香》，以中国明代话本小说《杜十娘怒沉百宝箱》为素材原型，融合网络小说穿越、古装和言情等手法，重新演绎一段关于爱情和奋斗的故事，对中国古代经典文学作品的故事与人物形象予以具有现代性特点的重新演绎与重塑。

以上网络小说呈现的故事，无论是讲述"非遗"的工匠精神和技艺，还是重新演绎一段经典的爱情故事，都聚焦中国的民族传统文化，且均以有理想有追求且有恒心有毅力有技艺的年轻人为主人公，具有极高的现实思想价值，也以其密集的"爽点"赢得了读者的喜爱与阅读兴趣。

优秀民族传统文化的传承弘扬发展及其"创造性转化与创新性发展"的实现，是当下作为文学创作与接受热点的网络小说义不容辞和所应肩负的艰巨使命之一。陌上人如玉的诸多网络小说如《约会吧，藏扇家》《恋爱吧，修灯师》《十娘画骨香》《旦装行》等，某种程度上已经形成了一种集束效应，这些网络小说，对于民族优秀传统文化的"创造性转化与创新性发展"做出了有益尝试。这些网络小说以平凡的艺术人物的曲折命运遭际及其艺心坚守，来彰显民族文化的传承与弘扬、创新与传播等，从其处境之艰难，使命之艰巨，也更见其心志之坚定，民族文化艺术的魅力之深厚。这些故事常以外行人的视角，以及强烈的代入感，以凤燕等年轻人对民族文化瑰宝的执着与挚爱，投入与拼搏，毅力与坚守，来使读者接近和走进以及了解民族文化瑰宝京剧、宫灯、折扇等非遗传统艺术，传递传承民族非遗文化的魅力，实现对民族优秀传统文化的传承与弘扬，这正是陌上人如玉等网络文学作家及其创作，作为辽宁网络文学"金桅杆"奖获得者的独特价值与意义呈现，也是辽宁网络文学作家的使命所在与情怀所寄。

三、网络文学创作的 IP 化特点可作为
文化产业繁荣发展的有效方式

不仅在主流化现实向创作及优秀传统文化的传承弘扬方面有所作为，辽宁网络文学作家在网络小说的 IP 转化等文化产业发展中积极努力，也做出了巨大的成绩，如月关、陌上人如玉、李枭等在这一领域均有较大的成就。这些网络文学作家的网络文学的 IP 转化，为文化产业的发展提供了丰富的素材资源，也提供了可

资借鉴的文化与经济发展的路径和思路。辽宁作为影视编剧的重镇，对于影视剧改编有得天独厚的优势条件，因此，对于网络小说中具有影视化IP向特点的作品，可作为文化产业发展的有效路径与方式，应予以更多重视、扶持和发展，进行更多的IP转化尝试。

如著名的网络文学作家，辽宁"金桅杆"奖获得者月关的诸多网络小说，其《锦衣夜行》《回到明朝当王爷》《步步生莲》《夜天子》《大宋北斗司》等多部作品进行了影视开发，月关还亲自担任《夜天子》《大宋北斗司》等多部IP转化的影视作品的编剧。其电视剧《夜天子》，获得第五届"文荣奖"网络单元最佳人气奖，中国电视剧制作业（2018）年优秀剧目奖，2018年度金骨朵年度IP改编网络剧奖，金鲛奖"2018年度最佳男频口碑剧奖"。其网络小说《回到明朝当王爷》，是连载于起点中文网的穿越类小说，讲述了一个乌龙九世善人郑少鹏因为阴差阳错回到了大明正德年间后发生的故事。那是一个多姿多彩的时代，东厂、西厂、内厂、外廷、锦衣卫之间的纷争；代天巡狩清除贪官的故事；剿倭寇、驱鞑靼、灭都掌蛮、大战佛郎机；开海禁、移民西伯利亚……该作品被改编为历史剧《回到明朝当王爷之杨凌传》，已经热播。

由陌上人如玉的网络小说《大理寺少卿的宠物生涯》改编的电视剧《我在大理当宠物》，2020年10月由搜狐视频独家播出，现热播中，排名搜狐电视剧前五，可见其影响之大。

另一部由其网络小说《十娘画骨香》改编的同名剧作已签约海华阳光影视文化传播有限公司。而其网络小说《安洁西公主》

改编的剧本，由知名编剧团队打造，关晓彤演唱同名歌曲，铭乐文化传媒有限公司出品的漫画网剧等，也正在后期筹划中。其另一部网络小说《想不到你是这样的科技宅》，与香网携手打造，作为IP亮点，是中国式《生活大爆炸》，科学家版的《爱情公寓》，获第三届中国网络文学大会2019年度十大影响力IP入围作品及年度最佳印象动漫IP奖。对于此剧，陌上人如玉自称是在向为解决人类生存问题而默默奉献的科学家们致敬的创作。

除陌上人如玉外，李枭目前也已有《信仰》等多部长篇小说与中影集团等签约IP转化。李枭2020年编剧创作的抗击疫情题材微电影《我非英雄》，在人民日报海外网、腾讯视频播出。网络文学作家徐公子胜治也曾有网络文学作品的影视版权转化，千羽之城作为网络小说作家同时也是编剧，其网络小说《追凶者》已被改编成电视剧《逆局》，获得豆瓣好评。

这些具有积极意义的影视IP创作，可为辽宁的文化产业发展提供新的增长点和路径。构建以网络文学精品IP为核心的互联网泛娱乐生态体系，通过网络小说、动漫、影视及游戏等多种娱乐内容不断凝聚与放大其IP价值，进而全面布局泛娱乐文化全产业链，是当下文化产业发展中，从社会现状到接收对象，以及社会需求方面聚焦所在，且具可行性的朝阳产业，因此可以作为辽宁文化产业发展的重要方向和有效路径。

结　语

"金桅杆"奖作家作品示范丰富类型面相与素材蓝海，可为辽宁甚至全国的文化事业尤其是文学创作方面提供创作基础。"金桅杆"获奖作品不乏经典玄幻穿越类型文,又有历史、军事、工业、非遗等现实向作品,既有民族优秀文化,又有亮丽青春的拼搏奋斗,还有热血战士的家国情怀,更有大国工匠中国制造使命担当,抗日、改革、非遗文化、青春成长、都市社会、玄幻穿越等,一方面是渐多的现实向时代精神抒写,但也不乏经典类型文优秀之作,从虚幻、穿越走向现实,与时代同频共振,对话时代,"讲好中国故事",助益国家民族发展。

"金桅杆"奖作家作品不乏良好的IP潜质,可形成巨大的社会效益与文化效应,具有巨大的社会价值。英雄、警匪、缉毒、军旅、爱国、奇幻、悬疑、考古、非遗、人生、人性、青春、成长、奋斗、理想、改革、科技、工业、智能等,这些"金桅杆"作品元素,均为网文"爽点"所示,也是其IP特质呈现,且月关、陌上人如玉、李枭、千羽之城等已有诸多IP作品,如月关的《回到明朝当王爷》,其忠贞爱情、拯救苍生、技艺无双等元素,陌上人如玉的《恋爱吧,修灯师》,其爱情、爱国、成长、拼搏等元素,均呈现出既好看又是好故事的IP特质,可带来良好文化影响和社会效益,实现文化建设与经济发展的双向共赢。

"金桅杆"奖作家作品以"优秀文化精神禀赋","塑造年轻世代",有效地呈现了网络文学的时代文化及教育价值探索。网文创作中为谁写、谁来写、写谁及面对谁的时代问题,与国家文化发展的"兴文化""育新人"等问题密切相关,作为互联网原住民一代，网文等新文艺阅读与IP观看已成年轻一代日常，网络文学无论作为智库从"接续千年文脉"到现实题材"书写新史诗"，还是实现"英雄重塑"国民需求从"民族英雄"到网络文学"英雄人设"，抑或从阅读"网络文学"到"阅读中国"——强国时代"讲好中国故事"，都对青少年的读、观甚至写影响巨大，可成为"塑造年轻世代"的利器。

同时，辽宁丰富的网文创作素材资源与众多创作群体，为辽宁网络文学的繁荣发展提供了丰富的素材和资源。如辽宁丰富的文化资源：老工业基地、地域文化、历史文化、抗战文化、革命文化、旅游文化等均为网文创作提供素材库，据统计辽宁已有网文作者二百多人，这为网文辽军发展提供双向可能。有良好示范、素材、效益、影响和需求，辽宁网络文学的健康、快速、良好发展具有巨大的可行性，可以成为文化事业和文化产业繁荣发展的有效路径。

2015年，《中共中央关于繁荣发展社会主义文艺的意见》指出，要"大力发展网络文艺。网络文艺充满活力，发展潜力巨大。坚持'重在建设和发展、管理、引导并重'的方针，实施网络文艺精品创作和传播计划，鼓励推出优秀网络原创作品，推动网络文学、网络音乐、网络剧、微电影、网络演出、网络动漫等新兴文艺类型繁荣有序发展，促进传统文艺与网络文艺创新性融合，鼓励作家艺术家积极运用网络创作传播优秀作品。充分发挥新媒体的独特优势，把握传播规律，加强重点文艺网站建设，善于运用微博、微信、移动客户端等载体，促进优秀作品多渠道传输、多平台展示、多终端推送。加强内容管理，创新管理方式，规范传播秩序，让正能量引领网络文艺发展"①。这些论述足以说明国家对网络文学的重视与期待。

随着社会网络化及"互联网+"新文艺的迅速发展，国家的顶层管理者的重视，网络文学创作质量的提升，"互联网+"时代原住民的青少年成长思政教育的需求增加，以及广大市民对高质量文化生活的需求增加，对优秀的、具有社会主义核心价值观教育意义、能够有效传承弘扬中华民族优秀传统文化、能够打造优秀影视剧作助力文化产业发展的网络文学的重视、扶持和推介，或可作为繁荣发展辽宁文化事业和文化产业的有效手段和可行性路径。这是与当下"互联网+"新时代新文艺时代特征、青少年网络原住民成长教育需求、社会文化产业需求相适应的模式。

① 《中共中央关于繁荣发展社会主义文艺的意见》，2015年10月3日。

辽宁地区网络文学特色与发展路径探析

——以第三届辽宁网络文学"金桅杆"奖获奖及入围作品为代表

张永杰

辽宁网络文学"金桅杆"奖的评选已历经三届并日趋成熟，其中2021年的第三届辽宁网络文学"金桅杆"奖获奖及入围作品充分体现出辽宁地区网络文学对本土地域特色的新时代呈现以及对中国传统文化的继承与创新，可以视为辽宁网络文学发展中颇具代表性并具有里程碑意义的一届，其获奖及入围作品中呈现出的辽宁网络文学地域化特征与对辽宁网络文学发展前景趋势的预示，对于辽宁乃至东北地区网络文学的特色创新发展具有重要的指导借鉴意义。

作为辽宁地区的文学奖项，第三届"金桅杆"奖获奖及入围作品大都以辽宁籍作家作品为主，获奖及入围的二十部作品中有十四部出于辽宁，三部作品出自同样处于东北区域的黑龙江和吉林，另外三部虽然出自广东、青海、山东，但从其文本内容及语言风格上来看，都具有强烈的东北地域特色，在主题思想与艺术技巧层面都体现了与辽宁地区网络文学作品的高度一致，因此，本届"金桅杆"奖的获奖及入围作品都可视为能够代表辽宁地区网络文学地域化特征的重要参照作品，作品中体现出的地域创作特色在现实生活、伦理道德、艺术审美层面都有着清晰的呈现。

一、立足本土传统的地域生活特色

本届作品在局部与整体地域角度都充分体现出立足本土传统的地域生活特色。在局部地域层面，辽宁地区网络文学作品必然体现出辽宁本土地区的地域化特色，而从整体地域层面来看，辽宁地区网络文学作品非常注重对中华优秀传统文化的继承与创新，中国传统文化特色成为本届作品的重要书写对象。这种对于辽宁地区传统与中国传统文化的书写，具体体现于两个方面。

一是对东北地区红色传统与工业传统的重现。东北地区特有的红色文化基因与工业精神在作品中得到了充分展现。东北地区作为共和国的长子，对于祖国的热爱在革命抗战与建国强国的历史中都留下了浓墨重彩的篇章，红色文化精神与现代工业精神，随着历史的发展已经融入了东北人民的血液，并逐步成为东北人民特有的地域自豪感。如创里有作的《工程代号521》，聚焦新中国建立之初的东北工业制造业，描述东北工业人如何致力解决工业生产中面临的一系列矛盾与问题，展现了东北工业人的爱国精神与不屈不挠的改革创新精神。风咕咕的《奋斗者》，以辽宁沈阳著名的工业区铁西区为背景，描绘了大型国企在工业生产与改革中如何化解危机与困境，展现了辽宁传统的工业奋进精神在当今的延续发扬。银月光华的《大国重器》则聚焦近年来彰显国力强盛的铁路修筑领域，展现了东北工业精神在国家发展强大过程中的重要作用。这些作品都是展现辽宁红色文化精神与工业奋进精神的代表，体现出辽宁地区厚重的历史文化底蕴，源自重工业的自豪感也成为今天辽宁地区独有的历史文化特色。

这种现代工业自豪感在今天随着中国国力的强盛而日益加强，如步枪的《大国战隼》借助空军飞行员的故事，在侧面充分体现了中国空军的强大实力。也标志着中国工业制造业已经立于世界前沿，工业的巨龙已经腾飞在天。春笋的《焊花耀青春》通过对当代优秀蓝领成长经历的展现，见证了伟大时代中国载人航天工程的前进与崛起。

二是中华优秀传统文化在当代的复兴。随着国家实力的日益强盛，国潮国学热在当代不断兴起，网络文学创作也经历了由最初的西化向本土化的历史演变，中华优秀传统文化成为本届作品的重要书写对象。如陌上人如玉的《旦装行》，传承国粹京剧文化，使传统京剧以新颖时尚的面貌呈现在读者面前，传统国粹文化与现代生活在作品中实现了跨时代的融合。宁城荒的《秘野奇域》，以当下流行的考古探险题材，展现了中国历史悠久的文化底蕴，重现了中国作为世界四大文明古国的荣光。封七月的《通幽大圣》则以中国古代奇幻传说为主题，在一系列冒险中展现了中国古代丰富多彩的神鬼传说。尚启元的《刺绣》通过清末苏州绣坊跌宕起伏的历史经历，从侧面展现了中国传统刺绣文化的奥妙精髓。这些作品从不同角度实现了对中华优秀传统文化的弘扬和推广，诸多中华优秀传统文化在作品创作和阅读的过程中得到了继承和延续。

更值得注意的是，这些作品对于中华优秀传统文化的致敬，并非龟缩于传统的国粹主义，而是从当代人的视角对传统进行呈现，其主人公无不具有当代特征，使读者更能够感同身受地体验故事情节发展，这也在一定程度上消弭了当代人与传统的历史距离感，在作品中实现了古今的融会贯通。

二、注重人情冷暖的地域伦理特色

本届作品展现出辽宁地区特有的人伦关怀特色。辽宁地区具有浓厚的东北风土民情特色，这在全国人民心中都有着深刻的烙印。东北人民的豪爽大度、热情好客、不拘小节等特征在当今的网络文学作品中也得到了清晰的呈现。

在辽宁地区工业文化的历史中，现代工业文化使东北地区形成了高度的集体自豪感与家庭归属感。东北地区的工业多以重工业为主，工业生产规模庞大，工厂往往具有巨大的承载能力，承载着成千上万的劳动人民的经济收入与日常生活，工厂承载着工人们包括住宿、饮食、医疗、子女教育等方方面面的需求，所以东北人民的衣食住行甚至整个人生往往都与工厂紧密相连。在工厂的生产生活中，人们自发地聚集在一起，工厂成为东北人民的家，人与人之间结成了紧密的生产劳动关系与日常生活关系。尽管随着后来工业生产结构的改革，如今很多东北地区的传统重工业园区已不复存在，但这种饱含人情冷暖的人伦关怀已经深深融入了东北人民的血脉，并延伸至生活的方方面面，人们在当今日常生活中依旧保持着彼此之间的脉脉温情。

这种脉脉温情已逐渐成为东北人民的精神寄托与人伦理想追求。如鱼人二代的《故巷暖阳》，通过优秀大学生向暖阳的社区工作经历，展示了当今东北地区传统社区的新面貌，东北地区的人情冷暖与人伦关怀特色在小说中体现得淋漓尽致。千羽之城的《云霄之眼》，则以女性视角为切入点，展现了在以男性为主体的战斗机飞行员领域，女性同样可以出色完成任务并且担当重任，这看似在表面上与当今国际上轰轰烈烈的女性主义运动形成呼应，但实质上展现了东北地区独有的女性地位特征，东北女性真挚率性、勤劳勇敢、敢作敢当的特征在作品中得到了充分的展示。张芮涵的《回不去的远方》，则通过对辽宁普通人的日常生活的呈现，展现了辽宁人民特有的幽默精神与人情关系。这些作品从不同角度展现出辽宁地区充满人伦关怀和注重人情冷暖的地域伦理特色，将辽宁地区人民的日常生活与人伦理想生动地呈现在读者面前。

深切浓郁的人伦关怀特色是辽宁乃至东北地区重要的地域特色与辨识标志，其源自于东北地区长期以来的农耕传统与在近代形成的重工业传统，其中保留着辽宁与东北地区原始的人文精神风貌，并在发展演化过程中逐步形成了东北地区特有的高度感性化的地域审美特色。

三、高度感性化的地域审美特色

本届作品还体现出辽宁地区特有的高度感性化的地域审美特

色。在东北地区传统生活特色与人伦特色的双重作用下，辽宁地区的审美传统具有高度感性化的特征，这种高度感性化集中表现为辽宁人民对于家园故土的热爱依恋之情。

俗话说，美不美，家乡水，亲不亲，故乡人。对于家园故土的热爱是中国人民的传统精神特色，而东北地区人民对于家乡的依恋尤为突出。东北地区虽然冬季气候寒冷，但是其富饶的黑土地非常适宜农作物的生长，丰富且易获得的农副产品成为东北地区得天独厚的地理优势，也形成了东北人民对于故土的深深依恋之情。而在近代形成的工业文化中，东北人民以厂为家的伦理特色，也源自这种对于故土的依恋之情。随着由农业到工业的社会转型，这种对于土地的依恋之情也逐步转化成为东北人民对于工厂的眷恋之情。虽然在工业改革的进程中，东北地区的经济结构改变造成了一定程度的经济下滑与人口外流，但在今天，越来越多的年轻人选择留守或回归东北的家乡，也从侧面映射出东北地区特有的地域优势与东北人民的眷恋故土之情。

这种对于故土的依恋也生成了辽宁地区自身独有的高度感性化的审美传统，东北地区人民的审美标准粗犷而单纯，评判标准也较为干脆直接，往往爱憎分明、简单明确，虽看似不曾精雕细刻，却亦粗中有细，其中透露着浓厚的人情伦理与道德尺度。如刘星辰的根据真实事件改编的《捕影追毒》，通过缉毒组队员与毒品罪犯展开的斗争，展现出辽宁人民坚决捍卫正义抵抗邪恶的爱憎分明的精神。冰江的《青山做证》亦是以荣获"中国最美护林员"称号的普通东北地区"林二代"沈玉河为主人公，通过其传奇的守林经历，展现了东北护林人以生命为担当守护青山绿水，用青春热血铸就传奇的最美护林精神。胡德伟的《残梦山河》则描述了东北地区人民顽强不屈保卫家园的抗争精神，通过描写义和团失败至辛亥革命这一段历史期间辽东人民反侵略反封建的英勇斗争，展现出辽东人民好似生来就具有的守护家园抵抗外来侵略者的豪迈气概与崇高精神。而麦苏的《我的黄河我的城》与懿小茹的《我的西海雄鹰翱翔》，虽然作品中展现的实际地域并非辽宁地区，但是其中体现出的对于家园故土之美的呈现与眷恋之情与辽宁地区的地域审美特色形成高度吻合。这些作品中体现出的审美情感都极具东北地域特色，在简单纯朴的外表之下，表现出东北地区人民对于家乡土地与亲人的热爱以及在大是大非前坚定的道德立场。

　　东北地区高度感性化的审美传统是辽宁网络文学作品获得强烈社会反响的重要原因。由于具有共同的审美习惯，地域化的审美特征往往能引发特定地域的高度响应，这在近年来的传统文学领域也得到了实践验证，如近年来在文坛广受关注的"铁西三剑客"，诸多东北传统文化地标在他们的作品中得以复活，并以全新的精神面貌呈现在年轻人的视野当中，同样是源于东北人民对于家乡的高度热爱之情。因此，无论是传统文学作品还是网络文学作品，审美的共通性都能够激发起读者群体的审美热情，并迅速激发起群体对于作品的强烈反响与高度认同。

　　综上可见，辽宁地区网络文学创作在近年来获得了长足发展，作品充分体现出辽宁地区特有的地域精神文化特色，在获得广泛地域响应与认同之时，亦形成了辽宁地区网络文学独有的地域化书写风格。而面对时代的进步与发展，面对新媒体网络技术的不断创新与挑战，辽宁地区网络文学创作在经典化与创新化的道路上还需不断发展前行，以期更好地呈现辽宁地区精神文化乃至中华优秀传统文化。展望辽宁地区网络文学的发展前景，重拾传统、反思当下与探索未来的思路都将为辽宁地区的网络文学创作提供广阔的发展空间与路径。随着时代发展进步，借助不断进步的网络技术创新之东风，辽宁地区网络文学在对于传统文化的继承与创新，理性与反思精神的注入，网络科技发展带来的文学范式革命等方面，都具有合理运用，以提升自身的宝贵发展契机。

四、对中华优秀传统文化的继承与创新

近年来，无论是国学的兴盛与国潮的复归，还是不断崛起的国货热潮与国产老字号的复兴，都标志着中华优秀传统文化在当代的重新崛起。对于中华优秀传统文化的选择亦是网络文学发展的必然，因为在网络文学的发展过程中，无论是创作层面还是受众层面，中国网络文学在历经三十年的发展后已经处于世界前沿，因此对于本土文化的选择已成为网络文学创作的大势所趋。在另一层面上，网络文化在中国的兴盛也与中华优秀传统文化精神特点密不可分，中国人的感性审美传统与网络文学的高度感性化、从众化等特征相互吻合，也为网络文学的兴盛提供了必要的文化土壤与养分。而随着传统文化在当代的重新崛起，网络文学势必将在创作过程中融入更多的传统文化因素。

因此，新时代的网络文学创作首先需要更深入地学习和理解

中华优秀传统文化。网络文学虽然是时代科技的产物，但其在中华优秀传统文化背景中获得了长足的发展，中华优秀传统文化为网络文学提供了创作的文化语境和灵感素材。欧阳友权在《传统是网络文学的"精神血脉"》中认为："网络文学要传承和弘扬优秀传统文化，首先需要网络作家以文化自信树立起文化传承与创新的自觉意识。网络是传播的工具，文学是传承的载体，二者的结合意味着用最先进的媒介传播最具文化价值的人类文明遗产，从而实现网络文学创作的价值增值效应。网络作家如果意识不到优秀传统文化对于创作的重要性，他笔下的作品不仅无'根'，而且失'魂'，因为只有胸中有文化，笔下才会有乾坤。网络作家必须有文化，懂文化，拥有文化传承与创新意识，网络创作才能思接千载，视通万里，获得驭文谋篇之大端。"①作为最早一代研究网络文学的资深学者，欧阳友权对于网络文学媒介性质与精神实质的探索为网络文学的未来发展指明了立足之根本。

其次，需进一步在网络文学创作中实现对中华优秀传统文化的现代性转化。中华优秀传统文化在新时代的复兴，并非原封不动地复制传统文化，而是要实现传统文化的现代性转化，即对传统文化的创新与转化升级。根据黑格尔的历史辩证法原理，升级是事物历史演化的必然结果，根据其历史辩证法的"正—反—合"演化过程，完成升级之后的传统文化看似回归于传统，实则已经完成了传统的质变，具有与传统完全不同的精神实质，即"新传统"。这种升级之后的"新传统"形成于网络文化当中，随着时

---

① 欧阳友权：《传统是网络文学的"精神血脉"》，《光明日报》2020年1月8日。

代的更迭，传统的载体即传播媒介不断更新，传统在进入网络载体后即形成自身的反命题，并经过矛盾演化最后升级成为"新传统"，而"新传统"彰显的已并非是真正的传统，而是新时代的精神需求。因此，新时代的网络文学需要建立起更具时代特征的"新传统"，建立起更符合当代人精神的审美标准。

此外，传统文化在当代复兴的进步性还体现为对西方文化的参照。"新传统"与老传统的重要区别之一即在于"新传统"是在以西方为参照即经过西方文化的洗礼之后的向中国传统的致敬，其在实质上经历了由国内到西方的发展演化，当其再次回望传统之时，实则成为对于传统的"二次选择"，即完成了对于传统的现代性转化与升级。对于中华优秀传统文化的现代性转化亦可参照西方近代思想史中尼采的《查拉图斯特拉如是说》，作为西方思想进入现代的划时代作品，其对于《圣经》的继承与创新，即体现出西方现代性的精神需求。而面对中国博大精深的精神文化传统，对于传统文化的现代性革新同样成为时代精神的迫切需求。

在传统文化现代性转型的具体操作层面，为适应时代所需，对于传统文化的"瘦身"势在必行。由于"短、平、快""小、快、灵"的快节奏更适合新时代读者的需求，因此对于传统文化的"瘦身"必须舍弃其传统形式性而更重其精神内涵性，而今天很多网络文学作品都自觉或不自觉地运用了这一方法。在将传统文化带入网络文学作品之后，由于传统文化的固有形式已被打破，传统文化与新时代的隔阂感得以弱化，而传统文化的精神趣味性则在网络文学作品中得到充分提炼发挥，读者可以在轻松愉快的氛围中体验传统文化之美。如上文提及的《旦装行》，将京剧文化与现代文化进行了有机结合，使京剧的出现不再显得突兀生硬，而是充满了生活与艺术的趣味之感甚至时尚之感。又如《秘野奇域》，将考古知识融入当下大火的"盗墓"文化主题，使读者随着探险经历的层层深入而融入其中，在获得真实体验之感的同时越发领略到中国传统考古文化的博大深邃。

同理，辽宁地区的传统工业精神往往以其厚重的历史感而深入人心，但这种厚重的历史感也往往令当代人产生隔阂与却步，面对当代的文化需求，这些厚重的历史精神财富必须具有新的审美形式，而首当其冲的就是要完成对其厚重历史感的"瘦身"，即适当地化解其历史感与深度感，让其获得更为平易近人的当代审美形式。例如今天很多传统的辽宁重工业历史遗迹都已转化为精神文化地标，沈阳市铁西区的1905工业创意文化园，本溪市溪湖区的本钢钢铁冶炼博物馆，都已经由曾经的工业生产厂房改建成为当地的历史文化地标，成为时髦年轻群体的"打卡胜地"，这在实质上实现了由物质形式到精神文化的现代性转型。而在网络文学创作中对于传统文化的代入亦应如此，有必要将传统文化进行外在形式的舍弃而将其精神内涵加以保留呈现，以减少其历史疏离感而增加其当代时尚感。

五、理性与反思精神的持续注入

当今网络文学因网络的日益普及而面向越来越多的大众群体，大众群体的高感性化审美取向成为其繁荣兴盛的基础，但是感性的易变性也成了一把双刃剑，网络文学作家作品在极易获得簇拥的同时也极易失去关注，也导致如今鲜有网络文学作品进入经典行列，而网络文学也因其不稳定性一直广受来自传统作家群体以及批评群体的诟病与质疑，部分传统作家与批评家至今仍不肯承认网络文学应有的文学地位。

对于这种大众群体感性的易变性，古斯塔夫·勒庞在《乌合之众：大众心理研究》中认为："群体在智力上总是低于孤立的个体，然而，从情感以及这些情感引发的行为来看，群体可以比个体表现得更好或者更差。"① "虽然说群体常常放任自己低劣的本性，但他们也不时会成为崇高道德行为的典范。如果说，无私、顺从、全身心地投入某个虚幻或切实的理想，这些品质可以算作美德的话，我们可以说，群体对这些美德的拥有程度，是最智慧的哲学家也无法企及的。"②通过勒庞的观点不难看出，大众群体在感性层面是高于个体的，因此在群体面前，以高度感性化而获得受众群体的网络文学显然较传统文学更易受到群体性的影响，"乌合之众"的群体盲从性也极易在网络上产生。

然而在历经二三十年的发展之后，文学语境时过境迁，随着网络高普及化的实现，网络文学的兴起已经成为不可逆转的时代潮流，尽管一些由网络带来的弊端仍然存在，但是网络文学已经逐渐展开了对自身的反思，这种反思精神恰恰是理性精神觉醒的

---

① ［法］古斯塔夫·勒庞：《乌合之众：大众心理研究》，陈剑译，南京：译林出版社2016年版，第22页。

② ［法］古斯塔夫·勒庞：《乌合之众：大众心理研究》，陈剑译，南京：译林出版社2016年版，第38—39页。

重要标志。在 2021 年中国网络文学发展三十年研讨会的讨论中，核心议题之一便是对中国网络文学发展历程中出现问题的反思，如单小曦在《使命与钳制：中国网络文学发展境况思考》中认为：网络文学属于电子—数字文化知识型中的数字文学范式，中国网络文学在这个意义上担负着振兴中国当代文学并将之推向新历史发展阶段的使命。然而通过对中国网络文学发展境况的考察可以发现，在深层次上中国网络文学正遭遇着来自网络文学平台异化、网络文学制度不健全和精英批评话语错位带来的三大钳制，它们正在把中国网络文学拖入一种发展的困厄境地，从而也在很大程度上阻碍了其当代文学使命的达成[1]。而通过对上述问题的分析，单小曦对于中国网络文学发展目前面临三大问题的分析也可以集中概括为一种理性的疏离与缺失，而这恰恰形成了中国网络文学发展的瓶颈所在。

相较于大众感性的易变性，理性精神更具有稳定性与持久性，因此网络文学在迈向经典化的发展过程中必须要有理性精神的持续注入。中国理性精神虽然在历史中存之已久，但近现代以来中国理性精神外在形式的形成更多来自西方外来思想的注入。西方理性精神在古希腊时期即具有较为成熟的外在形式，而以康德、黑格尔等为代表的德国古典哲学则在西方启蒙时期将理性精神推向高峰，长久以来的理性精神也赋予了西方文化思想独有的深度感与反思精神，而随着西方思潮在近现代涌入国内，中国传统理性精神也随之具有了西化的外在形式，得以在当代发展传

---

[1] 单小曦：《使命与钳制：中国网络文学发展境况思考》，《探索与争鸣》2021 年第 10 期。

播。而这种西化形式理性精神的形成由于需要具有较长的时间与经验积累，往往存在于传统作家与批评家群体当中，这也造成了上述所说的批评话语的错位。因此，面对当今网络文学主要为大众群体与年轻群体的受众群体，其具有的盲从性与求新性特征更需要理性精神的保驾护航，才能避免网络文学落入庸俗与无序的弊端。

结合辽宁地区近年来网络文学的发展来看，在当今的网络文学创作中，越来越多的传统现实主义作家参与到网络文学的创作当中，传统现实主义与历史主义题材创作的融入，也为网络文学创作带来了更加成熟稳定的理性创作精神。而随着网络文学的日益正规化，越来越多的文学批评家与评论家也将目光投向这一新兴领域，这也为网文创作带来了必要的反思批评精神，这种反思精神的注入也能更好地推动网络文学创作的进步。理性精神的持续注入加之反思精神的不断形成，使网络文学创作将逐步摆脱早期的低俗、混乱、无序状态，迈向经典化。在未来的网络文学创作与批评中，网络文学创作也将更多地与文学理论批评相结合，以获得更多的理性反思之音。

在第三届"金桅杆"奖的获奖新闻报道中，也可以更清晰地感觉到辽宁地区网络文学中理性与反思精神的注入与凝聚，报道中指出：网络文学的现实书写还要有深度追求，应该向更垂直更细分的领域发展，质量上还要精益求精，写作者的写作技巧还要进一步打磨，去粗取精。针对辽宁地区网络文学特有的高度感性化的地域特征，理性精神与反思精神的引导与保驾护航作用将更加明显地体现，辽宁网络文学亦能够因此获得更加长久平稳的发展。

六、对当代文学新形式的吸收运用

随着近年来新媒体与网络科技日新月异的发展，文学的形式在网络时代必然发生变化与升级。对于新媒体与网络技术创新的广泛吸收，使网络文学创作较易突破以往的文学形式，如本届获奖作品覆手的《医等狂兵》，文章篇幅多达一千六百零九章，这在传统纸质媒介时代几乎无法实现，但网络使其成为可能，技术的进步与革新为文学形式带来了显而易见的改变。

马歇尔·麦克卢汉在《古腾堡星系》与《理解媒介》等著述中提出的"媒介即信息"的观点，在网络时代得到了明显的印证。网络对于文学来说已不仅仅是媒介，其甚至可以是文学形式本身，网络文学应充分体现发挥网络科技的特征和优势，建立起数字化、交互性、体验式的文学新形式。而从这一角度看来，当下具有划时代意义的网络文学尚未真正生成，当今的网络文学还基本停留于媒介变更的阶段，发展阶段基本处于由原本的俗文学网络传播逐步转向经典化文学的网络传播阶段，但这远远不是网络为文学带来的真正划时代意义的变革。

按照黑格尔的历史辩证演化原理，当代的文学形式实则早已无法容纳当代人日益高涨的精神需求，在"新传统"回潮之后，当代人尤其是年轻群体的精神已经完成了时代的升级，但是文学的形式还基本停留于原有状态当中。同理，当代大多数网络文学作品也依旧停留在文学的精神审美层面，而能够使文学更加符合时代特征的新的外在审美形式尚未被赋予。随着时间的推移与时代的发展，这一矛盾的加剧也必然引发新的文学形式革命，具有"新传统"特征的新的文学形式即将生成。

同网络作为媒介为"新传统"的生成铺平道路一样，网络科技为文学新形式的生成同样提供了大量契机。当今的网络科技更加强调人文的真实体验性，随着网络科技的进步及其在文学领域的不断渗入，未来的网络文学必将为读者带来更多的全方位的浸入式审美体验，让读者更加真实地体验到文学之美，充分发挥出网络时代的科技创新优势与通过新的感性审美方式实现的群体价值引导作用。

在文学形式的发展变革中，从科技范式到人文范式的转型是文学形式转型与升级的核心动力。最初人们对于网络文学的关注主要源于科技诉求，但今天网络更多地展现出人文的力量与色彩，二十年的时间里，网络已经悄然完成了从科技范式到人文范式的演变。而这种范式演变已经成为一种必然的发展趋势，如近些年备受关注的人工智能问题也从人文的视角进入了网络作家的视野，本届作品红九的《扫描你的心》即对人工智能发起质问："这处处充满人工智能的时代，人脸可以扫描识别，那人心呢？"这显然呈现出一种由科技到人文的过渡，而人工智能的发展对于文学创作的影响也不仅仅停留于技术层面，其在人文伦理层面对人类艺术创作的影响更值得关注与思考。如赵耀在《再论人工智能的威胁实质》中认为：在可预见的范围内，人工智能不会从根本上取代人类，但会以改变人类的方式影响人类。……人工智能借助虚拟自由的生产，将人类自启蒙以来形成的主体性自由下降到动物性自在。人工智能通过艺术生产的可制造性，彻底断绝人类的感性体验，艺术不再具备向人类敞开新的可能性的能力，完全沦落为无主体性、无对象性和无超越性的自动生成。所有这些，才是当前人工智能对人类的威胁实质①。赵耀在此提出的人工智能威胁显然不是针对人工智能的艺术创作行为本身对于人类艺术创作的威胁，而是从更深的层次看到人工智能在伦理层面对于人类自身创造能力的影响，从而指出其在人文伦理层面的威胁实质。

由此可以预见的是，在网络文学的未来发展中，科技的创新必将不断转化为相应的人文诉求。托马斯·库恩在《科学革命的结构》中提出科技范式的升级必将引发科技的革命与进步，"范式一改变，世界本身就改变了"，文学同样如是。科技创新必然带来文学范式的升级，而网络文学正是文学的当代新范式，其形成正处于开端阶段。美国科技预言家凯文·凯利以其著名的"三部曲"享誉全球，在最新著作《必然》中，其预言的未来二十年的网络科技发展如今尚处于形成阶段，发展前景令人期待。而随着5G时代的来临，云端、大数据、元宇宙等新兴科技概念令人应接不暇，对于这些时代科技内涵的把握最终还要回到其人文性的根本上来，科技为人服务，造福于人，同样，实质为人学的文学也能够在科技的进步与发展中获得新生，而网络孕生的文学新形式只是一个起点与开始，真正的文学范式革命正在拉开序幕。

未来网络科技的发展也将为"新传统"的发展提供有力的技

---

① 赵耀：《再论人工智能的威胁实质》，《艺术广角》2021年第5期。

术支撑，为文学的新时期发展提供了更广阔的舞台。对于这种文学与科学技术在未来的融合发展，张福贵在《技术主义道路与传统文科的发展路向》中对未来"新文科"的发展做出预测：随着互联网、大数据、人工智能、新能源、新材料、新思潮等技术与理论在人类社会的多层面渗透，"科学、艺术与人文之间不断呈现出集成创新、融合发展的交叉化发展态势，人文学科正以新的视角，动态吸纳与整合着社会文化、科学技术与日常生活，展现出了全方位开放的胸襟与姿态，学科之间的边界日益模糊""不断涌现的具有典型文、理、工、艺交叉属性的'数据新闻''大数据与智能媒体''数字媒体艺术''动画艺术''游戏设计'等专业正呈现出典型的新文科专业特性，推动着学科知识之间、科学和技术之间、技术与艺术之间、自然科学和人文社会科学之间深度融合，并不断为社会新文化、新业态、新思想提供了创新源泉与动力"。所以，文科之新是势在必行①。透过这一预测可以看出，文学在未来的发展具有更广阔的空间与路径，并将获得新的发展。历史的实践经验也表明，曾经的科技发展变革最终都将形成对于人文领域的有力助推，人文学科的发展与转型也必将积极借助科技的进步，而在当下以及未来，网络科技的发展将如何助推文学形式在新时代的创新与升级，网络文学创作又将吸收和运用怎样的文学新形式，我们都将拭目以待。

---

① 张福贵：《技术主义道路与传统文科的发展路向》，《山东大学学报》（哲学社会科学版）2021年第5期。

时代的多重奏

——第三届辽宁网络文学"金桅杆"奖获奖作品综述

邹 军

近年来，网络文学转向现实题材，成为时代精神的承载者与传递者。就第三届辽宁网络文学"金桅杆"奖的十部获奖作品而言，有的小说再现了中国工业生产的恢宏场景，延续了"十七年"文学的工业叙事精神，将崇高感贯穿于新时代网络文学创作之中，完成了网络文学与现实题材的高度融合，并对工业文明中的人与人、人与社会、人与时代之间的复杂关系，做出了独到而深邃的思考；有的小说以个体人物的选择与命运为主线，在充分展示人物的迷茫与坚持的同时，探讨了现代人如何面对传统文化与现代文明的问题，为当下厘清现代与传统之间的关系提供了重要的启示；还有的小说凭借飞扬的想象力，带领读者往返于远古与未来世界，在跌宕起伏又耐人寻味的叙述中，不仅为读者奉献了一场滋味丰富的审美盛宴，更表达了对文明的思考和对未来的预判。网络文学的现实转向在一定程度上淡化了传统网络文学的娱乐化、商业化特点，既是当下网络文学发展的新趋势，也是未来网络文学发展的新方向。

一、时代与宏大叙事

第三届辽宁网络文学"金枪杆"奖获奖小说中，一些作品以工业、军事为题材，延续中国现当代文学的宏大叙事精神，以恢宏的气势传承传统的崇高美学风格。

比如，步枪的《大国战隼》以2009—2019年空军发展的关键十年为背景，采用现实主义的写作手法塑造了一位拥有极其高超的飞行技术并具有强烈家国情怀的飞行员形象——李战。作者以这一精英飞行员的成长历程以小见大地浓缩反映了我国空军事业十年发展的现代化进程。个体心灵视角的切入、祛魅式的艺术手法以及符号象征隐喻等，共同成就了这一新时代军人形象的塑造。传统军人形象塑造往往注重典型化，将个体熔铸到集体群像中，而《大国战隼》则以细腻的个体视角，对个体人物的心理世界和情感世界进行深度挖掘和生动展现，从而将"李战"这一个体形象从传统的军人形象中凸现出来，体现出新时代军人丰富的精神世界。在《大国战隼》这部作品中，作者对军人形象进行了"祛魅"化处理，突破了传统塑造军人形象惯用的扁平化模式，更多地赋予新时代军人形象的真实面貌与多样化的个性，使得人物更加真实与立体。"李战"这一形象有别于传统英雄形象的脸谱化和同质化倾向，作者描绘出一个血肉丰满、个性鲜明的"熟悉的陌生人"，生动地展现了新时代军人独特的精神面貌。从符号寓意上来看，我国空军的复兴历程集中体现于李战这位英雄飞行员的从军生涯，小说不仅塑造了一位有血有肉、技艺高超、爱家爱军爱祖国的"大国鹰隼"，更呈现出我国空军力量从逆境中强大起来的艰苦历程，弘扬了具有家国情怀与历史担当的空军战士身上所蕴含着的英雄主义与爱国主义精神。

再比如，创里有作的《工程代号521》，其故事时间从新中国成立初期绵延到20世纪80年代中期，跨度不可谓不长，是一部类似于新时期"改革文学"的工业题材作品。与"改革文学"不同的是，作者在极力塑造一个"高大全"式的工业"英雄"形象时，对这一传统的典型形象做出了改进与充实。作品以521工程的研发进程为叙述主线，同时也在宏大叙事框架下展现了工业实验、劳作流程。值得注意的是，作者并没有沉浸于此，而是将工业研发与生产本身变作一种生活。这种生活的主角就是小说的主人公陈耀华。当然，作者不仅着力塑造了这个单一形象，还围绕工程进展编织了他与周围人的关系网，这些关系可以是和谐的，也可以是紧张的，但它们都来自于工业生活。《工程代号521》正是围绕着中心人物陈耀华形成的关系网络全方位地再现了工业生活的方方面面，陈耀华带着严正的自信勇立历史潮头，负重前行，圆满完成了其所担任的521工程任务，实现了历史发展的必然要求。在这个过程中群丑被否定，英雄被颂扬。陈耀华是我国经济起步时代的工业英雄，也是当下经济生活所需要的楷模形象。

还有银月光华的《大国重器》。这部小说叙述了三代科研人员经过不懈努力，终于研发制造出具有世界先进水平的盾构机，一举解决"卡脖子"问题，进而扬我国威的励志故事。我们可以将《大国重器》视为一部军旅小说，因为它较大幅度地表现了新中国铁道兵的生活。在小说情节设置上，全书都贯穿着几个重要的隧道建设工程，如20世纪90年代秦岭隧道建设、郑河隧道建设工程等，铁道兵及兵改工之后与之保持很大"血缘"关系的建设者的身影则时时映入眼帘。也可以将这部小说视为一部工业题材的小说，因为它以"大国重器"为题，重点描写历经几代人研发设计，最终在盾构机制造技术上取得重大突破的奋斗历程，彰显了一种宏大的关涉国家尊严的旨意和气魄。从文学叙事角度看，这部小说还塑造了一个在隧道建设和盾构机研发过程中具有独特精神风貌和人格魅力的群体形象。与许多小说注重刻画个别人物形象的典型性格不同，《大国重器》擅于通过对多个形象的描绘，来集中构筑和凸显一种统一流贯整个文本的精神气质。这种精神一旦形成，就使小说获得了一种恢宏的气势和崇高感。从某种程度上说，这部小说侧重于写一种精神或气质，这种精神或气质来源于铁道兵，来源于军人，他们甘于奉献、不畏劳苦、不惧生死，在实现"盾构梦"的伟大征程中不屈不挠，不懈奋斗，其执着精神令人动容。

除此之外，赵杨的《奋斗者》作为国内首部国企混改题材小说，涉及"东北话题""工业题材""现实主义""国企职场"等诸多方面，而无论从哪个角度来谈，其可挖掘的内涵和价值都不容小觑。这部小说是赵杨继第一部现实主义题材小说《春风故事》之后的又一部工业题材力作。小说以21世纪初海州市海工集团成功混改重组后迎来的发展危机与改革新机为背景，讲述了以王图南和宋腾飞为代表的年轻追梦人"风好正扬帆"的奋斗故事。小说刻画了两个青春自信的当代中国工人形象：王图南出身老国企家庭，从小生活在"工人村"的他在工人区深厚的工作氛围和昂扬的奋斗精神的影响下，自觉接过父辈的接力棒，研究生毕业后通过企业招聘进入海工集团设计院工作，立志为国内工业技术创新事业闯出新天地，代表了中国工人心怀理想的一面；宋腾飞出身农村，受企业优秀前辈的影响发愤成为一名优秀的工程师，他既有吃苦耐劳的耕耘精神，也有协调转圜的穷变能力，脚踏实地，求真务实，代表了中国工人扎根现实的一面。二人时刻铭记"海工的命运要靠海工人来书写"的初心使命，展现了"自力更生、艰苦奋斗"的亮丽底色。同时，作品也透过两位青年人职场蜕变的成长故事，拉开了当代中国制造、中国企业与中国工人的奋斗图景与青春篇章。当面对写作这项严肃的工作时，赵杨选择深入工业现场，贴近当代东北人民的生活、工作、历史与情感，以此完成自己的书写任务。这种类型的小说所包含的专业知识和历史要素是庞杂的，因此，作者极为重视写作前对相关知识的学习和实地调研。东北老工业基地是中国现代化工业的策源地，新中国成立以后，东北的工业体系最为完善，工业基础也最为厚实，可谓新中国工业的摇篮。作者赵杨拥有十余年国企工作经验，因此，对于东北工业的今与昔、盛与衰、荣与辱都有深切的体验，这也为她的写作奠定了扎实的基础。这次她深入一线车间，走访东北工业大大小小的地标，用文学呈现现实，抒写时代。

二、时代与人情冷暖

第三届辽宁网络文学"金枪杆"奖获奖作品在体现时代精神方面，还表现为对日常生活中人情冷暖的观照。

比如，鱼人二代的《故巷暖阳》就是一部介入社会生活、回应社会问题的小说。故事发生在一个叫"春风社区"的地方。在春风社区中，由"旧房改造"这一社会问题延伸出街坊邻里之间诸多摩擦、碰撞、交流、和解，小说较为巧妙的地方在于，这些问题最后几乎都是由刚步入社会、才投入工作、渴望发挥自身价值的年轻社区工作者即小说主人公向暖阳来化解的。聚焦"社区旧改"这一近年来的社会热点问题，小说展现了社会生活中的人生百态。《故巷暖阳》主要叙写了我们日常生活中的身边人与身边事，由小见大地反映普通人的普通生活，具有强烈现实意义。发生在春风社区的诸多烦事、琐事也是每一个生活在现代都市中的人所经常面对的，因此，小说具有强烈的真实感，对于读者而言，也极具代入感。在具体的细节描写上，作者既不夸张，也不压制，而是将原生态的生活情状真真切切地呈现出来，葆有一种自然主义的品格。但就整体而言，这部小说乃是社区生活人生百态的浓缩，在此，我们可以透过一个地方、一群人，透视社会与生活整体，甚至人性，这当然是现实主义精神折射，是文学社会价值与艺术价值双重合奏的结果。《故巷暖阳》一方面真实再现了社会生活，并将时代性注入文本之中，对作品的主题进行升华，发挥了文艺作品的社会价值与美学价值；另一方面又刻画了一个个意味深长的人物形象，这些动人的形象给读者留下了难忘的印象，有的甚至还成为读者的精神力量之源。在整部作品中，作者以平凡的烟火气抚慰人心，同时将作品主题和思想都推到了一定的高度，使读者在细碎的生活中体会浓浓的人情味。

红九《扫描你的心》则以轻松愉快的写作风格和温暖治愈的主题思想收获了读者们的广泛关注和一致好评，并以9.8分的高分位居排行榜前列。故事的女主人公是叛逆的富家千金姚佳，与父亲打赌——她若能成功隐瞒身份潜入父亲公司基层做满三个月客服工作，父母就要满足她一个愿望；男主人公孟星哲则是一个极端利己、追求享乐的新晋富二代企业家，和女主人公父亲同属电器行业，也作为客服"卧底"在女主角父亲的公司。两人初见时相互隐瞒真实身份，却在相处过程中逐渐产生感情，最终互相表明身份并坠入爱河。小说的标题"扫描你的心"包含了两大主题元素："扫描"是指不断更新发展的现代科技手段，而"心"则是代表着人间真情。在科技迅猛发展的大时代背景之下，社会机器的运转速度越来越快，越来越多的人崇尚效率至上而忽视了人与人之间的情感交往。特别是当人工智能技术日益发展成熟，"机械取代人工"的呼声也逐渐高涨。作者在小说开头部分就将"人工"与"机械"的较量体现出来——男主人公认为公司管理就应遵循"狼性管理"的原则，体现为效率至上、金钱至上；而女主角则认为公司运行中最重要的是人性化管理，一个冷漠的团队即使拥有再先进的技术，也无法创造出有温度的作品。抛出这个论题后，作者有意按下不表，直到小说结尾才给出自己的答案——人性之善才是现代科技社会中最宝贵的东西，科技并不是万能的，人工智能无法完全取代真正有血有肉的人。小说中的角色们所从事的客服工作，也是回答这个问题的一个实例。在面对诸多复杂问题时，智能客服或许确实可以提供比人工客服更高效的解决方案，但人工客服拥有智能客服所没有的情感温度。人工客服可以为求助者提供情感上的慰藉，这种共情能力恰恰是社会机器运转中必不可少的精神纽带，也是人类社会前进路上最为珍贵的情感需要。最后，作者将2020年初的新冠肺炎疫情写进小说结尾处，面对突如其来的灾难，曾经极端利己的男主人公毅然加入了抗疫志愿者的队伍，女主角虽在疫区之外，也尽其所能地调动物资援助抗疫一线。这幅全国人民齐心抗疫的动人画卷，将小说内原本的虚构世界与小说外的真实世界连通起来，突出了"人间大爱"这一主题的神圣感和永恒性。同时，作者用极富有感情的语言，将全国人民万众一心抗击疫情的画面描述出来，不仅感动了千千万万的读者，同时也升华了主题，成功地激发了不同读者群体共有的家国情怀和生死与共的大爱情感。

三、时代与文化责任

第三届辽宁网络文学"金桅杆"奖获奖作品还体现出文学的文化担当，尤其是在现代文明视域下探讨了如何看待传统文化的问题，以及女性主义视域下女性成长及其与男性之间的关系问题，这些问题的探讨都十分具有现实意义。

陌上人如玉的小说《旦装行》以20世纪90年代中国北方的县镇与乡村为背景，讲述了女孩秋丽丽回到老家，与儿时玩伴凤燕在小常生京剧团发生的一系列故事。小说以秋丽丽这个外行人的视角，带领读者了解京剧文化知识及其独特魅力，展示小城市的普通京剧艺术工作者为京剧传承做出的不懈坚持，也展现了当下京剧文化传承之路上面临的诸多困境。就文化传承的外部条件而言，大城市有更好的物质基础，更利于文化的传播与发展，相对而言，小地方的普通人对于文化传承，尤其是对诸如京剧等传统非遗文化的坚守就更显可贵，他们的身影默默无闻，心灵却熠熠生辉——秉持艺心，传承艺术，坚守初心。而由于着眼于小地方的小剧团，更可见传统文化传承之艰难和坚守艺术之心的艺术工作者的可贵与可敬。比如，小常生剧团作为一个民间小剧团，其日常住所是旧砖厂一栋已废弃的两层小楼，日常演出方式是串村演出，只有一辆不大的旧货车可供装卸行头，演员出行靠各自蹬自行车，剧团所有成员加起来仅十多个人，演出经费通常靠各村庄村委会的资助，其窘状由此可见一斑，并且从剧团现状及演出环境可见当时普遍不富裕的经济状况。但正是这样的乡村背景下，小常生剧团所面临的诸多困境才更合情合理，也更具真实性和代入感。无名小乡村间的民间小剧团，仿佛是角落里的一株小草，极具象征意味地反映了20世纪末无数民间传统文化工作团体的艰辛，体现出小地方传统文化传承的艰难与艰巨，也更映衬出坚守的可贵。就小说的叙事艺术而言，《旦装行》采用了更具代入感的外行人视角，使其对京剧文化的介绍更具可接受性。如果生硬地介绍京剧文化，小说的流畅性及艺术性则会大打折扣，会给人掉书袋的感觉，所以作者选择了以秋丽丽这样一个极具个性的外行人视角，去一步步走近京剧文化，让读者身临其境。秋丽

293

丽与大多数年轻人一样，对京剧的了解仅限于只言片语，但她身上富有读者群体性格的潜在特质，如富有正义感、对事物充满好奇心等，使读者在阅读时更易代入秋丽丽的视角中，如同自身进入京剧文化主题的剧情游戏，不由自主地随其一点点去探索、了解京剧相关知识及其文化内涵，并且逐渐开始思考解决问题的"通关"方法。这样独特的视角使小说灵动、鲜活，原本枯燥的京剧知识在故事中也变得充满趣味。以满足主角和读者好奇心的方式，建构起一个普及接受传统文化知识的良性循环。作为一部现实主义题材网络小说，《旦装行》瞩目于京剧艺术，且将描写对象聚焦于小地方的一个民间小剧团，以小剧团小人物的命运与遭际故事，以这些信念坚定的艺人的人格魅力，以及富有代入感的外行人视角，带领读者一步步走进京剧文化，了解京剧艺术，理解京剧艺术工作者对京剧文化传承的执着与不懈追求，引发读者大众对小地方传统文化传承的思考、关注与尊敬，激发人们对民族优秀传统文化的兴趣，树立承传优秀传统文化的信念与决心，对民族优秀传统文化的传承、弘扬与发展进行有益的尝试与实践，进而实现民族优秀传统文化在"互联网+"时代的"创造性转化与创新性发展"。

现代女性群体作为近年来的社会热点话题，几乎每年都有现象级爆款出现，如《欢乐颂》《二十不惑》《三十而已》《我在他乡挺好的》等。随着社会经济、科技、文化、思想的大发展，现代女性在社会中的贡献愈来愈显著，但她们在从家庭走向社会的过程中，仍会陷溺于诸多矛盾冲突之中。在各大网站女频网络小说中，不乏对这些现代女性困境的细致描写，只是这些描写往往易被小说的爱情主线遮蔽，从而带有一定的娱乐化、庸俗化倾向。而千羽之城的《云霄之眼》则另辟蹊径，围绕霍棠、李宇飞、秦知夏、周觅四名女歼击机飞行员在平洲第四空旅军基地的军旅生活，塑造了几位性格各异却又有着鲜明群体特点的新时代女兵形象。作者以这四位青春女兵的成长轨迹为线索，刻画了新一代女性青年敢于"撕掉标签"、重审自我、直面人生的精神面貌。《云霄之眼》用"撕标签"一词诠释了女性如何"不被定义"：撕掉传统社会贴给青年女性的标签，撕掉外界贴给女飞行员的标签，撕掉父母贴给女儿的标签，撕掉自己贴给自己的虚假标签，从而完成蜕变之旅。如为了逃避父母设定的"温室花朵"人生，霍棠放弃芭蕾，撕掉欧洲音乐学院的面试通知，毅然决然地踏上了选飞道路；被迫承袭父辈梦想因而时时刻刻想要"停飞"的秦知夏，在飞行事业真正面临停飞威胁时，才终于意识到自己一直在用"叛逆的念头"蒙蔽内心真正向往的理想与追求；因无法实现宇航员梦想而继承父母事业的李宇飞，始终无法摆脱内心的焦灼与茫然，但其最终选择了直视自我；而酷爱骑机车的狂野女孩周觅，一出场就是大众眼中的叛逆者。她们选择成为女飞行员的理由或有不同，甚至最终不得不"散伙"各奔前程，但她们凭借拼搏与追求最终成功撕下了不属于自己的"标签"，并甩掉了以往公众对于女飞行员的刻板印象，成为集探索自我、奋斗拼搏、家国情怀于一身的新时代青年女性。《云霄之眼》为我们传达了新时代的女性精神，她们敢于突破传统女性文化的束缚，将个人价值与时代、国家、民族价值的实现融为一体，体现出现代女性突破小我走向大我的精神气质。

四、时代与艺术想象

网络小说的现实转向及其与时代之间的共鸣，并非仅仅表现在创作方法上的写实主义，众所周知，文学是一种虚构艺术，想象在其中发挥着核心作用，因此，第三届辽宁网络文学"金桅杆"奖获奖作品中，有部分作品以其飞扬的想象，带领读者穿梭于非现实空间，这些作品虽然在创作方法或表现形态上超脱于现实，但同样力图回答时代问题，与时代发生同频。

作为大热IP的类型化创作，覆手的《医等狂兵》在读者接受以及与消费文化的互动方面都产生了值得关注的文化影响。从故事情节来看，《医等狂兵》讲述了"主角天赋"加之于身的刘风凭借"升级打怪换地图"的设定，通过不同维度空间的跨越以实现能力的进阶，最终，于造化道下成为在仙界中涅槃的"红尘真仙"。相应地，随着时空的置换，主人公必然完成一次次蜕变，即于上一空间习得技能从而试炼于下一空间，最终完成"升级成长流"的模式化任务。这种异度空间与现实空间的交叉变换，不断实现空间边界的突破与焊接，使故事情节的铺展以及人物的塑造更富有流动性和生动性。从叙事特点来看，作为都市玄幻小说的《医等狂兵》弱化时间表现，极尽空间想象，跳出一维空间转向多维度叙事——既凭借汪洋恣肆的想象能力构建出"拟象"世界，又呈现出与现实世界相互异化的双向互动过程，形成了颇具意味的多重视界空间景观。《医等狂兵》在叙事背景的设定上，立足于架空虚拟的艺术手法，杂糅了现代都市生活感知、东方叙事传统中的三界模式以及西方叙事传统的异世界模式。故事的前四百章，主要展示主人公刘风的高超医术与智慧谋略。出场后的刘风先受人之托保护濒临危险的杨鼎之女杨诗雯，凭借"上苍指、八寸针，鬼差手里抢回魂"的妙手回春之力崭露头角；后又彰显了特种兵武力超群的素养，与教官比试体力，与高萨会社的保镖试练招式。作者还融汇了东西方叙事模式，设定了与现代都市世界交叉平行的类生世界——西方地府。在此之上，刘风借助科幻元素——虫洞，以独具英雄气概的守护之力，穿越不同维度的世界直至五维上界。至此，小说呈现出多维空间的纵深感，使得多重空间的构建与并置在《医等狂兵》中呈现出明显的叙事效能。在叙事空间的结构区分层面上，可以将主人公生存的空间称为圆心的主空间，刘风在现代都市生活中亮相，经过历练与进阶最终又回归玄黄大世界。与主空间处于并置的共时空间则是次空间，主要推动情节的发展，使其风起云涌。从日本忍术到修罗大帝，从地球表面到星空深处，这些刘风与四维武技的比拼，皆为最终建立的金木水火土的新秩序做了铺垫。同时，小说的空间拓边进一步涉及世界终极构造的问题，原因在于，在技术社会变革和科技发展的进程中，现实的时空关系滞后于人们的时空意识，从而促使社会文化中世界空间想象力不断加速与膨胀。书中也多次出现像"超级生化人西鲁""传送虫洞""细胞再生方式"等极具现代感和科技感的元素，但它不同于自然科学的严谨论证，更多是出于创作者的想象。这种裁剪与拼接印证了当代人类对空间的奇幻想象，也源于20世纪以来相对论以及量子力学的发展对空间问题进行物理实证的突破。在小说中，作者对故事空间的展现和诠释，突出了其与复杂社会空间之间的寓言性隐喻关系。《医等狂兵》中的正邪划分可谓是泾渭分明，刘风在成长历练之路上向来以士兵之准则行其事，语其言。其中"以规矩成方圆"的脾性品质体现在诸多的小情节中，如入学时面对孙成峰的挑衅，刘风不畏强势劲敌，在单挑失败后，硬是逼其兑现曾夸下海口的"食醉酒呕吐物"的承诺。再比如，以"豪车消费"作为赌注的比拼中，众人皆以刘风财产为负作为耻笑的赌码，刘风却慷慨赠车以证明己之富足，并且坚定不移地让对方完成其先前承诺下的侮辱性行为。在众人皆抱不平并苛责刘风过于狠辣时，刘风留下一句"如果我今天刷的是假卡，请问你们会放过我吗"，堵得众人缄默无言。此外，其重情重义的理想情怀在结尾处也有所体现，刘风等一干人处于荒埌的大漠中为战亡的兄弟悲恸哀悼，这不由得让西方敌众愧怍于自身在利益驱动下的"拥兵精神"，而敬佩于中国士兵的肝胆相照式的默契与团结。小说中的空间直接参与了叙事的表达，并随着主人公活动空间的置换，绘制出一幅人生历练图，从而使小说空间更富有立体性和层次感。此外，刘风在缥缈奇特的异托邦中接连走出困厄，最终实现涅槃重生和成就自我的人生意义，完成了小说对人生现实价值境遇的意义指涉。由此可见，异托邦世界虽是人美好夙愿的想象投射，但终究离不开平行世界的现实性观照，最后着手建立的新秩序无非也是人的意识中关于社会属性的复刻。

宁城荒所著小说《秘野奇域》以2035年为背景展开叙述，首章由一份名为《太阳神计划》的考古档案切入，利用一个多年前的秘密来设置悬念，引人入胜地引出调查神秘青铜太阳轮的考古队失踪之事。在这个背景架构上，整个故事存在着三条时间线：一是三十五年前军方的秘密考察行动；二是一个月前考古队失踪的经历；三是作为小说叙述主角的张行舟、封烟等人组成的军事科考小组的行动。前两条时间线虽然发生在过去，但始终作为背景因素影响着现在，即军事科考小组的行动，这是小说叙述的主要部分，小说情节都由此展开。这支军事科考小组试图解密封存的档案，寻找古文明遗迹，以解开《山海经》之中存在的巨大谜团。从审美效果来看，该小说之所以受到读者的欢迎，除了其为读者提供了真实与虚幻并存、引人推敲品味的想象空间之外，也与其植根于传统民俗文化与地域文化的厚实的背景有关，其在传承中华文化，引导观众将目光转向中华悠久的历史文化和丰富的地域文化这一方面起着不可忽视的作用。东方文化和民间风俗这些元素的热度近年来居高不下，其原因是多重的：首先，从文本创作的角度来看，我国幅员辽阔、历史悠久，孕育了丰富多彩的民间传说与地域文化，这就为玄幻怪谈类小说的诞生提供了适宜的文化土壤，无论是三星堆等历史遗迹，还是《山海经》等古籍所记载的神话传说，都可为作者所提取并植入作品之中，既为读者营造熟悉的阅读空间，又增强了文本的真实性和趣味性。《秘野奇域》既将太阳崇拜与现实生活中存在的三星堆青铜神树、苏美尔生命树、古印度太阳树、北欧神话世界树、《山海经》扶桑树等历史遗迹和神话传说联系起来，使这些小说的故事情节立足在现实生活中的历史遗迹和神话传说的基础上，新奇有趣的同时，又通过作者的渲染使之具有了文学的真实性。从读者接受的角度来看，东方文化与民间传说等元素的风靡，也凸显了眼下读者对文艺作品的心理需求。《秘野奇域》的热度来源之一就在于它满足了读者的猎奇心理和娱乐需要。文学起源的假说之一表明娱乐是人们占有和享有生命活动的一种重要方式。《秘野奇域》中所发生的事件诡秘、奇幻，令人难以捉摸，这就大大满足了读者与观众的好奇心，能够满足读者与观众追求娱乐消遣的精神需求。小说在融入不同地域传统民俗等文化因子的基础上，描绘了一段玄幻诡谲的冒险故事，这些故事充满诡奇多变的色彩，给读者与观众带来一种感官上的刺激，与他们的心理预期相契合。在人物塑造上，《秘野奇域》中的人物形象也较为丰满立体。如女主人公封烟，她作为失踪的考古学家封加木的女儿，在解开自己血统的谜团后便下了决心，认为自己"有必要去把父亲未走完的路走完，试图去探查一下关于自己血统的谜团"。她满怀信心地接受特种部队的训练，在寻找父亲、探索遗迹的过程中，虽历经挫折，时有失意，但始终坚定决心，秉承父志，在其成长过程中，从需要同伴的保护到主动保护同伴，最后成为一名冷静果断的考古队员。

总体而言，第三届辽宁网络文学"金榬杆"奖获奖作品以网络文学所特有的方式及艺术魅力参与新时代文学建构，不仅自觉承担了文学的社会功能，始终以"介入"的姿态实现现实观照，还为当下网络文学发展开辟了新的表达路径与可能性，实现了美学与社会的双重价值。当然，其所存在的问题也不应忽视，比如，整体看来，作品的经典构建意识不强，现实书写的深度不够；一些作品的艺术观念和在艺术形式探索方面稍显保守，甚至书写手法较为落后；一些作品语言较为粗糙，有失精当，等等。这些都需要在以后的锤炼中不断走向完善。